AF304296

Fiona Winter, geboren 1987 bei Frankfurt am Main, studierte vorerst Englisch mit dem Ziel, Übersetzerin zu werden. Nach Abschluss des Studiums zog sie nach Tokyo, wo sie als Sprachlehrerin arbeitete und ihren japanischen Mann kennenlernte. Seit 2011 studiert sie außerdem Psychologie und wohnt mittlerweile in Amsterdam, arbeitet als Übersetzerin und schreibt Romane.

FIONA WINTER

MOONLIGHT SPELL

LIEBE UND FLUCH

Überarbeitete Neuausgabe November 2021

© 2021 dp Verlag, ein Imprint der dp DIGITAL PUBLISHERS
GmbH

Made in Stuttgart with ♥
Alle Rechte vorbehalten

LIEBE UND FLUCH

ISBN 978-3-96087-317-7
E-Book-ISBN 978-3-96087-129-6

Copyright © 2017, dp Verlag, ein Imprint der dp DIGITAL
PUBLISHERS GmbH
Dies ist eine überarbeitete Neuausgabe des bereits 2017 bei dp Verlag, ein Imprint der dp DIGITAL PUBLISHERS GmbH erschienenen
Titels Verfluchte Liebe (ISBN: 978-3-96087-139-2).

Covergestaltung: Jaqueline Kropmanns
Umschlaggestaltung: ARTC.ore Design
Unter Verwendung von Abbildungen von
depositphotos.com: © tomert, © dashakiseleva91.gmail.com,
© AntonMatyukha
creativemarket.com: © Veris Studio
Lektorat: Daniela Pusch

Satz: dp DIGITAL PUBLISHERS GmbH
Druck und Bindung: Books on Demand GmbH, Norderstedt

Das Werk darf – auch teilweise – nur mit
Genehmigung des Verlages wiedergegeben werden.

Sämtliche Personen und Ereignisse dieses Werks sind frei
erfunden. Etwaige Ähnlichkeiten mit real existierenden Personen,
ob lebend oder tot, wären rein zufällig.

Was bisher geschah

Amelie ist eine Zauberin und wohnt in der sogenannten Schauersiedlung, ein Ort, indem sich vor allem jene ansiedeln, die Magie ausüben oder sich dafür interessieren. Doch schon seit Jahren terrorisiert der sogenannte *Bund* die übernatürliche Gesellschaft, macht Jagd auf Vampire, doch strebt eigentlich danach, alles Übernatürliche – auch Zauberer – auszulöschen. Mit diesem *Bund* geht Amelie widerwillig einen Pakt ein, um ihren Kindheitsfreund Chris wiederzufinden, der vor zwei Jahren spurlos verschwand. Was sie dafür tun muss: Den mächtigen wie gutaussehenden Vampir Lucian töten, der es seinerseits auf den Bund abgesehen hat.

Doch statt ihren Auftrag zu erfüllen, verliebt sich Amelie in Lucian. Gemeinsam kämpfen sie gegen die wahren Übeltäter, den *Bund*, und siegen.

Lucian und Amelie beschließen, das sogenannte *Bündnis* zu gründen, in dem zum ersten Mal in der übernatürlichen Geschichte Zauberer und Vampire zusammenarbeiten sollen. Zusammen mit der Zauberin Serena, der von Lucian erschaffenen Vampirin Marcelle, dem wiedergefundenen Chris, der seit seinem Verschwinden als Spion beim *Bund* agierte, und dem frechen Dämon Sassa, wollen Lucian und Amelie durch das *Bündnis* für Sicherheit und Stabilität der übernatürlichen Gesellschaft sorgen. Und nicht zuletzt auch dafür, dass ihre Liebe zwischen einem Vampir und einer Zauberin akzeptiert wird.

KAPITEL 1

Atemlos fuhr ich über die blasse, makellose Haut, folgte der Kontur der Wangenknochen, bis ich bei den Lippen angelangt war. Die nachtblauen Augen verließen mein Gesicht für keine Sekunde, sein Blick war dunkel vor Verlangen. Ich beugte mich vor, näherte mich Zentimeter um Zentimeter seinen Lippen und schloss die Augen. Mir entwich ein erwartungsvolles Seufzen als …

„Damit ist die Abstimmung eindeutig, herzlichen Glückwunsch."

„Amelie, das ist toll!"

Der Applaus von rund vierzig Händen riss mich aus meinem Tagtraum.

„Steh auf!", zischte Serena neben mir. Aus ihren hellgrünen Augen, die wunderschön zu ihren rotblonden Locken passten, welche sich wiederum mit ihrem bunten Kleid bissen, warf sie mir einen auffordernden Blick zu.

„Oh … ja, klar …" Mit hochrotem Kopf erhob ich mich und schaute in die erwartungsvollen Gesichter. Hier im *Hexentreff*, der kleinen, okkult geschmückten Kneipe mitten in der Schauersiedlung, die seit Jahren *die* Touristenhochburg für alles Übernatürliche war, hatten sich heute die Zauberer der Gegend versammelt. Und mich soeben zu ihrer Anführerin gewählt. „Ich … also … weiß gar nicht, was ich sagen soll. Ich bin überwältigt."

„Du bist nicht zur amerikanischen Präsidentin gewählt worden", stöhnte mein vor kurzem wiedergefundener Kindheitsfreund Chris gerade so laut, dass nur ich es hören konnte, „sondern nur zu einer vorläufigen Sprecherin des neuen Bundes."

„Bündnisses!", zischte ich automatisch. Wie oft hatte ich Chris gesagt, dass es nicht reichte, den neuen Bund „Neuen Bund" zu nennen, sondern dass er einen eigenen Namen brauchte! Bündnis dagegen klang doch gleich viel ... kameradschaftlicher. Und war trotzdem nah genug an dem Wort *Bund* dran, dass man sich ohne Probleme umgewöhnen konnte. Nur Chris weigerte sich mit der ihm eigenen Hartnäckigkeit, sodass ich mich unwillkürlich fragte, ob er es nicht mit Absicht machte, nur um mich zu ärgern. Wie so viele andere Dinge auch.

Unfassbar, dass ich die Abstimmung verpasst hatte! Dabei hatte ich nur ganz kurz an morgen gedacht, daran, dass Lucian mich abholen würde und wir eine ganze Woche, sieben wundervolle Tage, zu zweit auf seinem Anwesen verbringen würden. Nur er und ich. Und die Vorbereitungen für das Bündnis. Und eventuell ein paar andere Vampire, die da ebenfalls ein Wörtchen mitreden wollten. Und Sassa. Und Marcelle. Aber ansonsten nur romantische, leidenschaftliche, dringend benötigte Zweisamkeit.

Jemand räusperte sich lautstark. Suchend blickte ich mich um.

„Das war ich", blaffte Sassa, der kleine Dämon, der für alle anderen unsichtbar unter dem Tisch hockte. Sassa war ein Asasel, ein niederer Dämon, der niemandem wirklich Schaden zufügen konnte und sich weder zu meinem, noch zu seinem eigenen Vergnügen in dieser Welt aufhielt. Ich hatte ... nun ja, ich hatte die Beschwörung vermasselt. Was die Rücksendung um einiges verkomplizierte. Die kurzen Ärmchen in den runden, von braunem Fell überzogenen Körper gestemmt, blickte er mich kopfschüttelnd an und verdrehte die großen, kugelrunden Augen. „Langsam wird deine Sprachlosigkeit peinlich."

Erst jetzt realisierte ich das ungeduldige Räuspern, die hochgezogenen Augenbrauen und die wartenden Blicke. Und war fassungslos über mich selbst. Hier ging es um nichts Geringeres als den neuen Bund, nachdem der alte, eine Gemeinschaft aus Vampirjägern, die für alles Übernatürliche nur Verachtung übrig hatte, von Vampiren und Zauberern gemeinsam zerschlagen worden war. Damit es eine solch gefährliche Vereinigung nie wieder zu solcher Stärke schaffte, hatten wir beschlossen, dass Vampire und Zauberer auch in Zukunft zusammenarbeiten mussten. Das Bündnis sollte dies ermöglichen. Eine Allianz zwischen Zauberern und Vampiren ... die Zukunft von uns allen. Es gab absolut nichts, was im Moment wichtiger war – nicht nur für die übernatürliche Gesellschaft, sondern auch für mich persönlich. Schluss mit den Schulmädchen-Träumereien.

„Wollen wir es hoffen", seufzte Sassa. „Deine Gedanken zu lesen ist in letzter Zeit einfach e-kel-haft! Und aus irgendeinem Grund bekomm ich davon Hunger."

Jetzt nicht, antwortete ich Sassa in Gedanken. Seine ständigen Hungerattacken wurden allmählich lästig. Vor allem, weil er in unserer Welt eigentlich gar keine Nahrung zu sich nehmen musste, da er allein von meiner Magie genährt wurde. Doch seit er aus Neugier das erste Mal Käsekuchen probiert hatte, bekam er gar nicht genug von irdischen Süßigkeiten und das galt vor allem für jede Art von Backwerk.

„Ich danke euch für euer Vertrauen", sagte ich mit fester, klarer Stimme. „Wir sind heute und hier zwar nur wenige, aber ich weiß durch unzählige Anrufe, die uns jeden Tag erreichen, dass noch sehr viele Interesse an unserem Bündnis haben und so bald wie möglich zu uns stoßen und aktiv mitarbeiten wollen."

Die Blicke der anderen Zauberer wurden milder, einige lächelten mir sogar zu. Puh, gerade nochmal die Kurve gekriegt.

„Entschuldigung", meldete sich dieselbe Stimme, die vor wenigen Minuten das Abstimmungsergebnis bekannt gegeben hatte.

Mein Blick schweifte an der Kellnerin in ihrem Mittelalterkleid vorbei, die an einem unserer Tische gerade Honigwein in Tonkrügen servierte, bis ich die Urheberin der Stimme am hinteren Ende des Raumes endlich ausgemacht hatte. Was ihrer kleinen Gestalt an natürlicher Imposanz fehlte, machte sie durch ihre Aufmachung wett. Alles an ihr schrie: *Ich! Zauberin! Hier!*

Von den dunkelrot gefärbten, zum Dutt hochgesteckten Haaren, über den schwarzen Umhang, der sie bis zu den Waden umhüllte, bis hin zu den unzähligen okkulten Ketten, Armbändern und Ringen. Dass ihr fortgeschrittenes Alter in ihrem Gesicht bereits tiefe Falten hinterlassen hatte, rundete den Eindruck der bösen Hexe aus dem Knusperhäuschen ab. Kaum drei Wochen war es her, seit ich sie um einen magischen Dolch gebeten hatte. Den ich dann benutzt hatte, um Sassa zu beschwören und mit dem ich mich wenig später auf Lucian gestürzt hatte. Während des Rituals zur Beschwörung von Morddämonen, für das Lucian Serena und mich angeheuert hatte. Die Morddämonen, mit denen er den alten Bund hatte zerstören wollen. Aber ich hatte Lucian nicht töten können, obwohl der alte Bund mir als Gegenleistung versprochen hatte, Chris für mich zu finden. Stattdessen war ich kopflos davongerannt. Lucian hatte mich irgendwo auf einer Landstraße wieder aufgesammelt, als ein Bundmitglied mich, die Verräterin, gerade hatte töten wollen. Zu diesem Zeitpunkt hatte ich schon gar nicht mehr versucht zu leugnen, was ebenso peinlich wie offensichtlich war: Dass ich mich in Lucian verliebt hatte. In einen

Vampir. Schließlich hatten wir den Bund gemeinsam besiegt, zusammen mit Chris und Serena – und natürlich Sassa.

Drei Wochen. Es fühlte sich an wie eine halbe Ewigkeit.

„Ja, Barbara?", fragte ich. Eigentlich hatte ich erwartet, dass sie zur Sprecherin gewählt werden würde. Sie war zwar nicht besonders mächtig, dafür aber die bekannteste Zauberin der ganzen Gegend, während ich jahrelang nur die seltsame Einsiedlerin aus der Schauersiedlung gewesen war. Aber anscheinend hatte sich die Rolle, die ich beim Kampf mit dem alten Bund gespielt hatte, herumgesprochen.

„Ich frage mich nur, ob es wirklich eine gute Idee ist, ein Bündnis mit Vampiren einzugehen. Wird das uns Zauberer tatsächlich stärken? Oder wird uns das nicht vielmehr jede Menge Probleme bereiten, die wir uns jetzt nicht einmal vorstellen können? Dazu würde ich gerne deine Meinung hören, Amelie."

Sagte sie allen Ernstes zu der festen Freundin eines Vampirs.

Gemurmel erhob sich im Raum. Ich sah nicht wenige Anwesende zustimmend nicken. Ein Wunder, dass sie bei diesen Vorurteilen überhaupt mich zu ihrer Sprecherin gewählt hatten.

„Ich bitte um Ruhe!", spielte ich meine neu gewonnene Autorität aus und tatsächlich wurde es still im Raum. Ich nahm mir ein paar Sekunden, um meine Gedanken zu ordnen. Jetzt galt es, diplomatisch vorzugehen, oder wir würden den Traum von einer Zusammenarbeit zwischen Zauberern und Vampiren schneller begraben müssen, als Sassa einen Chocolate Fudge Brownie herunterschlingen konnte.

„Ich verstehe die Bedenken, die einige von euch haben", begann ich und zögerte, bevor ich es schaffte, die nächsten Sätze auszusprechen. „Die Vampire sind nicht wie wir. Sie sind keine Menschen."

Wieder nickten die meisten zustimmend.

„Aber wir brauchen sie. Beim Bündnis geht es darum, dass wir uns in Zukunft gegen Gefahren besser schützen können. Dass nie wieder so etwas wie mit dem alten Bund passiert. Jahrelang hat er die übernatürliche Gesellschaft terrorisiert, vor allem Vampire, ja, aber auch wir Zauberer sind nicht von ihm verschont geblieben." Ich schluckte, denn ich dachte an meine Eltern, die zusammen mit Chris' Eltern vom Bund ermordet worden waren. „Warum haben wir alle so lange tatenlos zugesehen?", fragte ich. „Doch nur, weil wir zu schwach waren, uns alleine gegen den Bund zu stellen und wir nie auf den Gedanken gekommen wären, uns mit den Vampiren zusammenzutun. Dieses Misstrauen zwischen ihnen und uns ist es, was uns so schutzlos macht. Wir müssen akzeptieren, dass wir nur zusammen stark sind. Wir, die übernatürliche Gesellschaft. Zauberer und Vampire. Ich sage nicht, dass ein Bündnis zwischen Zauberern und Vampiren eine einfache Sache sein wird. Wir werden Geduld brauchen und Kompromisse eingehen müssen. Doch wenn wir das schaffen, steht am Ende ein Bündnis, das unsere Sicherheit eventuell sogar für kommende Generationen garantieren kann." Keine Vorurteile mehr. Eine neue übernatürliche Weltordnung – nichts Geringeres war es, was mir vorschwebte.

„Wie schön, dass du nicht größenwahnsinnig bist", bemerkte Sassa.

Doch das zustimmende Gemurmel im Hexentreff gab mir recht. Erleichtert atmete ich aus.

„Das ist keine Entscheidung, die du allein treffen kannst." Wieder Barbara.

Ich zwang mich zu einem geduldigen Lächeln. „Natürlich nicht. In ein paar Tagen werden wir erfahren, wie der Stand bei den Vampiren ist. Im Moment wissen wir ja nicht einmal, ob sie überhaupt Interesse am Bündnis haben." Aber sie mussten einfach. Wenn Lucian nur genug Überzeugungsarbeit leistete, würde alles glattgehen, da war ich mir sicher. „Ich schlage vor, dass wir uns mit den Vampiren zusammensetzen. Hoffentlich können dann auch mehr von uns dabei sein. Wir thematisieren die Bedingungen mit den Vampiren zusammen und dann sehen wir weiter. Seid ihr damit einverstanden?"

Einzelnes Raunen, geflüsterte Kommentare, aber niemand widersprach. Nicht einmal Barbara.

„Gut, dann …", wollte ich die Versammlung zum Ende bringen, als plötzlich eine Hand nach oben schoss.

„Meine Güte, wie in der Schule", murmelte Chris.

„Ja, Levina-" Mist, wieder verheddert. „Le-vi-a-than", sagte ich vorsichtshalber ganz langsam und mit einem entschuldigenden Lächeln. Der junge Zauberer, der sich selbst diesen peinlichen Künstlernamen verpasst hatte, hieß in Wirklichkeit Peter und hatte noch nie irgendetwas Konstruktives beigetragen.

„Stimmt es, dass sich der alte Bund wieder formiert?"

Im Hexentreff wurde es mit einem Schlag mucksmäuschenstill. Ich starrte den Jungen sprachlos an.

„Soll das ein Scherz sein?", fauchte Chris. Er war aufgesprungen und sah aus, als wollte er sich gleich auf Leviathan stürzen.

Der wurde bleich. „Ich habe Freunde in Frankreich, die gehört haben, dass die Mitglieder des Bundes sich dort schon wieder neu organisieren. Und nicht nur in Frankreich, sondern auch in anderen Ländern."

Ich tauschte einen Blick mit Serena. Chris ließ sich wortlos zurück auf seinen Stuhl fallen. Er sah aus, als wäre alle Kraft aus seinem Körper gewichen.

„Wenn das stimmt, ist es umso wichtiger, dass wir zusammenhalten", sagte ich. „Macht euch bereit. Wir müssen uns so schnell wie möglich mit den Vampiren treffen."

„Das ist einfach unglaublich. Ich kann nicht glauben, dass sie so schnell sind!" Chris stapfte so energisch durch den ersten Schnee dieses Winters, dass Serena und ich Mühe hatten, hinterherzukommen. Die Sonne war schon vor einer Weile untergegangen und die Straßenlaternen tauchten die Schauersiedlung in ein winterlich-romantisches Halbdunkel.

Abrupt blieb Chris stehen und wir liefen fast in ihn rein. „Du musst mit Lucian sprechen. Jetzt sofort!" Das sandfarbene Haar hing ihm wirr ins Gesicht und der manische Blick in seinen braunen Augen ließ mich einen Schritt zurückweichen. „Morgen reicht nicht, verstehst du?"

Ich nickte. Er hatte recht. „Ich werde zu Hause versuchen, ihn zu kontaktieren."

„Jetzt sofort, Amelie!" Chris packte mich an den Schultern. Serena legte ihm beruhigend eine Hand auf den Arm und obwohl sie sonst diejenige war, die am ehesten zu ihm durchdrang, ignorierte er sie heute.

„So funktioniert das nicht!" Unwirsch befreite ich mich aus seinem Griff. „Hast du eine Ahnung, wie viel Konzentration es erfordert, auf diese Weise Kontakt zu ihm aufzunehmen? Dazu brauche ich Ruhe. Ein Irrer, der auf mich losgeht, ist dem Ganzen eher abträglich."

Chris starrte mich mit malmendem Kiefer an. Dann wandte er sich abrupt ab, doch sein trotziges Flüstern konnte ich einwandfrei verstehen: „Nicht mal dazu ist deine Affäre mit dem Vampir gut."

Dass Chris von mir und Lucian nicht gerade begeistert war, war ja nichts Neues. Aber gerade jetzt? Der alte Bund war dabei sich wieder zu formieren! Konnte Chris sich nicht einmal in einem Moment wie diesem zusammenreißen? Mir lag eine passende Bemerkung auf der Zunge, doch Serena warf mir einen flehenden Blick zu und sagte: „Ihr solltet euch beide beruhigen. Auch wenn der Bund sich wieder zusammenrauft, er wird Zeit dazu brauchen."

„Das kannst du nicht wissen", gab Chris zurück.

Da musste ich ihm ausnahmsweise zustimmen. Was wussten wir schon? Außer, dass die beiden hochrangigen Bundmitglieder, die mich damals angeworben hatten, um Lucian zu töten, dem Bund nicht mehr zur Verfügung standen. Philippe Nemours saß im Gefängnis und Bettina Frei war tot. Wieder sah ich ihr porzellanhaftes Gesicht über mir, den überraschten Ausdruck in den eisgrauen Augen, als sie zusammenbrach. Mit einem Dolch im Rücken, den ich geführt hatte. Fröstelnd zog ich meinen Mantel enger um mich. Wir hatten keine Ahnung, wie viele Mitglieder noch übrig waren und über was für Ressourcen sie verfügten. Oder was sie vorhatten. Aber ich war mir sicher, dass sie alles tun würden, um sich zu rächen. Und diesmal würden sie keinen Unterschied zwischen Vampiren und Zauberern machen.

Chris sah das genauso: „Sie werden uns angreifen! Wir wissen nicht, wann und wo, aber sie werden es tun! Wir haben keine Zeit zu verlieren!"

„Anstatt, dass du dich einfach mal über das freust, was wir heute erreicht haben!", schimpfte die Zauberin und ihre Wangen nahmen denselben Farbton wie ihre rötlichen Locken an. „Amelie ist die vorläufige Sprecherin der Zauberer und wenn wir es geschickt anstellen, kann sie das auch bleiben. Das ist mehr, als wir zu hoffen gewagt haben, aber du bist nur am meckern!"

Obwohl das Bündnis faktisch unsere Idee gewesen war, hatten wir während der letzten Woche schnell einsehen müssen, dass das nicht bedeutete, dass wir auch das Sagen haben würden. Die Zauberer hatten – zu Recht – Mitspracherecht für alle gefordert.

„Apropos", nahm ich das neue Thema auf, doch würdigte Chris keines Blickes, als ich an ihm vorbei stolzierte. „Findet ihr das nicht seltsam? Erst gestern haben wir darüber gesprochen, dass sie euch beide wahrscheinlich nicht wählen, weil Chris mit dem alten Bund in Verbindung gebracht wird und du, Serena, deinen Ruf als Dämonenbeschwörerin weghast. Und dann wählen sie mich! Obwohl ich mit Lucian zusammen bin und einen Dämon habe!" Ich schüttelte den Kopf und konnte mir ein Lächeln nicht verkneifen. „Anscheinend sind sie doch nicht so verbohrt, wie wir dachten." Vielleicht hatten sie auch gehört, dass ich mich nur zum Schein als Dämonenbeschwörerin ausgegeben und im Zuge dessen Sassa beschworen hatte. Abgesehen davon hatte ich ja tatsächlich noch nie was mit schwarzer Magie zu tun gehabt.

Als das Schweigen der beiden anderen sich auffällig in die Länge zog, drehte ich mich um und sah gerade noch, wie Serena sich panisch nach allen Seiten umblickte. Chris hingegen funkelte mich mit einer missbilligend erhobenen Augenbraue an.

„Stimmt was nicht?", fragte ich.

„Schon gut, die Luft ist rein." Serena lächelte erleichtert. „Aber tu mir einen Gefallen und warte das nächste Mal, bis wir wenigstens ein paar hundert Meter vom Treffpunkt weg sind, bevor du das mit Lucian und Sassa herumschreist, ja?"

Ich schaute von Serena zu Chris, wieder zurück zu Serena und schüttelte langsam den Kopf. „Nein", sagte ich. „Nein, nein, nein."

„Deine Platte hat 'n Sprung, weißt du das?", meinte Sassa und begann im selben Moment so sehr über seinen eigenen Kommentar zu lachen, dass er quer durch den Schnee kugelte. „Gut, was! Hab ich von Chris!"

„Es ist ja nicht so, als hätten wir gelogen", verteidigte sich Serena. „Die anderen Zauberer hatten eben nur gehört, dass du bei dem Angriff gegen den Bund eine entscheidende Rolle gespielt hast, sonst nichts. Und wir hielten es für klüger, *das andere* einfach nicht zu erzählen.“

Das andere, aha. Färbte Chris' Problem, die Beziehung zwischen mir und Lucian beim Namen zu nennen, jetzt etwa auch auf Serena ab?

„Es hat aber auch keiner danach gefragt!“, schob die Zauberin noch trotzig nach.

„Da habt ihr aber Glück gehabt, dass keiner euch gefragt hat, ob ich vielleicht zufällig mit einem Vampir zusammen bin und mir außerdem einen Dämon halte!“

„Ja, oder?“, stimmte Serena mit toternster Miene zu.

„Ich glaub es ja nicht! Ich muss es ihnen sagen! Was habt ihr nur angerichtet?“

Chris schnaubte nur.

„Amelie.“ Serena blickte mich mit ihren großen blauen Augen beschwörend an. „Wenn du ihnen die Wahrheit sagst, werden sie Barbara zur Sprecherin machen. Und sie ist nicht davon überzeugt, dass wir die Vampire im Bündnis brauchen. Und dann? Die meisten Zauberer sind sich zu dem Thema noch unschlüssig, aber du kannst sie überzeugen, das hast du eben bewiesen. Wenn Barbara dagegen das Zepter in die Hand bekommt, hat sich unsere Idee vom Bündnis zwischen Zauberern und Vampiren erledigt!“

Ich blickte von ihrem engelsgleichen Gesicht zu Chris' mürrisch-verschlossener Miene. „Verdammt!“

„Ich nehme zur Kenntnis, dass sich dein Wortschatz in der letzten Woche nicht nennenswert verbessert hat.“

Ich vergaß zu atmen. Seine Präsenz hüllte mich ein, legte sich wie ein warmer Schleier um mein Inneres. Es kam so unverhofft und tat so gut, dass mir fast Tränen in die Augen traten. „Lucian“, flüsterte ich und schluckte. *Ich habe dich vermisst*, fügte ich in Gedanken hinzu.

Sein Lächeln, das ich zuvor gespürt hatte, erstarb augenblicklich.

„Lucian?", fragte Chris und seine Stimme überschlug sich. „Sag ihm, er muss so schnell wie möglich herkommen! Es geht um den neuen Bund!"

Doch ich hörte ihn kaum, denn in diesem Moment zog sich Lucians Präsenz zurück. Die Wärme in meinem Inneren wich einsamer Kälte. Was ging hier vor?

„Verzeih. Für das, was ich dir zu sagen habe, scheint mir ein wenig Distanz angebracht."

Ich versuchte, meinen alarmierten Herzschlag zu beruhigen. Vor Angst erstarrt wartete ich auf das, was Lucian mir zu sagen hatte. Doch er zögerte. Als ich seine Stimme schließlich wieder in meinem Kopf hörte, klang sie so emotionslos wie eine Bandansage.

„Wir werden deinen Besuch verschieben müssen."

Ich nickte langsam. Seine Worte klangen so harmlos. Aber ich kannte Lucian. Nichts an dieser Situation war harmlos. *Wieso?*

Wieder zögerte er. Einen Moment zu lange. *„Ich muss nachdenken."*

Worüber? Als Lucian nicht antwortete, fragte ich: *Über uns?*

Ich spürte ein kaum merkliches Nicken.

Was ist passiert?

„Nichts."

Nichts?

„Nichts von Bedeutung. Ich bitte dich lediglich um etwas Zeit." Seine Stimme wurde leiser. *„Nimm keinen Kontakt zu mir auf."*

„Warte!", rief ich

„Vertrau mir, kleine Zauberin."

Dann war Lucian aus meinem Geist verschwunden.

Lucian? Lucian? Lucian!

„Mist, jetzt würde der Spruch mit der Platte und dem Sprung besser passen, aber der ist nun schon raus", seufzte Sassa.

Wieso reagierte Lucian nicht? Er konnte fühlen, dass ich versuchte, Kontakt mit ihm aufzunehmen, da war ich mir sicher. Und doch ignorierte er mich. Aber so schnell würde ich nicht aufgeben! Obwohl ich vor Kälte und Anstrengung schon am ganzen Körper zitterte, rührte ich mich nicht vom Fleck. *Lucian! Lucian!*

„Bei allem Mitleid für deine absolut peinlich-verliebte Doofheit – es reicht!", schrie Sassa mich an. „Das ist ja, als hätte ich ein Echo im Kopf!"

„Komm, Amelie, du holst dir den Tod", sagte Serena im selben Moment und schob mich sanft aber bestimmt vorwärts.

Ich rief weiter nach Lucian, Sassas Zetern und Serenas Hand in meinem Rücken ignorierend.

Als wir zehn Minuten später unser Haus erreichten, gab ich auf. Meine Konzentration war am Ende. Ich konnte einfach nicht mehr. „Verdammt!" Ich warf meinen Mantel auf den Jackenständer, der gefährlich zu wackeln anfing.

Serena hielt ihn fest. „Was ist denn passiert?"

„Du hast ihm gesagt, dass sich der alte Bund wieder sammelt, oder?", fragte Chris dazwischen.

„Nein, Christopher, das habe ich nicht." Meine Stimme zitterte unter der Anstrengung, ihn nicht anzuschreien.

Serena hob zu sprechen an, zweifellos in der Absicht, irgendwas Deeskalierendes zu sagen, doch Chris war ganz einfach zu schnell: „Und warum nicht, wenn ich fragen darf?"

Ich warf Mütze und Schal in Richtung Sofa und verfehlte Chris dabei nur um wenige Zentimeter.

Seine Augen weiteten sich erst ungläubig, dann verengten sie sich zornig.

„Kannst du mal für einen Augenblick den Mund halten, damit ich darüber nachdenken kann, was gerade
passiert ist?", schrie ich ihn an. Ich wusste, wenn er
jetzt nicht einlenkte, würde ich ihm mit meinen magischen Fähigkeiten irgendetwas an den Kopf pfeffern.
Oder ihn einer Illusion unterwerfen. Oder mit einem
Energiestoß gegen die Wand schleudern. Als Kinder
hatten wir unsere Fähigkeiten regelmäßig im Streit ge-
geneinander eingesetzt, was unsere Eltern, von denen
meine Mutter und sein Vater ebenfalls Zauberer gewesen waren, regelmäßig zur Verzweiflung getrieben
hatte. Trotzdem hatten sie uns weiterhin im Umgang
mit unseren magischen Fähigkeiten unterrichtet. Im
Nachhinein hatte sich das als Glück erwiesen, denn als
sowohl Chris' als auch meine Eltern vom Bund getötet
wurden, besaßen wir bereits etwas Kontrolle über unsere Fähigkeiten. Das alles war jetzt fünfzehn Jahre her
und genau so lange hatte ich Chris nicht mehr aus einem Streit heraus mit meiner Magie angegriffen. Gut,
den Kampf gegen den alten Bund vor einer Woche aus-
genommen, als Chris nicht hatte zulassen wollen, dass
ich Lucian in dem brennenden Gebäude suchte, das uns
fast schon über den Köpfen zusammenfiel.

Zu meiner Überraschung nickte Chris, auch wenn es
eher wie krampfartige Kopfzuckungen wirkte, und
wandte mir den Rücken zu.

Ich marschierte in die Wohnküche und blieb mit ge-
ballten Fäusten stehen. Heftig atmend fixierte ich meinen Blick auf einen der roten Küchenschränke. Er öffnete sich wie von Zauberhand. Als nächstes konzentrierte ich mich auf die Dose Kaffeepulver, die im
Schrank stand und sie kam, wenn auch gefährlich
schwankend, herausgeschwebt und landete mit einem
lauten Rumms neben der Kaffeemaschine. Während
ich auch Kaffeefilter und Löffel auf diese Weise und
ziemlich geräuschvoll auf die Arbeitsplatte beförderte,

merkte ich, wie die Spannung in meinem Inneren etwas nachließ. Es musste eine Erklärung für Lucians merkwürdiges Verhalten geben.

Ich muss nachdenken.

Diese Worte, sein Zögern, bis er zugegeben hatte, über *uns* nachdenken zu müssen. Darüber, ob er noch mit mir zusammen sein wollte? Bereute er die Spontaneität, mit der wir zueinander gefunden hatten und war sich nun, da wir eine Woche getrennt verbracht hatten, nicht mehr sicher, ob er das mit uns überhaupt wollte?

Der Löffel, der gerade ein Häufchen Kaffeepulver zur Kaffeemaschine beförderte, erzittert so stark, dass sich eine Schicht Pulver wie brauner Schnee über die weiße Arbeitsplatte legte.

Vertrau mir, kleine Zauberin.

Das passte nicht zu dem, was er davor gesagt hatte. Es war wie ein Codewort, als ob er mich wissen lassen wollte, dass er das zuvor Gesagte nicht so meinte. Und überhaupt. Lucian konnte man vieles nachsagen, aber Unentschlossenheit gehörte nicht dazu. Wenn er mich nicht mehr wollte, hätte er sich von mir getrennt. Klar und deutlich, ohne irgendwelche Unklarheiten.

Oder machte ich mir nur was vor? Wollte ich den Gedanken, dass Lucian sich seiner Gefühle für mich nicht mehr sicher war, einfach nicht an mich heranlassen?

Ich schüttelte energisch den Kopf und führte den Löffel mit meinen Fähigkeiten zurück zur Dose. Es war kaum eine Woche her, dass Lucian und ich draußen vor dem Haus gestanden hatten und er mir geschworen hatte, dass er mich liebte. Ich hatte ihm geglaubt. Und ich glaubte es noch immer. Es musste eine andere Erklärung für sein Verhalten geben. Und die würde ich finden. So leicht ließ ich mich nicht verunsichern.

Nachdenklich führte ich den Löffel ein zweites Mal nur durch die Macht meines Geistes zur Kaffeemaschine und diesmal landete das komplette Häufchen im Filter.

Was, wenn das Lucians Ziel gewesen war: Mich zu verunsichern? Je mehr ich darüber nachdachte, desto sicherer wurde ich mir. Das passte zu Lucian. Wieso war ich nicht sofort darauf gekommen? Aus irgendeinem Grund konnte oder wollte Lucian im Moment keinen Kontakt zu mir haben, aber wollte mir auch nicht sagen, wieso. Was tat er also, um mich trotzdem dazu zu bringen, keinen Kontakt zu ihm aufzunehmen? Genau, er verunsicherte mich! Machte mich glauben, dass er an unserer Liebe zweifelte!

Die Glaskanne kollidierte mit dem Wasserhahn und gab ein unschönes Scheppern von sich, doch blieb heil.

„Ich kann es nicht leiden, wenn du das tust."

Vor Schreck ließ ich die Kanne ins Waschbecken fallen.

Chris war neben mich getreten.

Ich konzentrierte mich wieder und füllte die Kanne mit Wasser. „Aber nur, weil du es selbst nicht hinbekommst." Seit ich diese neue Fähigkeit im Kampf gegen den Bund entwickelt hatte, trainierte ich sie, wo ich konnte. Wohlwissend, dass Chris jedes Mal grün vor Neid wurde, wenn ich fünfzehn Minuten brauchte, um mir auf diese Weise die Schuhe zu binden oder eine Stunde, um den Teppich abzusaugen.

„Und weil wir diese Woche schon zwei neue Kaffeekannen kaufen mussten", meinte Chris.

Ich schaffte es, das Wasser von der Kanne in die Kaffeemaschine zu befördern und den Knopf zu drücken.

Chris grinste mich an, ich lächelte zurück.

„Du bist einfach zu verbissen", sagte ich. „Wenn du deinen Fähigkeiten genug Raum gibst, kommt es irgendwann von ganz allein dazu."

„Leicht gesagt, wenn man die einzige Zauberin weit und breit ist, die telekinetische Kräfte entwickelt hat."

„Damit hast du sowas von recht." Ich grinste.

„Also, erzählst du uns jetzt, was passiert ist?", fragte er mit diesem Klein-Jungen-Blick, dem ich nichts abschlagen konnte. So war es schon früher gewesen. Wie ich diesen Charme vermisste, mit dem er mich regelmäßig um den Finger gewickelt hatte, und der in letzter Zeit viel zu häufig von übellauniger Sturheit überschattet wurde.

Ich seufzte und blickte zu Serena, die auf dem Sofa saß und meinen Blick mit einer Mischung aus Mitgefühl und Neugierde erwiderte. Sassa hockte neben ihr, die großen, runden Augen vor Langeweile halb geschlossen. Wir hatten die Abmachung, dass er im Haus sichtbar bleiben durfte, sich jedoch, wenn wir nach draußen gingen, ohne Aufforderung unsichtbar machen musste. Bisher hatte sich der Dämon vorbildlich daran gehalten.

„Irgendwas stimmt da nicht", begann ich und holte geschäftig drei Kaffeetassen aus dem Schrank, nur um etwas zu tun zu haben. „Lucian hat unsere gemeinsame Woche abgesagt und ..." Ich goss Kaffee in die Tassen, dann holte ich Milch aus dem Kühlschrank und Zucker aus dem Regal.

„*Und?*", fragte Chris drängend.

„Irgendwas stimmt da nicht", wiederholte ich nuschelnd, während ich den Zucker löffelweise in den Kaffee kippte, zu Serena ging und ihr die Tasse hinhielt.

Sie starrte erst mich, dann die Tasse an und blickte dann hilfesuchend an mir vorbei zu Chris.

„Herrgott noch mal", stöhnte Sassa, sprang auf die Sofalehne und breitete die Ärmchen aus, wie ein Prediger, der zu seinen Schäfchen spricht. „Der Vampir hat gesagt, er muss nachdenken, über sich und Amelie, was immer das auch heißen soll. Und jetzt denkt sie, er will mit ihr Schluss machen, das arme verknallte Ding."

Ich öffnete den Mund, um klarzustellen, dass ich *das* ganz und gar nicht dachte, doch es war zu spät. Serenas helle Augen schwammen bereits in Mitleid und als ich mich zu Chris umdrehte, zeigte seine Miene eine Mischung aus Wut und Erleichterung.

„Wenn du meine Gedanken schon liest, lies sie gefälligst vollständig!", zischte ich dem undankbaren Dämon zu.

Der streckte mir rotzfrech die Zunge heraus. Es wurde wirklich allerhöchste Zeit, dass ich mich mit dem Rücksenderitual beschäftigte.

„Amelie, das –"

„Nein!", unterbrach ich Serena in dem, was zweifelsohne eine Mitleidsbekundung werden sollte. „Ich weiß, dass Lucian das nicht so gemeint hat. Irgendetwas stimmt da nicht. Er hat mich absichtlich verunsichert, damit –"

„Das ist ein Problem, wollte ich eigentlich sagen", unterbrach mich Serena nun ihrerseits. „Was bedeutet das für das Bündnis? Hat Lucian sich irgendwie dazu geäußert?"

Ich blinzelte die sonst so empathische Zauberin erschüttert an. Sie verbrachte eindeutig zu viel Zeit mit Chris, jetzt hatte sie schon ihr Einfühlungsvermögen eingebüßt.

„Sie sagt *Nein* und findet dich unsensibel", übersetzte Sassa freundlicherweise meine Gedanken.

„Tut mir leid, Amelie", murmelte Serena, doch sah mich dabei nicht einmal an, sondern wühlte stattdessen in ihrer riesigen bunten Umhängetasche, die sie überall mit hinschleppte. Dann hielt sie ihr Smartphone in der Hand und tippte darauf herum.

„Was machst du da?", fragte ich misstrauisch.

„Ich rufe Marcelle an."

Ich lachte. Es war zwar ein absolut unpassender Moment, aber der Witz zugegebenermaßen gut. Marcelle, die von Lucian erschaffene Vampirin, die am liebsten pompöse Kleider aus dem frühen 19. Jahrhundert trug, wie sie mit ihren langen, schwarz lackierten Fingernägeln auf einem Handy herumtippte. Was für ein Bild.

Serena hielt sich das Telefon ans Ohr.

„Das war doch ein Scherz, oder?“, fragte ich.

„Lucian mag keine Handys, deswegen übernimmt Marcelle die Telefonate für ihn. Wusstest du das nicht?“

„Marcelle hat ein *Handy*?“

„Sogar ein Smartphone, glaube ich ... Marcelle, ja, ich bin's, Serena.“ Sie wandte sich von mir ab und ging ein paar Schritte, während sie ins Telefon sprach. „Ja, es geht um das Bündnis ...“ Dann lauschte sie.

Was eine Vampirin wie Marcelle so mit einem Smartphone trieb? Ob sie Zombie-Spiele spielte und sich Gothic-Musik herunterlud? Was sie wohl für einen Klingelton hatte?

„Ich wusste gar nicht, dass man mit diesen komischen kleinen Dingern so viel machen kann“, murmelte Sassa mit leuchtenden Augen, sprang vom Sofa und war im nächsten Moment auf der Treppe zum ersten Stock verschwunden.

„Finger weg von meinem Smartphone!“, rief ich ihm hinterher.

In diesem Moment sagte Serena „Danke trotzdem“, nahm ihr Handy vom Ohr und drehte sich mit sorgenvollem Gesicht zu mir und Chris um. „Wir haben ein Problem. Oh mann.“ Sie blickte einen Moment ziellos durch uns hindurch, bis sich ihre verzweifelten Augen auf mich richteten. „Lucian will nichts mehr mit dem Bündnis zu tun haben.“

KAPITEL 2

„So hat Marcelle das gesagt?", fragte ich ungläubig.

Serena nickte.

„Hat sie auch gesagt, wieso?"

„Nicht so richtig. Sie meinte, Lucian hätte im Moment keine Zeit dafür und dass sie sich melden würde, falls sich das ändert, wir aber besser nicht damit rechnen sollten."

„Vampire!", fluchte Chris.

Ich schüttelte den Kopf. „Aber er fand den Vorschlag mit dem Bündnis gut." Lucian wusste ebenso gut wie ich, dass das Bündnis absolut nötig war, wenn Vampire und Zauberer sich nicht bald wieder einer ähnlichen Gefahr wie dem Bund gegenübersehen wollten. Oder sogar dem alten Bund selbst. Oder einer Fehde zwischen Zauberern und Vampiren untereinander. Das Bündnis war essentiell, um den Frieden in der übernatürlichen Gesellschaft zu wahren.

„Ich muss rausfinden, was passiert ist." Serena schnappte sich ihre Tasche. „Ich kenne noch ein paar Vampire von früher, durch meinen Freund …" Sie brach ab, wie immer, wenn das Gespräch auf ihren Vampir-Exfreund kam, der vom alten Bund getötet worden war. „Wenn es sein muss, telefoniere ich sie alle durch!" Sie verschwand nach oben.

„Irgendwas stimmt da nicht", sagte ich beinahe flehend zu Chris. „So ist Lucian nicht. Er *ist* für das Bündnis."

Chris blickte mich mit versteinerter Miene an. „Erst sagt er dir, er muss über eure Beziehung nachdenken und dann lässt er uns über Marcelle ausrichten, dass er am neuen Bund nicht mehr interessiert ist. Da bleibt nicht besonders viel Spielraum für Interpretationen, Amelie."

Ich schüttelte nur den Kopf. Was wusste Chris schon über Lucian? Er hatte ihn von Anfang an nicht leiden können. Ich ließ mich auf das Sofa fallen, nahm die Kaffeetasse, die eigentlich für Serena bestimmt gewesen war, und trank einen Schluck. Schmeckte gar nicht so schlimm, wie ich erwartet hatte.

„Ich weiß, wieso du dich so auf den neuen Bund fixierst", sagte Chris plötzlich und setzte sich neben mich.

Ich nahm noch einen Schluck. „Es heißt *Bündnis*, Chris." Ich räusperte mich. „Aber nur zu, ich höre."

Chris kommentierte meinen Sarkasmus nicht. „Weil du die verquere Vorstellung hast, dass, wenn es mit den Zauberern und Vampiren klappt, dasselbe auch für dich und Lucian gilt."

Und was ist daran falsch?, wollte ich fragen, doch im selben Moment wusste ich, dass Chris sicher einige gute Antworten parat gehabt hätte. Er war schließlich Chris. Der neue, unnachgiebige Chris, der nicht nur zu allem eine Meinung hatte – das war früher schon so gewesen – aber der auch andere Standpunkte einfach nicht mehr gelten ließ.

Er seufzte. „Weißt du, mittlerweile frage ich mich, ob die Idee von einer Zusammenarbeit mit den Vampiren wirklich so gut war."

Ich starrte ihn fassungslos an.

Chris erwiderte meinen Blick. „Und Lucian hat meine Befürchtung gerade bestätigt. Es kann nicht funktionieren. Wir sollten uns erst mal auf uns konzentrieren, auf die Zauberer."

„Weiß Serena von deinem Meinungsumschwung?"

„Noch nicht."

„Hat es etwas mit mir und Lucian zu tun?"

Er antwortete nicht.

„Das kannst du nicht machen." Plötzlich fiel alles in sich zusammen. „Du kannst doch nicht das Bündnis sabotieren, nur weil dir meine Beziehung zu Lucian nicht passt."

„Ich sabotiere gar nichts, Amelie, im Gegenteil. Ich will, dass der neue Bund ein Erfolg wird. Aber mit den Vampiren scheint das nicht möglich zu sein, das hat dein *Freund* ja gerade bewiesen, oder nicht?"

Ich starrte ihn in hilfloser Wut an.

„Wir sollten uns auf uns Zauberer konzentrieren. Erst mal unter uns ein Netzwerk bilden, vielleicht sogar europaweit!"

„Und was soll das bringen?", rief ich aufgebracht. „Meinst du, wir Zauberer können alleine irgendetwas ausrichten? Willst du dich vielleicht ohne die Vampire gegen den alten Bund stellen?"

„Warum nicht?"

„Weil wir nicht stark genug sind, verdammt!"

„Der alte Bund ist geschwächt. Wenn alle Zauberer dabei sind, können wir es vielleicht mit ihm aufnehmen."

„Erstens", begann ich, mühsam darum bemüht, nicht wieder laut zu werden, „würde es nicht einmal reichen, wenn alle Zauberer mitmachen würden. Und zweitens geht es doch nicht nur um den alten Bund. Es geht um Vampire und Zauberer. Viele Vampire sind unberechenbar in dem, was sie tun. Theoretisch könnten *sie* uns irgendwann angreifen."

„Und deswegen sollen wir eine Allianz mit ihnen eingehen?", schnaubte Chris.

„Wenn wir mit vernünftigen Vampiren wie Lucian das Bündnis eingehen, müssen sie dafür sorgen, dass sich auch ihre Artgenossen daran halten. Verstehst du? Das Bündnis schützt uns sowohl vor Bedrohungen wie dem alten Bund als auch vor den Vampiren selbst. Und die Vampire wiederum schützt es davor, dass wir uns irgendwann überlegen, Jagd auf Vampire zu machen. Es schützt uns alle!"

Doch Chris schüttelte, uneinsichtig wie immer, den Kopf. „Früher wären wir auch nie auf die Idee gekommen, eine Allianz mit Vampiren einzugehen."

„Wir sind aber nicht mehr wie früher, Chris." Und das hatte er sich zu einem nicht unerheblichen Teil selbst zuzuschreiben. Wer war denn einfach gegangen, um sich am alten Bund zu rächen, weil dieser für den Tod unserer Eltern verantwortlich war? Und hatte mir kein Sterbenswörtchen darüber gesagt. Hatte in Kauf genommen, dass ich mich zwei Jahre lang um ihn sorgte, bis ich verzweifelt genug gewesen war, für den alten Bund einen Vampir töten zu wollen, nur um Chris zu finden. Aber das alles sprach ich nicht aus. Wir hatten das bereits durchgekaut und ich hatte Chris verziehen. Am Vergessen allerdings arbeitete ich noch.

„Wir könnten es aber wieder sein", sagte Chris. „Wir könnten wieder so wie früher sein."

„Ich verstehe einfach nicht, was du willst!", rief ich aus. „Das Bündnis war doch deine Idee! Und plötzlich wirfst du alles weg – wieso? Weil alles wieder so werden soll wie früher? Wie soll das gehen?"

Wenn Serena nur hier wäre. Während ich die meiste Zeit das Gefühl hatte, dass Chris entweder wütend auf mich war oder meine Anwesenheit gar nicht zur Kenntnis nahm, schien das für Serena nicht zu gelten. Ihr schenkte Chris sogar hin und wieder eines seiner seltenen Lächeln. Sie könnte zu ihm durchdringen und ihm klarmachen, wie wirr er sich anhörte.

Chris hatte die Arme vor der Brust verschränkt und seine übliche verschlossene Miene aufgesetzt.

Alles an seinem Gesicht war so vertraut. Doch aus dem Menschen dahinter wurde ich einfach nicht mehr schlau. „Weißt du, dass ich früher nur in dein Gesicht sehen musste und wusste, was du dachtest?", flüsterte ich.

Kurz meinte ich, eine Emotion in seinen Augen aufflackern zu sehen.

„Jetzt sehe ich gar nichts mehr. Ich habe nicht die geringste Ahnung, was wirklich in dir vorgeht."

Chris blickte mich abwartend an.

„Ich würde dich zu gerne verstehen."

Er schwieg lange. Dann lächelte er bitter. „Ich verstehe mich ja die meiste Zeit selbst nicht, Amelie."

Ich streckte die Hand nach ihm aus, doch im selben Moment sprang Chris vom Sofa auf.

„Wir könnten darüber –", begann ich.

Doch Chris unterbrach mich: „Das ist nicht dein Problem, okay?"

Der Moment war vorüber. Chris war wieder ebenso unerreichbar für mich wie zuvor.

„Kann ich dich etwas fragen?"

Überrascht und mit einem neuen Hoffnungsschimmer nickte ich.

„Was passiert, wenn du und Lucian euch wieder vertragt? Wirst du zu ihm ziehen? Und dann? Wirst du nur seine Freundin sein oder auch ..." Seine Hände ballten sich zu Fäusten. Er beendete den Satz nicht.

Ich versuchte ein unbeschwertes Grinsen, doch merkte selbst, dass es ziemlich schief ausfiel. „Das werden wir dann sehen."

Chris starrte mich düster an.

Die Wahrheit war, dass mich genau diese Fragen die gesamte letzte Woche beschäftigt hatten. Lucian hatte keinen Zweifel daran gelassen, dass er wollte, dass ich sobald wie möglich das Haus in der Schauersiedlung hinter mir ließ und an seiner Seite lebte. Und es hielt mich ja auch nicht allzu viel hier. Meinen Job als Wahrsagerin würde ich nicht vermissen und richtige Freunde hatte ich hier auch nicht. Der Abschied von

Serena und Chris würde mir zwar schwerfallen, andererseits wäre es auch eine Wohltat, nicht ständig mit Chris aneinander zu geraten und mich fragen zu müssen, womit ich ihn nun schon wieder gegen mich aufgebracht hatte. Vielleicht würde uns etwas Abstand ganz guttun. Das einzige wirkliche Problem war das Bündnis. Wie würden die Zauberer reagieren, wenn ihre Sprecherin plötzlich mit einem Vampir zusammenlebte? Und natürlich die große Frage, wie mein Leben an Lucians Seite überhaupt aussehen würde. Ich wusste ja nicht mal, was so ein Vampir überhaupt den ganzen Tag trieb. Und dann natürlich die Sache, die Chris eben nur angedeutet hatte: Wollte ich Lucian von mir trinken lassen oder nicht? Allein der Gedanke daran ließ meinen ganzen Körper wohlig kribbeln. Das erste und einzige Mal, dass Lucian mein Blut getrunken hatte, hatte sich einfach unglaublich angefühlt.

Aber mein Verstand war da anderer Ansicht. Ich erinnerte mich noch allzu gut daran, als ich Serena kennengelernt hatte, und wie entrüstet ich gewesen war zu erfahren, dass ihr vampirischer Ex-Freund regelmäßig von ihr getrunken hatte. Und Lucian, was ich jedoch gerne verdrängte. In meinen Augen war Serena eine Mischung aus bemitleidenswertem Mäuschen gewesen, das es nicht schaffte, sich gegen die Gier von Vampirmännern zur Wehr zu setzen und einer masochistisch veranlagten Perversen. Sicher, meine Meinung zu dem Thema hatte sich seitdem beträchtlich gewandelt. Doch die anderer Menschen nicht. Und so ungern ich es mir selbst eingestand: Der Gedanke, dass andere, allen voran Chris, ähnlich über mich denken könnten, wie ich einst über Serena gedacht hatte, störte mich ungemein.

Eigentlich hatte ich über all diese Dinge mit Lucian reden wollen. Ich seufzte. „Willst du die Wahrheit wissen? Ich habe keine Ahnung. Im Moment will ich einfach nur herausfinden, was mit Lucian los ist." Alles andere war zweitrangig. Ich stand auf. Vielleicht hatte Serena ja schon etwas herausgefunden.

Doch Chris' Stimme ließ mich innehalten: „Vampire sehen es nicht gerne, wenn einer von ihnen sich mit einem Menschen einlässt. Hat Serena mir erzählt."

„Und?", fragte ich und setzte eine überlegene Miene auf, so als wäre diese Info ganz und gar nichts Neues für mich.

„Meinst du wirklich, Lucian wird vor seinen Vampirfreunden zu dir stehen?"

„Auf mich wirkt Lucian nicht gerade wie jemand mit einem großen Freundeskreis", gab ich zurück. Musste er ständig versuchen, mich zu verunsichern? Aber wahrscheinlich übertrieb er ohnehin maßlos.

„Eigentlich weißt du doch rein gar nichts über ihn", stellte Chris fest. „Du kennst ihn jetzt wie lange genau? Vierzehn Tage?"

„Drei Wochen", verbesserte ich automatisch. „Und ja, vielleicht weiß ich wirklich nicht viel über ihn. Aber ich kenne ihn und das ist es, was zählt!" Jetzt schrie ich doch wieder. Wie schaffte das Chris nur jedes Mal? „Du siehst immer nur den Vampir in ihm!"

In Chris' Augen flackerte etwas auf und ich begriff, dass ich genau das Falsche gesagt hatte. „Weil er ein Vampir ist, Amelie. Das scheinst du in deiner Verliebtheit ja so gern zu vergessen." Chris' Stimme war schneidend, genau wie seine Worte, die mich mit konsequenter Zielsicherheit trafen. „Er ernährt sich von Blut. Er wünscht sich nichts sehnlicher, als dich zu beißen und dein Blut zu trinken. Menschenleben sind ihm nicht mehr wert als der Staub auf seinem altmodischen Mantel. Du weißt, dass er tötet, ohne mit der Wimper zu zucken."

„Er tötet, wenn er es muss." Doch meine Stimme zitterte. Ganz leicht nur, doch unüberhörbar. Ich wachte noch immer manchmal schweißgebadet auf, weil ich Bettina Freis totes Gesicht im Traum sah. Sie hatte mich töten wollen, ich hatte mich gewehrt, hatte sie stattdessen getötet. Ein wenig anders hatte es sich mit Lucian und Philippe Nemours verhalten. Als Lucian ihn angegriffen hatte, war es keine Selbstverteidigung gewesen, sondern Rache für das, was dieser ihm und vor allem mir angetan hatte. Auch den Moment, als Lucian Philippe Nemours Halsschlagader aufriss und anschließend angewidert das Blut ausspuckte, sah ich manchmal in meinen Träumen. Aus diesen wachte ich ebenfalls schweißgebadet auf. Ich hatte Lucian überreden können, Nemours nicht sterben zu lassen und am Ende war Lucian meinem Wunsch gefolgt. Aber er hatte es nicht gern getan.

„Es gibt ein paar Dinge über Vampire, die ich bei meiner Zeit beim Bund gelernt habe", fuhr Chris fort, ohne auf meinen Einwand einzugehen. „Wusstest du, dass auch die Vampire eine Art Bund haben? Sie nennen es den Inneren Kreis. Ein paar der mächtigeren Vampire, die den übrigen Vampiren Regeln auferlegt haben, damit sie nicht mehr wahllos Menschen töten und zu viel Aufmerksamkeit auf sich ziehen. Aber so lange gibt es diesen Inneren Kreis noch nicht. Davor haben die meisten Vampire das mit dem Töten nicht so eng gesehen. Wieso einen Menschen nicht vollständig leersaugen, wenn man schon mal dabei ist?"

„Und was hat das mit Lucian zu tun?"

„Sie haben es alle getan, Amelie. Und jetzt haben sie nur damit aufgehört, weil sie die Aufmerksamkeit, die blutleere Leichen in der heutigen Zeit nun mal so mit sich bringen, nicht gebrauchen können."

„Und das glaubst du, weil der Bund es dir gesagt hat?", fragte ich fassungslos. „Wie gut, dass die überhaupt keine Vorurteile haben, was Vampire angeht!" Es war einfach unglaublich, was Chris hier für Geschütze auffuhr, um mir meine Beziehung mit Lucian auszureden. Schluss damit. Ich würde mir das nicht länger anhören. Ich marschierte an Chris vorbei zur Treppe, wo ich beinahe von Serena über den Haufen gerannt wurde.

„Leute!", rief sie, nur um innezuhalten und stirnrunzelnd von mir zu Chris zu schauen. „Was ist denn hier los? Streitet ihr schon wieder?" Mit diesem Tonfall hätte sie Grundschullehrerin werden können.

„Hast du was rausgefunden?", fragte ich und tat mein Bestes, ihren tadelnden Blick zu ignorieren.

„Allerdings. Die Vampire wissen von unserer Idee mit dem Bündnis. Lucian muss es ihnen gesagt haben! Anscheinend haben sie sogar vor, sich bezüglich des Bündnisses bald zu beraten! Unglaublich, oder?"

Ich blickte automatisch zu Chris, in dessen Augen sich meine eigene Verwirrung widerspiegelte.

„Er hat den Vampiren von unserer Idee erzählt und sie sogar zu einer Versammlung eingeladen?", fragte Chris.

„Wieso sagt er dann zu uns, dass er nichts mehr mit dem Bündnis zu tun haben will?", ergänzte ich.

„Vielleicht hat er seine Meinung geändert", schlug Serena vor. „Wir wissen, dass er es gewesen sein muss, der den anderen Vampiren vom Bündnis erzählt hat. Denn er war der Einzige, der es wusste. Aber wir wissen nicht, ob er auch derjenige ist, der die Vampire dazu aufgerufen hat, sich wegen des Bündnisses zu treffen. Es wäre auch denkbar, dass er wirklich kein Interesse mehr am Bündnis hat, die anderen Vampire aber schon."

„Bleibt immer noch die Frage, wieso er seine Meinung geändert hat", sagte ich. Ich konnte mir das einfach nicht erklären. Was war vorgefallen, dass Lucian erst praktisch den Kontakt zu mir abbrach und sich dann auch noch gegen das Bündnis stellte?

„Und jetzt?", fragte Serena.

„Wir lassen die Vampire raus", antwortete Chris postwendend.

„Was?", rief Serena aufgebracht. Mit Genugtuung beobachtete ich, wie sie auf Chris zu marschierte und ihm den Zeigefinger in die Brust bohrte. „Ich habe mich ja wohl verhört!"

Doch Chris blieb standhaft. „Wir brauchen die Vampire nicht. Die machen mehr Ärger als dass sie uns nützen."

„Oh, und das hast du dir eben mal so überlegt, ja?" Mit geröteten Wangen, blitzenden grünen Augen und in die Hüfte gestemmten Händen hatte sie sich vor Chris aufgebaut. Ich hatte die Zauberin noch nie so aufgebracht erlebt. Zum Glück war Chris der Grund ihres Unmutes und nicht ich.

Erleichtert stieg ich die Treppe hoch. Die Sache mit Chris konnte ich getrost Serena überlassen. Ich selbst hatte etwas anderes zu tun. Ich musste herausfinden, was hier vor sich ging.

Ich hörte Serena und Chris noch lange im Wohnzimmer diskutieren, während ich immer und immer wieder versuchte, mit Lucians Geist Kontakt aufzunehmen. Obwohl ich wusste, dass Lucian meine Versuche spüren musste, ging er nicht darauf ein. Leider waren meine Fähigkeiten, was diese Art der Kontaktaufnahme betraf, noch nicht besonders ausgereift. Während Lucian in meinen Geist eindringen und zu mir sprechen konnte, wann immer es ihm beliebte, konnte ich ihn gerade mal mit Mühe und Not darauf aufmerksam machen, dass ich ein Gespräch wünschte und war dann darauf angewiesen, dass er antwortete.

Als es unten endlich still geworden war, klopfte ich an die Tür des Gästezimmers, in dem Serena seit einer Woche wohnte, und ließ mir Marcelles Handynummer geben. Dabei brachte ich in Erfahrung, dass Serena und Chris sich auf einen vorläufigen Kompromiss geeinigt hatten: Sie würden erst einmal abwarten, ob die Vampire wegen des Bündnisses mit uns Kontakt aufnahmen. Dann würde man weitersehen.

Ich hatte jedoch nicht vor, zu warten.

Ich rief Marcelle vom Festnetz an, weil ich mein Smartphone nicht finden konnte. Ganze vier Mal, ohne dass die Vampirin abnahm, doch beim fünften Mal hörte das Tuten plötzlich auf. Ich wartete darauf, dass sich jemand meldete. Als nichts geschah, sagte ich: „Hallo? Marcelle?"

Ein Klicken. Dann: Tuten. Aufgelegt.

Ich versuchte es noch ein paar Mal, doch ohne Erfolg. Vielleicht hatte Lucian Marcelle verboten, mit mir zu sprechen? Oder sie wollte einfach von sich aus nicht mit mir reden, was wahrscheinlicher war. Marcelle hatte mich noch nie leiden können. Irgendwie hatten wir auf dem falschen Fuß angefangen, könnte man wohl sagen. Und manchmal ... ja, manchmal fragte ich mich, ob Marcelle nicht vielleicht eifersüchtig auf mich war.

Ich grübelte die halbe Nacht, wie ich Lucian erreichen könnte. Wenn mir nichts Besseres einfiel, würde ich einfach zu seinem Anwesen fahren. Genau! Ich wusste schließlich, dass er eines in Deutschland hatte, auch wenn ich noch nie dort gewesen war. Aber Serena wusste sicher, wo es lag. Und wenn er dort nicht war, würde ich zu seiner Villa nach Frankreich fahren, die kannte ich immerhin schon. Ob Lucian noch mehr Anwesen besaß? Und wie konnte er sich überhaupt solche großen, edlen Wohnsitze leisten? Ob er reich war? Und wenn ja, wie war er an Geld gekommen?

Ich hörte Chris' Stimme im Ohr: *Eigentlich weißt du doch rein gar nichts über Lucian.*

Aber war es wirklich so wichtig, all diese Dinge zu wissen? Das waren doch Nebensächlichkeiten, für deren Austausch Lucian und ich noch viel Zeit haben würden. Wichtig war im Moment nur das, was ich in seinen Augen gesehen, in seiner Stimme gehört hatte, als er „ich liebe dich" zu mir gesagt hatte. Daran musste ich festhalten. Ich würde mir keine Zweifel einreden lassen, nicht von meiner eigenen Unsicherheit und schon gar nicht von Chris.

„Amen. Aber hast du schon mal drüber nachgedacht, dass der Vampir vielleicht einen Grund hatte, den Kontakt zu dir abzubrechen?", fragte Sassas piepsige Stimme von der geöffneten Zimmertür her.

Ich betrachtete das Fellknäuel mit gerunzelter Stirn. Wo hatte der Kleine den ganzen Abend gesteckt?

„Nämlich, dass er nicht will, dass du Kontakt zu ihm aufnimmst? Seine Vampirsklavin anzurufen und ihm wie eine Stalkerin in seinen Villen aufzulauern vermutlich eingeschlossen."

„Nenn Marcelle nicht Sklavin, das ist nicht nett."

Sassa gab ein undefinierbares Geräusch von sich und sprang auf den Nachttisch. Mein Blick fiel auf mein Smartphone, das genau neben Sassa lag. War es etwa schon die ganze Zeit dort gewesen?

„Hast du –?"

„Nein."

„Und wo –?"

„Geht dich nichts an."

„Ich weiß ja, dass du meine Gedanken lesen kannst", sagte ich entnervt, „aber es wäre höflicher, wenn du mich trotzdem ab und zu ausreden lassen könntest."

„Pfff."

Was war nur los mit dem Dämon? Frech war er ja schon von der ersten Sekunde an gewesen, in der er in meinem Hotelzimmer in Frankreich erschienen und sich in der Bettdecke verheddert hatte. Aber seit ein paar Tagen schien er noch schlechter gelaunt zu sein als sonst. Und dann verschwand er ständig und ich hatte keine Ahnung, wohin. Irgendetwas führte er im Schilde.

„Also, ich geh jetzt schlafen. Du dagegen solltest über meine Worte nachdenken. Vielleicht solltest du ausnahmsweise mal auf den Vampir hören, statt uns schon wieder ins Unglück zu stürzen." Sassa kugelte sich am Fußende des Bettes zusammen.

Ob er vielleicht Heimweh hatte? Wenn es so war, würde er es sicher niemals zugeben. Aber wer würde sein Zuhause nicht vermissen? Schließlich hatte er nicht damit rechnen können, dass er bei seiner ersten Beschwörung ausgerechnet an eine Amateurin wie mich geriet, die beim Ritual einen solch folgenschweren Fehler beging, dass sie ihn nicht mehr zurückschicken konnte. Ich musste über mich selbst den Kopf schütteln. Wie hatte ich einfach davon ausgehen können, Sassa würde es nichts ausmachen, noch ein wenig länger in meiner Welt zu bleiben? Nur, weil er mich nicht ausdrücklich aufforderte, ihn zurückzuschicken, hieß das noch lange nicht, dass er hierbleiben *wollte*. Sassa würde mich niemals von sich aus darum bitten, so gut kannte ich ihn inzwischen. Es war meine Aufgabe, seine Rücksendung zu initiieren, so wie er erst durch meine Schuld überhaupt in dieser Welt gestrandet war.

Sassa öffnete ein Auge. „Du starrst mich an."

Das war die Gelegenheit! „Ja, weißt du, ich wollte dich fra–"

„Sorry, keine Zeit. Hab noch was zu erledigen." Mit geschäftigem Blick hüpfte der Kleine vom Bett und war im nächsten Moment aus dem Zimmer verschwunden.

Ich starrte ihm verdutzt hinterher, dann musste ich lächeln. Was auch immer Sassa im Schilde führte – und ich war mir sicher, dass es nichts Gutes sein konnte – so war ich doch erleichtert, heute Nacht noch nicht Abschied von dem kleinen Dämon nehmen zu müssen.

„Und, was spürst du?" Kim hatte sich nach vorne gebeugt und blickte mich gespannt an.

„Ähm …", stotterte ich. Die Wahrheit war, dass ich es heute einfach nicht hinbekam. Nach Sassas mysteriösem Abgang hatte ich tatsächlich noch über seinen Rat wegen Lucian nachgedacht. Ob ich es gut fand oder nicht, etwas war dran an seinem Argument. Und auch Lucians letzte Worte „Vertrau mir" passten ins Bild. Sollte ich vielleicht doch besser warten und darauf vertrauen, dass Lucian sich irgendwann von selbst meldete und alles aufklärte? Aber was geschah bis dahin mit dem Bündnis? Irgendwann war ich trotz der vielen Fragen in meinem Kopf eingeschlafen, doch da Kim, Hexe und meine beste Wahrsagerei-Kundin, sich am Morgen für eine Zukunftsvorhersage angemeldet hatte, war ich schon wenige Stunden später wieder aus dem Schlaf gerissen worden. Und zwar, zu meinem Entsetzen, von penetrantem Froschgequake. Welches zwar aus meinem Smartphone gekommen, von mir jedoch sicher nicht als Alarmton heruntergeladen oder eingestellt worden war. Doch die Standpauke für Sassa musste warten.

„Es ist heute alles sehr verschwommen", behauptete ich.

Kim hob skeptisch ihre dunklen Augenbrauen.

Natürlich. Kim kam seit Jahren wenigstens einmal die Woche zu mir. Sie kannte meine lahmen Ausreden, wenn ich zu viel anderes im Kopf hatte und mich deswegen nicht auf ihre Zukunft konzentrieren konnte.

Ich versuchte, mich zusammen zu reißen. Mein Kundenstamm war nie so groß gewesen, dass ich behaupten könnte, dass es auf einen mehr oder weniger nicht ankäme. Doch wenn ich ausgerechnet Kim vergraulte, sähe es für meinen Haushaltsgeldanteil sehr, sehr schwarz aus. Ehemaliges Bundmitglied müsste man sein. Anscheinend hatten die Vampirjäger Chris in den zwei Jahren, die er für sie gearbeitet hatte, nicht schlecht bezahlt, denn er hatte noch immer Ersparnisse, so dass er sich um Nebensächlichkeiten wie Geldverdienen nicht zu kümmern brauchte. Serena dagegen hatte ähnliche finanzielle Probleme wie ich, so dass sie seit neuestem aushilfsweise im *Singenden Zombie* kellnerte, um ebenfalls was zum Haushaltsgeld beizusteuern. Immerhin wohnte sie kostenlos bei uns.

Ich atmete ein und ließ meinen Atem langsam entweichen. Kims Hände, die in meinen lagen, zuckten kurz zusammen, als ich den Griff verstärkte. Ich blickte in Kims dunkle Augen und zwang mich, alles andere auszublenden. Mein Geist fokussierte sich auf die Frau vor mir. Ich schloss die Augen. Tat einen weiteren tiefen Atemzug und endlich spürte ich, wie ich mich entspannte. Vorsichtig sandte ich meinen Geist zu Kim aus, nicht unähnlich dem Vorgang, wie ich meinen Geist zu Lucian aussandte, wenn ich Kontakt zu ihm aufnehmen wollte. Und dann wartete ich. Darauf, dass sich etwas an Kims Aura veränderte, etwas, das mir eine Ahnung davon gab, was die Hexe in dieser Woche erwartete. Normalerweise konnte ich zwanzig, dreißig Minuten so verharren, ohne, dass mir etwas Nennenswertes auffiel. Kims Leben verlief in der Regel eher langw- äh, konstant, und wenn ich ihr hin und wieder winzige Veränderungen voraussagen konnte, war das für sie schon eine große Sache. Doch anscheinend würde die nähere Zukunft für sie ruhig verlaufen. Ich wollte mich schon von ihr zurückziehen, als mich eine kaum wahrnehmbare Empfindung innehalten ließ. Unwillkürlich hielt ich den Atem an und sandte meinen Geist weiter aus, zu dem Punkt in Kims Aura, wo die Empfindung ihren Ursprung hatte. Das eben noch kaum greifbare Gefühl wuchs so plötzlich an, dass es mich ganz und gar verschlang, bevor ich mich zurückziehen konnte. Es hüllte mich ein wie dichter, schwarzer Nebel, raubte mir die Luft zum Atmen.

Erschrocken riss ich meine Hände zurück und schlug die Augen auf. Mein Atem ging stoßweise und ich spürte kalten Schweiß auf meiner Stirn.

„Alles in Ordnung?", fragte Kim alarmiert. „Was hast du gespürt?"

Wenn ich das nur wüsste. Noch nie war mir etwas Ähnliches untergekommen. Das war nicht nur eine Veränderung, das war … konnte es sein, dass sich so der Tod anfühlte? Ich schüttelte langsam den Kopf. Der Tod war zwar für die meisten Menschen eine tendenzi-ell negative Zukunftsaussicht, aber für unsere Aura war es nur eine weitere natürliche Veränderung. Das allerdings, was ich gerade gespürt hatte, war so dunkel gewesen, so … böse.

„Amelie", drängte Kim.

Was sollte ich ihr sagen? Dass mit großer Wahr-scheinlichkeit etwas Böses auf sie zukam? Wahrsagerei war alles andere als eine sichere Sache. Es spielten so viele Faktoren mit hinein, zum Beispiel die Entschei-dungen, die eine Person nach der Vorhersage traf, die Umgebung, und nicht zuletzt die Fähigkeiten und Ge-fühle der vorhersagenden Person … Vielleicht lag es an mir. So besorgt, wie ich wegen Lucian und dem Bünd-nis war … Doch das Dunkel, das ich gespürt hatte, war eindeutig von Kim ausgegangen.

Ich zwang mich zu einem schiefen Lächeln. „Tut mir leid, ich bin heute wirklich neben der Spur", sagte ich. „Aber ich vermute, dir steht eine Veränderung bevor." Ich konnte ihr nicht sagen, was ich wirklich gespürt hatte. Wahrscheinlich war es gar nichts. Nichts Ernst-zunehmendes. Genau. Es gab eine harmlose Erklärung, ich kannte sie nur einfach nicht.

Kims Mund formte sich zu einem kleinen o. Dann be-gann sie zu strahlen. „Darauf hatte ich gehofft! Oh

Amelie, danke!" Sie griff nach meinen Händen und drückte sie.

Ich lächelte unsicher. Diese euphorische Reaktion war sogar für Kim ein wenig übertrieben. Vorsichtig entzog ich ihr meine Hände und setzte ein geschäftiges Gesicht auf. „Wenn das dann alles –"

„Ich muss dir eine Frage stellen!"

„Okay."

„Jetzt, wo du mir meine Vermutung bestätigt hast, habe ich den Mut dazu." Sie blickte mich beschwörend an. „Ich habe von eurem Bündnis gehört."

„Oh ... okay." Ich rutschte nervös auf dem Stuhl herum.

„Amelie ... wir Hexen werden doch sicher auch dabei sein, oder?"

„Also ..."

„Nein, sag nichts. Ich weiß es ja eigentlich schon. Du hast es ja eben in meiner Zukunft gesehen!"

Ich schluckte und blickte im Zimmer umher, so als könnte irgendetwas darin mir aus dieser peinlichen Situation heraushelfen. Die Frage, ob Hexen zum Bündnis eingeladen werden sollten, hatten Serena, Chris und ich schon beim allerersten Treffen mit den anderen Zauberern erörtert. Bevor ich zur Sprecherin gewählt worden war und noch bevor wir über die Vampire gesprochen hatten.

„Weißt du", begann ich, entschlossen, die bittere Wahrheit ungeachtet der Konsequenzen auf den Tisch zu bringen, doch Kims überglückliches Gesicht ließ mich sagen: „So weit sind wir einfach noch nicht. Aber wir werden uns bald damit beschäftigen, versprochen!"

Kims Strahlen fiel augenblicklich in sich zusammen. „Was? Aber ... du hast es doch in meiner Zukunft gesehen."

„Ich habe eine Veränderung gesehen", berichtigte ich sie streng. „Vom Bündnis habe ich kein Wort gesagt."

Doch Kim schüttelte stur den Kopf. „Ihr müsst uns in das Bündnis mit einschließen, Amelie", sagte sie beschwörend. „Du weißt doch, Zauberer und Hexen verkörpern die zwei Seiten der Magie, ohne uns wäre dieses Bündnis unvollkommen."

Ich wollte etwas sagen, irgendetwas, um sie zu beschwichtigen und sie davon abzuhalten, in einen ausschweifenden Monolog über Hexen und Zauberer abzudriften, doch es war bereits zu spät.

„Ihr Zauberer habt die Magie zwar in euch, wenn ihr geboren werdet, aber wir Hexen haben uns über Generationen hinweg mit ihr beschäftigt. Ihr besitzt zwar magische Fähigkeiten, die ihr einsetzen könnt, aber wir verfügen über das Wissen, magische Gegenstände zu erkennen oder sie durch Rituale selbst herzustellen. Unsere Seite der Magie kann ebenso mächtig sein wie eure, Amelie."

Ich nickte pflichtschuldig. Doch trotz Kims geblümter Ausführung, ließ sich die ganze Thematik auf einen zentralen Satz reduzieren: Wir Zauberer besaßen magische Fähigkeiten, die Hexen nicht. Dass sie dafür viel über die Geschichte der Magie, Rituale und magische Gegenstände wussten, mehr als viele Zauberer, stimmte. Aber ganz ehrlich: Wir Zauberer hatten dank unserer Fähigkeiten einfach Spannenderes zu tun, als unsere Nasen unentwegt in staubige Bücher zu stecken. Und die magischen Gegenstände, die Hexen selbst erschaffen konnten – durch irgendwelche erlernten Rituale, wohlgemerkt, die jeder mit etwas Geduld erlernen konnte – waren wirklich sehr, sehr schwache magische Gegenstände, wenn sie denn überhaupt funktionierten.

Anscheinend sah Kim meinem Gesicht an, dass ich nicht ernstlich beeindruckt war, denn sie legte noch eine Schippe drauf: „Wusstest du, dass sich rund achtzig Prozent aller wirklich mächtigen magischen

Gegenstände im Besitz von Hexen befinden? Ihr Zauberer, Vampire und Menschen macht zusammen nur zwanzig Prozent aus!"

Wenn Kim *wirklich mächtige magische Gegenstände* sagte, meinte sie solche, die eben nicht absichtlich durch irgendwelche Rituale geschaffen wurden, sondern unabsichtlich durch Geschehnisse und Emotionen. Das konnte durch etwas Dramatisches wie einen Mord passieren, oder auch durch etwas Positives, wie große Liebe. Warum in solchen Situationen manchmal magische Gegenstände entstanden, während unter ähnlichen Umständen nichts passierte, wusste niemand, nicht einmal die belesenen Hexen.

Abermals öffnete Kim den Mund, zweifellos, um mit ihren Ausführungen fortzufahren, doch ich hob schnell die Hand und sagte: „Es wurde gegen euch abgestimmt. Tut mir leid."

Ich wartete auf den Knall. Und tatsächlich trat ein zorniger Ausdruck in Kims Augen. Ich wappnete mich für die verbale Konfrontation, doch Kim starrte mich nur an und der Ärger auf ihrem Gesicht wich Nachdenklichkeit.

„Ich möchte dir etwas erzählen, Amelie", sagte sie.

Ich nickte, auch wenn ich nicht die geringste Lust auf weitere Hexen-Lobgesänge verspürte.

„Ich glaube, dann wirst du erkennen, dass ihr einen Fehler macht."

Ich bezweifelte es.

Kim beugte sich vor und begann mit gedämpfter Stimme zu sprechen, als könnte jeden Moment die Hexenpolizei hinter dem Vorhang hervorspringen und Kim wegen Preisgabe vertraulicher Informationen verhaften. „Ich war vor drei Wochen in Rumänien", sagte sie und blickte mich an, als hätte sie mir gerade die Wahrheit über die Schöpfungsgeschichte offenbart.

„Das war die Woche, in der du mir ebenfalls Veränderungen vorhergesehen hattest, erinnerst du dich?"

Ich nickte und zwang mich zu einem interessierten Blick. Das sah Kim ähnlich, dass sie alles tat um das, was ich in ihrer Zukunft spürte, wahr werden zu lassen. Meine Wahrsagerei für sie war das Paradebeispiel einer sich selbst erfüllenden Prophezeiung.

„Ich besuchte dort natürlich mehrere Antiquitätenläden, wie du weißt, bin ich immer auf der Suche nach magischen Gegenständen. Und dann betrat ich eines Tages diesen kleinen, unscheinbaren Laden und was ich fand war einfach ..." Sie hob die Augenbrauen und blickte mich vielsagend an. „Ich wusste sofort, dass dieses Amulett etwas Besonderes ist, Amelie. Nenn es einen sechsten Sinn oder einfach meine Erfahrung auf dem Gebiet, aber ich sage dir, ich wusste es *sofort*." Sie griff in ihren runden Schnürbeutel und zog eine lange Bronzekette hervor, an deren Ende ein walnussgroßes, rundes Medaillon baumelte. Auf der Vorderseite prangte die Blume des Lebens. Verzierungen wie Steine oder ähnliches gab es nicht. Alles in allem wirkte das Medaillon ziemlich gewöhnlich.

„Ist es alt?", fragte ich, mehr aus Höflichkeit als aus echtem Interesse.

„Du hast ja keine Ahnung", flüsterte Kim andächtig und öffnete den Deckel. Das Innere des Medaillons kam zum Vorschein – das gemalte Porträt einer dunkelhaarigen, hübschen Frau. Ich streckte die Hand nach dem Amulett aus, um mir das Porträt näher anzusehen, doch kaum berührten meine Finger das kühle Metall, zog ich sie reflexhaft zurück, als hätte ich mich verbrannt. Ich wusste selbst nicht, wieso. Misstrauisch beäugte ich das Schmuckstück. „Was ist das?", fragte ich und diesmal war mein Interesse nicht geheuchelt.

„Oh, Amelie, du wirst es nicht glauben, wenn ich dir das erzähle! Gut, es sind zugegebenermaßen alles noch Vermutungen, aber anscheinend ..."

Es miaute. Laut und aufdringlich, von der Kommode her, wo ich mein Smartphone abgelegt hatte. Nicht so, wie süße Babykätzchen miauten, die nach ihrer Mami riefen, sondern so, als würden sich gerade ein Dutzend Katzenpärchen paaren.

„Verdammt noch mal!", fluchte ich und schnappte mir das Telefon, um dem peinlichen Geräusch ein Ende zu machen. Ich warf einen Blick auf den Bildschirm – und mein Herz setzte einen Schlag aus. Ein Anruf von einer unbekannten Nummer. Lucian? „Hallo?", fragte ich atemlos.

Am anderen Ende der Leitung blieb es still.

„Marcelle?", fragte ich, doch im selben Moment fiel mir ein, dass ich ihre Nummer ja seit gestern gespeichert hatte.

„Nein", sagte eine männliche, belustigt klingende Stimme, die ich nie zuvor gehört hatte. „Spreche ich mit Amelie, der Zauberin?" Das letzte Wort ging fast vollständig in einem leisen Lachen unter.

„Ja", sagte ich unwirsch. „Hören Sie, wenn das ein Scherz sein soll –"

„Oh, es ist mir überaus ernst", unterbrach mich die Stimme, ohne den belustigten Unterton jedoch ganz abzustreifen. „Gehe ich richtig in der Annahme, dass du einen gewissen Lucian kennst?"

Meine Hand krampfte sich fester um das Handy. „Sie kennen Lucian?"

Wieder das leise Lachen. „Du bist wirklich amüsant, Zauberin Amelie. Ob ich ihn kenne? Ich würde behaupten, es gibt nur eine einzige Person, die ihn besser kennt als ich, und das ist nicht er selbst, wenn du verstehst, was ich meine."

„Sind Sie ein Vampir?" Die leicht gestelzte Ausdrucks-
weise, die Überheblichkeit ... ja, ich war mir sicher,
noch bevor er antwortete: „Kompliment, du bist ja tatsächlich so scharfsinnig, wie man behauptet."

„Wer sind Sie?", fragte ich laut, um sein Lachen zu
übertönen.

„Ich bin Lucians Bruder, wenn du so willst."

Ehe ich reagieren, ja, seine Worte auch nur verarbeiten konnte, fuhr er fort: „Und Lucian ist gerade dabei,
etwas überaus Dummes zu tun. Also packst du besser
deine sieben Sachen und kommst auf der Stelle hierher."

„Wohin?", fragte ich atemlos.

„Nach Rumänien, natürlich. Zur unserer Versammlung."

KAPITEL 3

„Wa-was?", stotterte ich und wusste selbst nicht, auf was genau sich meine Frage bezog.

Der Anrufer seufzte. „Komm allein."

„Aber –"

„Ich schicke dir die Adresse über WhatsApp."

Während ich noch versuchte zu realisieren, dass mir gerade ein Vampir übers *Handy* gesagt hatte, er würde mir was über *WhatsApp* schicken, hatte der Anrufer bereits aufgelegt. Fassungslos ließ ich mein Smartphone sinken. Im nächsten Moment ging das Miauen wieder los, doch stoppte von selbst nach wenigen Sekunden. Ich hatte eine neue WhatsApp-Nachricht. Mein Blick flog über die seltsame Adressangabe und die sechsstellige Postleitzahl. Rumänien. Tatsächlich.

„Alles in Ordnung?", fragte Kim.

Wenn der Anrufer die Wahrheit gesagt hatte, war Lucian in Rumänien bei einer Vampirversammlung. Und dabei eine Dummheit zu begehen? Wieso hatte dieser Kerl sich nicht etwas verständlicher ausdrücken können?

„Amelie", hörte ich plötzlich Kims Stimme direkt neben mir. Sie legte mir eine Hand auf den Arm und hielt mir mit der anderen ihr Amulett vor die Nase. „Ich habe drei Wochen gebraucht, um überhaupt ein paar brauchbare Informationen zu finden, aber jetzt –"

„Können wir ein andermal darüber reden?", fragte ich unwirsch.

„Aber ..."

„Ich habe jetzt wirklich keine Zeit dafür", unterbrach ich. „Ich rufe dich an, okay?"

Sie musterte mich lange. Ich trat ungeduldig von einem Fuß auf den anderen, während mein Blick immer wieder zu der Adresse auf meinem Smartphone flog.

„Okay", sagte Kim schließlich. Sie steckte das Amulett zurück in ihren Beutel und ging zur Tür. „Aber ruf mich so bald wie möglich an. Es ist wichtig!"

„Ja, natürlich", versicherte ich. Doch kaum hatte Kim das Zimmer verlassen, hatte ich sie und das Amulett bereits vergessen.

„Das kann nicht dein Ernst sein! Das ist sogar für so eine strohblöd-naive Hexe wie dich …" Sassa brach mitten im Satz ab und sackte zusammen wie ein Luftballon, in den man ein Loch gestochen hatte. „Wir werden alle beide sterben."

„Jetzt wirst du aber melodramatisch", sagte ich und packte ein paar Garnituren Unterwäsche und Socken in die Tasche, die ich schon mit mir herumgeschleppt hatte, als ich inkognito als Lucians Dämonenbeschwörerin mit ihm, Marcelle und Serena nach Frankreich gereist war.

„Lass uns wenigstens Serena und Chris mitnehmen!", flehte Sassa.

„Der Anrufer hat gesagt, ich soll allein kommen."

Der kehlige Ruf eines Raben, der es sich auf dem Fenstersims gemütlich gemacht hatte, schallte ins Zimmer.

„Das ist ein Omen", verkündete Sassa düster.

„Was weißt du schon über Omen?"

„Einiges."

„Und woher?"

„Serena."

„Serena? Bist du etwa bei ihr, wenn du in letzter Zeit deinen ominösen Erledigungen nachgehst?"

„Lenk nicht ab, es geht hier um dich! Da muss dich nur so ein ominöser Vampir anrufen und dir rätselhaftes Zeug vorsabbeln und zack, packst du deine Sachen und fährst in die Walachei!"

„Transsilvanien, nicht Walachei", korrigierte ich. „Auch wenn die zugegebenermaßen nah dran ist."

„Das ist ganz genauso wie beim letzten Mal", lamentierte Sassa. „Als du dich auf den Handel mit dem Bund eingelassen hast und den Vampir töten solltest. Und was ist dann passiert, na? Na? Du Trottel hast dich in ihn verliebt und wurdest fast getötet. Mehrmals. Und mir blieb nichts anderes übrig, als dich zu retten. Mehrmals."

Ich öffnete den Mund zu einer Erwiderung, doch schloss ihn unverrichteter Dinge wieder. „Du hast recht."

Sassas schwarze Knopfaugen funkelten überheblich. „Ich weiß. Tut trotzdem gut, es mal zu hören."

„Was das letzte Mal angeht", schränkte ich ein. „Diesmal wird alles anders. Ich meine, diesmal soll ich schließlich keinen Vampir töten, oder? Ich werde diesen Anrufer treffen und herausfinden, was mit Lucian los ist. Und was es mit dieser Versammlung auf sich hat. Das ist alles!"

„Pff, stell dich doch nicht blöder als du bist. Ich kann deine Gedanken lesen, du musst also nicht so tun, als hättest du keine Angst."

Energisch stopfte ich meine Kosmetikbox in die Reisetasche. Wie ich Gespräche mit dem Dämon manchmal hasste. „Angst hin oder her, ich muss herausfinden, was hier los ist", gab ich zwischen zusammengebissenen Zähnen zurück.

„Du weißt doch nicht mal, ob dieser komische Kerl am Telefon die Wahrheit sagt!", rief Sassa aufgebracht. „Schon mal daran gedacht, dass dein Vampir vielleicht gar nicht in Rumänien ist?"

Natürlich hatte ich das. Das Problem war nur: Ich wusste nicht, wo Lucian war und hatte auch keine Möglichkeit, es herauszufinden. Rumänien war mein einziger Anhaltspunkt. Und ganz egal, was Sassa und

Chris sagten: Ich wusste, dass mit Lucian etwas nicht stimmte. Etwas war geschehen, etwas, das Lucian dazu brachte, den Kontakt mit mir abzubrechen und sogar das Bündnis aufzugeben. Und ich musste herausfinden, was es war. Ich musste wissen, ob es Lucian gut ging. Ob er in Gefahr war. Dafür würde ich sogar zehn ominösen Anrufen in die Walachei oder bis nach Timbuktu folgen. Außerdem würde ich vorsichtig sein. Und ich hatte meine neuen telekinetischen Fähigkeiten.

„Ach komm, du kannst damit ja nicht mal Kaffee kochen ohne die komplette Küche einzusauen. Und diesen Fähigkeiten soll ich mein Leben anvertrauen? Sehr beruhigend, wirklich." Sassa schnaubte.

„Dann bleib doch einfach hier, wenn du solche Angst hast." Mir kam ein anderer Gedanke: Warum Sassa nicht einfach noch vor meiner Abreise in seine Welt zurückschicken? Zeit hatten wir genug, schließlich musste ich ohnehin warten, bis Chris und Serena schliefen, um mich davonzustehlen.

Doch bevor ich gegenüber Sassa den Vorschlag verbalisieren konnte, hüpfte der Dämon vom Bett und hoppelte zur Tür. „Ich hab noch was zu erledigen", sprach's und verließ das Zimmer.

Und ich hatte wieder vergessen, ihm wegen meines Smartphones die Leviten zu lesen.

Um Punkt fünf Uhr am nächsten Morgen stand ich abmarschbereit im Wohnzimmer. Ich würde die allererste Busverbindung zum Flughafen nehmen. In meinem Zimmer auf dem Tisch lag ein kurzer Brief an Chris, in dem ich ihm die Situation erklärte, allerdings ohne zu verraten, wohin genau ich aufgebrochen war. Doch dass ich Lucian nicht mal eben im Nachbardorf suchte, ging aus der Nachricht durchaus hervor.

Ich knöpfte meinen Mantel zu, ließ meinen Blick ein letztes Mal über das dunkle, stille Wohnzimmer gleiten und verließ das Haus. Bevor ich die Tür schloss, schlüpfte ein haariges, braunes Etwas zu mir nach draußen.

„Frechheit, dass du nicht auf mich gewartet hast!", schimpfte Sassa. „Und ganz schön blöd, wenn man bedenkt, dass du ohne mich auf jeden Fall sterben wirst!"

Ich drehte mich um, damit der Dämon mein erleichtertes Lächeln nicht sah. „Komm", sagte ich. „Wir haben einen weiten Weg vor uns."

Der weite Weg scheiterte schon beinahe zwei Stunden später, weil Sassa partout nicht ins Flugzeug steigen wollte. Als ich ihn packte, um ihn einfach in mein Handgepäck zu stopfen, biss er mir in die Hand. Ich ließ ihn stehen und stieg ein. Wie erwartet hüpfte Sassa in letzter Minute doch noch ins Flugzeug.

Wir verbrachten den kompletten Flug auf der Toilette und ich hatte wieder etwas Neues über Dämonen gelernt: Was sie in unserer Welt aßen, konnte auch auf umgekehrtem Wege wieder aus ihnen herauskommen.

„Warum hast du mir vor dem Flug auch diesen Triple Chocolate Muffin gekauft?", lamentierte Sassa zitternd, während ich ihn mit dem Kopf über die Kloschüssel hielt.

„Weil du mich sonst mit deiner Nerverei in den Wahnsinn getrieben hättest."

„Hoffen wir, dass du nie Kinder haben wirst", konnte Sassa noch sagen, bevor die Übelkeit wieder zuschlug.

In Bukarest wechselte ich zuerst etwas Geld, dann stiegen wir in einen Zug und knapp vier Stunden später schließlich in einen Bus. Die Sonne war schon lange untergegangen, als wir an einem kleinen Bahnhofsgebäude ausstiegen und ich dem Vampiranrufer eine SMS schickte. Die Antwort kam sofort: *Ich schicke den Shuttle-Service.*

Während wir auf einer alten Holzbank vor dem Bahnhofsgebäude, von der ich erstmal den Schnee hatte herunterwischen müssen, warteten, schmiegte sich Sassa plötzlich mit einschmeichelndem Lächeln an mich.

„Was?", fragte ich misstrauisch. Der Dämon hatte seit dem Fiasko im Flugzeug kein Wort mehr mit mir gesprochen.

„In diesem Land gibt es unglaubliche Sandstrände."

„Und?" Das hatte er also gemacht, als er am Bukarester Bahnhof eine halbe Stunde lang im Buchladen verschwunden war.

Sassa klimperte mit den Wimpern. „Weißt du, worauf ich Lust hätte? Urlaub am Meer. Lass uns doch diese ganze Vampirgeschichte vergessen und einfach –"

„Es sind minus fünf Grad."

„Ja und? Ich friere selten. Du hättest die Bilder in diesem Reiseführer sehen sollen. Weißer Sand, türkisfarbenes Wasser und diese lustigen bunten, kreisförmigen Dinger – wozu sind die nochmal gut?"

„Sonnenschirme, damit man keinen Sonnenbrand bekommt."

„Ja, genau, die möchte ich unbedingt mal sehen!"

„Im Winter gibt's am Strand aber keine Sonnenschirme, weil es keine Menschen gibt, weil es zu kalt ist", erklärte ich noch einmal mit, wie ich fand, engelsgleicher Geduld.

„Pfh, undankbarer geht's wohl nicht!", erzürnte sich Sassa. „Wie oft muss ich Madame denn noch das Leben retten, damit ich mir mal einen klitzekleinen Strandurlaub verdient habe, he? Sag schon? Drei Mal, vier Mal, fünf Mal? Das schaff ich sogar heute noch, wenn ... äh, sag mal, hast du eine Kutsche bestellt?"

Im selben Moment sah ich sie ebenfalls. Ich fühlte mich um drei Wochen zurückversetzt. Die Kutsche, die jetzt vor mir hielt, sah jedoch bei weitem nicht so edel aus wie die, mit der Lucian uns vor drei Wochen zu seinem Anwesen in Frankreich hatte kutschieren lassen wollen und die dann beim Angriff durch den alten Bund vollkommen ausgebrannt war.

Dieses Exemplar wirkte alt und abgenutzt und so, als könnte man von Glück sagen, wenn sie noch fünf Meter schaffte, ohne auseinanderzubrechen.

„Sie müssen Amelie sein?", fragte der Fahrer, ein dürrer Mann mit Schnurrbart, in holprigem Englisch. Er trug einen schwarzen Frack, darunter ein weißes Hemd, um dessen hohen Kragen eine weiße Fliege gebunden war.

Ich nickte.

„Steigen Sie ein, ich bringe Sie zum Hotel."

„Hotel?"

„Ja, Sie haben doch mit meinem Chef am Telefon gesprochen. Das war der Hotelbesitzer."

Eine Welle der Erleichterung überkam mich. Ein Hotel! Das bedeutete, dass da noch andere Menschen waren, dass es Telefone und Internet gab, vielleicht sogar eine Bus- oder Bahnverbindung.

Siehst du, sagte ich in Gedanken zu Sassa. *Nichts, wovor wir Angst haben müssten.*

Doch der Dämon verschränkte die kurzen Ärmchen vor dem Bauch. Das heißt, er versuchte es, doch schaffte es kaum, dass sich die Fingerchen berührten. „Ich fahre mit keiner Kutsche mehr. Das letzte Mal hat mir gereicht."

Eine gute halbe Stunde lang fuhren wir durch die stockfinstere Nacht. Der Wald um uns herum wurde immer dichter, der Weg immer holpriger und die Wegbeleuchtung immer weniger. Meine Erleichterung wandelte sich in Besorgnis.

„Na, wer hat jetzt Schiss?", fragte Sassa genüsslich, der am Ende natürlich doch eingestiegen war.

Irgendwo in der Nähe heulte ein Wolf. Sassa und ich tauschten einen erschrockenen Blick.

„Ich hab's dir gesagt", murmelte der Dämon und rollte sich auf meinem Schoss zusammen. „Ich hab's dir ja gesagt."

Die Kutsche hielt mit einem Ruck an. Schritte umrundeten die Kabine und öffneten die Tür. „So, Aussteigen, das Fräulein." Der Fahrer grinste mich an und mimte eine Verbeugung.

Ich schluckte, sammelte meine Sachen ein und stieg aus. Der Schnee knirschte unter meinen Schuhen. Wohin ich auch sah, nur düsterer, nebliger Wald. Die einzige Lichtquelle stellte die altmodische Laterne dar, die am Kutschbock angebracht war. Wieder heulte irgendwo ein Wolf. „Ähm, Entschuldigung", krächzte ich und versuchte mir die Angst, die mir den Rücken hinauf kroch, nicht anmerken zu lassen. „Ich dachte, Sie wollten mich zu einem Hotel bringen."

Der Mann blickte mich spöttisch an.

Ich sprang erschrocken einen Schritt zurück, als er plötzlich den Arm ausstreckte. Sein Grinsen wurde noch breiter. Er zeigte zum vorderen Teil der Kutsche, wo die beiden braunen Pferde ihre Köpfe hin und her warfen.

Zögernd folgte ich dem Wink des Kutschers. Ging mit einigem Abstand an den schnaubenden Tieren vorbei und dann sah ich es. Ein riesiges, eisernes Tor. Genau da, wo der Weg, den wir gekommen waren, endete. Vom Tor aus erstreckte sich ein drei Meter hoher, solider Zaun nach rechts und links, so nah am Wald entlang, dass die Bäume mit dem Zaun verwachsen zu sein schienen.

„Amelie?", hörte ich Sassas ängstliche Stimme.

Ich drehte mich um und sah gerade noch, wie der Kutscher auf seinen Bock stieg.

„Halt!", rief ich, doch da hatte er die Kutsche bereits gewendet. Das Hufgetrappel entfernte sich und mit ihm unsere einzige Lichtquelle. „Verdammt!", fluchte ich, doch meine Stimme zitterte. Ich krallte meine eiskalten Finger in das Tor, um in der Finsternis nicht vollkommen die Orientierung zu verlieren.

„Hast du das gehört?", quiekte Sassa.

Hatte ich. Ein Rascheln im Gebüsch. „Du kannst doch im Dunkeln sehen. Schau nach!", flüsterte ich.

„Hier gibt es Wölfe. Und Bären! Hab ich im Reiseführer gelesen."

Ich tastete mich am Tor entlang. Irgendwie musste es sich doch öffnen lassen. Gab es denn keine Klinke?

Vor mir ging ein kleines Licht an. Das Tor schwang nach innen auf und ich fiel in den Schnee. Direkt vor ein Paar glänzender, schwarzer Lackschuhe.

„Aaaaaaaaah!", kreischte Sassa.

Ich rappelte mich auf und wich so hektisch zurück, dass ich beinahe abermals stürzte.

„Oh, wie ich diesen Moment liebe!", sagte der Mann, vor dessen Füßen ich eben noch gelegen hatte, mit britischem Akzent. Er trug einen bodenlangen, purpurnen Umhang, der die gleichfarbige Hose und das weiße Hemd darunter fast vollständig verdeckte. Das gewellte, blonde Haar umrahmte ein blasses, eher feminines aber trotzdem attraktives Gesicht von vielleicht fünfundzwanzig Jahren. In der einen weiß behandschuhten Hand hielt er eine Laterne, die andere streckte er mir entgegen.

Ich starrte ihn an.

Der Mann kicherte. „Ich liebe es!", wiederholte er. „Diesen Moment, wenn die Gäste im Dunkeln herumstolpern und dann ich mit der Laterne ..." Er japste nach Luft. „Ich hoffe, es stört dich nicht, dass ich mir diesen kleinen Willkommensscherz mit dir erlaubt habe, obwohl du natürlich kein gewöhnlicher Gast in meinem Hotel bist. Nun ... im Moment wäre das ja auch etwas unpassend, nicht wahr?" Er seufzte. „Bringen wir die

Sache schnell hinter uns, so dass ich bald wieder meinen Betrieb aufnehmen kann."

Ich starrte noch immer. Und eine Erkenntnis, die mir angesichts des ersten Schrecks entgangen war, schlug mir nun umso heftiger entgegen. Der Mann vor mir war …

„Ein Vampir, ja, ganz toll, bravo", meckerte Sassa. „Und du willst eine Zauberin sein? Lautloses Anschleichen, blasse Haut, obwohl dieses Land so unglaubliche Strände hat – selbst ein Stück Käsekuchen wüsste, dass das ein Vampir ist!"

Als ich noch immer nichts sagte, kam der Vampir auf mich zu und leuchtete mir mit der Laterne ins Gesicht. „Du bist doch die Zauberin Amelie, oder? Lucians Geliebte, Freundin, Herzensdame?" Wieder kicherte er.

„Äh … ja." Endlich machte es Klick in meinem Gehirn. Wenn dieser Mann ein Vampir war und der am Telefon ebenfalls … „Du hast mich angerufen?"

Während er nickte, sandte ich meine Fähigkeiten aus, um die Macht des Vampirs einzuschätzen. Etwas, worin ich zugegebenermaßen nicht allzu gut war, denn meistens konnte ich lediglich Vergleiche ziehen. Der und der ist weniger mächtig als die und die und die und die ist mächtiger als ich. Aber gut, wenn man so coole und seltene telekinetische Kräfte hatte wie ich, hatte man eben auch Besseres zu tun als sich um so langweilige Kräfte wie das Machteinschätzen zu kümmern. Aber was ich über den Vampir vor mir in Erfahrung bringen konnte, reichte. Er schien ziemlich mächtig zu sein, mächtiger als ich, mächtiger als Marcelle, aber wenn mich nicht alles täuschte, nicht annähernd so mächtig wie Lucian.

Wieder streckte er mir die Hand hin, doch anstatt darauf zu warten, dass ich sie nahm, griff er diesmal direkt nach meiner und schüttelte sie. „Sehr erfreut, das Fräulein. Merlin ist mein Name. Willkommen auf

Schloss Trajan, oder passender: Willkommen in meinem Spukhotel. Oh, du wirst eine Menge Spaß hier haben. Natürlich erst, wenn die leidige Pflicht erledigt ist. Also gut, es wird wirklich Zeit. Nichts wie rein in die Höhle des Löwen." Er zwinkerte mir verschwörerisch zu, hakte mich unter und zog mich einen schmalen Pfad entlang, der wieder in einen Wald führte.

„Meine Tasche!", rief ich und wollte mich von Merlin losreißen, doch der Vampir hielt mich eisern fest.

„Ich schicke einen Angestellten, um sie abzuholen. Bis dahin passiert ihr schon nichts. Nichts als Vampire auf diesem Grundstück und was sollten die schon mit dem Krempel einer Zauberin anfangen?" Er lachte. „Abgesehen davon habe ich nur wenige, aber höchst vertrauenswürdige Angestellte für diese Sache hierbehalten. Und die *anderen* Menschen würden niemals etwas tun, das ihre Vampire gegen sie aufbringen könnte, du verstehst?"

„Nicht wirklich", gab ich unwirsch zurück. Aber es gab im Moment tatsächlich Wichtigeres als mein Gepäck. „Lucian ist also hier? In diesem ... Spukhotel?"

„Aber sicher, wieso hätte ich dich sonst herbitten sollen? Nun, da ich dich kenne, könnte ich mir zwar vorstellen, dass deine Anwesenheit auch ohne triftigen Grund überaus erfreulich sein könnte, aber das wusste ich bis vor wenigen Minuten schließlich noch nicht, oder?"

Das kleine Waldstück, das wir soeben betreten hatten, lichtete sich bereits wieder. Der Schein von Merlins Laterne fiel auf einen Grabstein zu unserer Rechten. Und auf einen weiteren und ...

„Ist das ein echter Friedhof?"

„Betriebsgeheimnis." Merlin lächelte geheimnisvoll.

Wir liefen an den Gräberreihen vorbei. Bis auf den gelegentlichen Ruf eines Raben und meine eigenen knirschenden Schritte auf dem Schnee war es vollkommen still. Dann setzte das Wolfsgeheul wieder ein. Ich zuckte zusammen und klammerte mich instinktiv an Merlins Arm. „’tschuldigung“, nuschelte ich und ließ den Vampir los. Das war ja sowas von peinlich.

Merlin klopfte mir kumpelhaft auf die Schulter. „Keine Sorge. Ab und zu hört man hier zwar auch einen echten Wolf heulen, aber das eben kam aus den Lautsprechern am Schloss. Ich weiß, ich hätte es abstellen sollen, als ich den Hotelbetrieb für diese Sache eingestellt habe, aber ich bin so daran gewöhnt, dass ich es nicht missen konnte.“

Wir erreichten das Ende des Friedhofs, legten eine kleine Strecke durch ein erneutes Waldstück zurück und plötzlich erhob sich die Silhouette einer Burg vor uns. Sie war von außen spärlich von einigen Laternen erleuchtet, gerade genug, um eine besonders unheimliche Wirkung zu erzielen. Sie war nicht riesig, sondern eher kompakt, mit nicht mehr als drei oder vier Stockwerken, und lag erhöht. Die Mauern waren aus altem, bräunlichem Stein, auf den roten Türmchen und Dächerchen lag eine weiße Schneeschicht.

Der Weg stieg an und ich musste aufpassen, auf dem glatten Boden nicht auszurutschen. Dann kamen wir an eine steinerne Treppe. „Ist Lucian wegen dieser Versammlung hier?“, fragte ich keuchend, während ich die Treppe emporstieg. „Geht es dabei um das Bündnis?“ Dann fiel mir noch eine Frage ein. „Du hast am Telefon gesagt, du seist Lucians Bruder. Meinst du damit aus der Zeit vorher? Also, bevor ihr zu Vampiren wurdet?“

Merlin gluckste. „Wohl kaum.“

Ich wartete, doch mehr kam nicht. „Was meinst du dann?“

Wir erreichten den Eingang der Burg, ein großes Holztor. Merlin klopfte dagegen und kurz darauf wurde es von innen geöffnet. Ein Mann, der ganz genauso gekleidet war wie der Kutscher, verbeugte sich.

Ich folgte Merlin in das ebenfalls nur von einigen Laternen beleuchtete, im Dämmerlicht liegende Innere. Hinter mir fiel das Tor knarzend zu.

Ich blickte nach oben, doch durch den eingeschränkten Schein der Lampen konnte ich die sehr hohe Decke nur ungenau erkennen. Sie erinnerte mehr an ein Höhlengewölbe als an ein Gebäude. Und da, ganz oben, waren das ...?

„Fledermäuse", sagte Merlin, der meinem Blick gefolgt war. „Gute Idee, machen immer mächtig Eindruck auf unsere Gäste, aber dieser Dreck, den sie hinterlassen ... dafür musste ich einige zusätzliche Angestellte einstellen."

Der Eingangsbereich war mit dickem, rotem Teppich ausgelegt. Trotzdem knarrte der Fußboden bei jedem Schritt. „Wo ist Lucian?" Der Gedanke, dass er jeden Moment vor mir stehen könnte, ließ mein Herz schneller schlagen. Es war eine Woche her, seit ich ihn das letzte Mal gesehen hatte. Sieben Tage ohne in die blauen Augen zu schauen, ohne seine Berührung. Es kam mir wie eine Ewigkeit vor.

„Keine Sorgen, wir befinden uns auf direktem Weg zu deinem Herzbuben." Merlin lachte leise und bog in einen langen, dunklen Korridor ab.

„A-A-Amelie", stammelte Sassa. Er zeigte auf einen geöffneten Sarg, der mitten im Korridor stand. Ein weißes Skelett lag darin.

Ich schluckte und machte einen großen Bogen darum. „Ist das echt?", fragte ich, doch kannte die Antwort schon, bevor Merlin sie mir gab.

„Betriebsgeheimnis."

Der Korridor zog sich endlos hin und mit jedem Schritt schlug mein Herz schneller. Gleich würde ich Lucian wiedersehen, konnte ihn endlich fragen, was hier los war. Wieso er sich so seltsam verhalten hatte. Und dann ... würde sicher alles wieder gut werden.

„Oder aber er fragt dich, was zum Teufel du hier machst, was ich übrigens auch tue", meinte Sassa. „Wo er dir doch ausdrücklich gesagt hat, dass du ihm Zeit geben und ihm vertrauen sollst."

„Da wären wir", sagte Merlin und blieb vor einer breiten Doppeltür stehen. „Ich würde sagen, du kommst genau richtig. Lucian wird eine Rede halten. Zum Bündnis." Er öffnete lautlos die linke Türhälfte. Dahinter kam ein großer, achteckiger Saal zum Vorschein, in dessen Wände riesige Fenster eingelassen waren. Einige Anwesende in Türnähe drehten sich bei unserem Eintreten zu uns um, doch schienen nichts daran zu finden, dass ein Vampir einen Menschen mitbrachte. Im nächsten Moment wurde mir auch klar, weshalb. Nicht alle der fünfzig bis sechzig Anwesenden, die sich teils stehend, teils sitzend um eine Art Podium geschart hatten, waren Vampire. Mir am nächsten stand eine große, blonde Frau in einem aufwendigen Samtkleid, daneben eine dunkelhaarige, zierliche Frau in einer ähnlichen Aufmachung. Mit meinen Fähigkeiten erfasste ich in einem Sekundenbruchteil, dass es sich bei der blonden Frau um einen Vampir handelte, bei der Dunkelhaarigen um einen Menschen. Ich ließ meinen Blick weiter wandern und obwohl ich keine Zeit hatte, alle Anwesenden einer Machteinschätzung zu unterziehen, fiel mir doch eines auf: Pärchen wie das nahe der Tür, bei dem beide ähnlich gekleidet waren, es sich jedoch um einen Vampir und einen Menschen handelte, gab es viele, in allen Geschlechterkombinationen. Ich wollte gerade Merlin danach fragen, doch in diesem Moment betrat jemand das runde Podium in der Mitte des Saals. Alle Gespräche verstummten.

Mein Mund wurde trocken und mein Herz schlug mit einem Mal doppelt so schnell. Das erste, was mir an Lucian auffiel, war seine veränderte Kleidung. Seine Beine steckten in einer ausgewaschenen blauen Jeans und darüber trug er ein schwarzes Shirt und eine graue, offene Jacke, die bis auf den schwarzen Gürtel reichte. Die Ärmel der Shirt-Jacken-Kombi hatte er bis kurz vor die Ellenbogen hochgeschoben. Jedes einzelne Kleidungsstück saß so perfekt, dass das Outfit in Kombination mit dem tiefschwarzen, zum Zopf gebundenen Haar und den nachtblauen Augen ein Bild zum Niederknien abgab. Wer hätte ahnen können, dass ihm normale Kleidung so gut stand! Dagegen trugen die meisten anderen Männer wie Merlin bodenlange Umhänge in dunklen Farben, die Frauen aufwendige Kleider. Ob genau das vielleicht der Grund war, wieso Lucian sich heute wie das Covermodel einer Modezeitschrift gekleidet hatte? Wo er doch noch vor drei Wochen genüsslich seinen mindestens hundert Jahre alten Mantel auf diversen europäischen Bahnhöfen zur Schau gestellt und die Aufmerksamkeit der Normalbevölkerung auf sich gezogen hatte.

Lucian wandte mir das Profil zu. Seine aufmerksamen Augen musterten die Menge, das ebenmäßige Gesicht verriet wie üblich nicht die geringste Gefühlsregung.

So sehr mich sein Anblick gefangen nahm, so sehr ich einfach hier stehen und ihn ansehen wollte, so sehr wollte ich ihn auch packen und schütteln und fragen, was zur Hölle der ganze Aufstand sollte. Hätte er mir nicht einfach sagen können, dass er unser Treffen absagen musste, weil eine Vampirversammlung anstand? Wieso schockte er Serena, Chris und mich mit der Aussage, er wolle mit dem Bündnis nichts zu tun haben, wenn es doch laut Merlin hierbei genau darum ging! Ich wäre doch die erste gewesen, die dafür Verständnis gehabt hätte, ich wäre liebend gerne mitgekommen – zumal ich ja nicht der einzige Mensch hier war – wenn Lucian mich nur gefragt hätte. Trotz meiner Wut über die unnötigen Sorgen, die ich mir gemacht hatte, überwog die Erleichterung. Alles war in Ordnung. Lucian ging es gut, Lucian war noch immer für das Bündnis, hielt vor den anderen Vampiren sogar eine Rede.

Seine tiefe, samtweiche Stimme füllte den Saal: „Ich wurde gebeten, meine Einschätzung zum Bündnis, welches die Zauberer mit uns einzugehen planen, kundzutun, da ich meinerseits derjenige war, der euch von ihrem Vorhaben in Kenntnis setzte." Bildete ich es mir nur ein, oder klang Lucians Stimme wirklich seltsam distanziert, beinahe schon gelangweilt?

Ich bahnte mir unauffällig einen Weg durch den Saal, um seine Worte besser verstehen zu können.

In diesem Moment fuhr Lucian fort, sagte nur einen Satz, doch der ließ mich erstarren. „Ich kann dieses Bündnis, wie die Zauberer es nennen, nicht unterstützen."

Ich starrte Lucian mit offenem Mund an. Nur am Rande nahm ich wahr, dass im Saal auf einmal getuschelt wurde.

Lucian ignorierte die Unruhe, die seine Worte ausgelöst hatten und fuhr fort: „Was den Zauberern vorschwebt, ist eine Vereinigung aus ihres- und unseresgleichen zum Schutz gegen Bedrohungen, wie der alte Bund sie darstellte. Ohne Frage ein lobenswertes Vorhaben. Doch kann dieses Bündnis mit Zauberern überhaupt von Erfolg gekrönt sein?"

Die Gedanken in meinem Kopf überschlugen sich, verstrickten sich zu einem unlösbaren Chaos. Ich schob mich durch die Menge, weniger vorsichtig diesmal, genau in die Richtung, in die Lucian blickte. Ich wollte ihm in die Augen sehen können, während er das Bündnis verriet, für das unsere Beziehung stand.

„Ein Bündnis mit Menschen, die keinerlei Vorstellung von unseresgleichen haben, von unseren Traditionen", fuhr Lucian fort. „Sollen wir wirklich unsere Zeit damit verschwenden, ihnen unsere Sichtweisen zu erklären, die sich in hunderten von Jahren an Lebenserfahrung verfestigt haben? Zauberer sind ..." In diesem Moment entdeckte er mich.

Wieder ging das Gemurmel los, doch ich hörte es kaum. Sah nur Lucian, der seinerseits mich anstarrte, das Gesicht ausnahmsweise nicht so ausdruckslos wie sonst.

Meine Stimme zitterte vor Wut, als ich laut sagte: „Ja? Was genau ist so schlimm an uns Zauberern? Das würde mich echt interessieren."

KAPITEL 4

Lucian sagte noch immer nichts. Auch er kümmerte sich nicht um das Raunen im Saal, das von Sekunde zu Sekunde lauter wurde. Doch der Ausdruck in seinen Augen wechselte von Erstaunen zu Ärger.

Ärger!?

Ich ballte die Fäuste, bereit ihm zu zeigen, dass sein Ärger nichts im Vergleich zu meinem war, als eine bezaubernd süße Frauenstimme durch den Saal schallte: „Wenn das nicht Lucians Menschlein ist …" Eine kleine, sehr zierliche Vampirin kam mit lasziven Schritten auf mich zugeschlendert. Ihr kurzes Spitzenkleid schwang verführerisch hin und her. Die schwarzen, glatten Haare fielen ihr offen bis zur Mitte des Rückens, die asiatischen Augen funkelten, während sich ihre vollen Lippen zu einem Lächeln kräuselten. „Die Frage ist nur: Warum spricht sie?" Sie blieb vor mir stehen und blickte mir mit erhobenen Brauen direkt in die Augen.

Ein Tumult brach los. Mehrere Vampire erhoben sich von ihren Plätzen, ich hörte Rufe wie „Eine Unverschämtheit!" und „Hat seinen Menschen nicht im Griff!". Die zuvor so gesitteten Zuhörerreihen verschoben sich und während ich versuchte, Lucian nicht aus den Augen zu verlieren, den das aufgebrachte Publikum in Beschlag nahm, wurde ich plötzlich von der asiatischen Vampirin zum Ausgang gezerrt.

„Was …?", begann ich und versuchte mich loszureißen, doch gegen ihren Griff hatte ich keine Chance.

„Ich weiß, du willst Lucian nur helfen", säuselte sie mit ihrer lieblichen Kleinmädchenstimme, „aber gerade ist er besser dran ohne dich, glaube mir."

Während ich mich erfolglos gegen die Vampirin stemmte, versuchte ich, Merlin und Sassa auszumachen, doch die beiden waren nicht mehr an ihrem Platz neben der Eingangstür. Als wäre ich ein störrisches Kind wurde ich aus dem Saal gezogen und erst losgelassen, als die Tür hinter uns zugefallen war.

„Was soll das?", rief ich aufgebracht und musterte die übergriffige Vampirin. Erst jetzt fiel mir auf, wie jung sie trotz der tiefschwarz geschminkten Augen und dem blutroten Lippenstift aussah. Bei ihrer Verwandlung war sie sicherlich kaum älter als achtzehn gewesen. Sie trug ein tief ausgeschnittenes Kleid aus roter Seide und schwarzer Spitze, welches ihr bis zur Mitte der schlanken Oberschenkel reichte. Ihre Füße steckten in schwarzen Schnürstiefeln, die kurz unter dem Knie endeten und somit einen verlockenden Blick auf die in durchsichtigen, schwarzen Strumpfhosen gehüllten Beine erlaubte. Trotz der sicherlich zehn Zentimeter hohen Absätze war sie kaum so groß wie ich. Und sie war mächtig. Wenn mich nicht alles täuschte, beinahe so mächtig wie Lucian.

„Interessant", sagte die Vampirin. Sie trat einen Schritt auf mich zu und musterte mich ihrerseits. Ihr Blick glitt betont langsam von meinem Gesicht über den gestreiften Oversized-Pulli, den ich unter meinem offenen Mantel trug, und die hellblaue Jeans, deren Beine in Stiefeletten steckten. Zum Glück hatte ich wenigstens die mit Absatz an.

Trotzdem formten sich die Lippen der Vampirin zu einem mitleidigen Lächeln.

„Reisekleidung", behauptete ich automatisch und wünschte, Sassa wäre hier, um mich für diesen lahmen Rechtfertigungsversuch auszulachen, denn ich hatte es verdient. Ich straffte die Schultern und blickte fest in die mandelförmigen Augen. „Weißt du was, eigentlich laufe ich fast jeden Tag so rum." Ich versuchte meinerseits, den Blick ebenso spöttisch über ihre Aufmachung gleiten zu lassen, denn *sie* sah nun wirklich aus wie, nun ja, eine ziemlich sexy Vampirin eben. Aber auch ein bisschen so, als hätte sie es nötig.

Sie trat einen weiteren Schritt auf mich zu. Unsere Augen befanden sich genau auf gleicher Höhe und unsere Nasen berührten sich fast.

Ich zwang mich, nicht zurückzuweichen, was nicht einfach war, denn jetzt schlug mir ihre Macht förmlich entgegen. Gegen sie hätte ich keine Chance.

„Sieh an, sieh an", flötete sie. „Lucians Geschmack hat sich wahrlich gewandelt. Und das nicht gerade zum Besseren."

„Eifersüchtig?", konnte ich mal wieder den Mund nicht halten. Und bereute es sofort, als ein gefährliches Funkeln in die dunkelbraunen Augen trat. Nun wich ich doch einen Schritt zurück, doch die Vampirin holte sofort wieder zu mir auf, so dass wir ebenso dicht standen wie zuvor.

„A-mü-sant ... ein kleines Menschlein, so unschuldig und naiv, glaubt, es wüsste, wie unsere Welt funktioniert. Glaubt zu wissen, was es bedeutet, einer von uns zu sein. Glaubt wahrscheinlich, wir sind einfach Menschen, die lange leben."

„Lass sie in Ruhe, Luna."

Wir drehten gleichzeitig den Kopf.

Marcelle stand neben der Saaltür, die dunklen Augen auf die Vampirin namens Luna gerichtet.

Diese lachte höhnisch, doch bewegte sich keinen Zentimeter von mir weg. „Sag bloß ... hat das Schoßhündchen endlich Bellen gelernt?"

Marcelle kam auf uns zu. Ihr langes, grünes Ballkleid wippte bei jedem Schritt. Die beiden Vampirinnen starrten sich an. Marcelle, die fast einen Kopf größer war als Luna und der die Feindseligkeit ins Gesicht geschrieben stand, die andere Vampirin mit spöttisch erhobenen Augenbrauen. Sie waren beide atemberaubend schön auf ihre Art, Marcelle mit den hochgesteckten schwarzen Locken auf elegante, Luna auf verführerische Weise.

„Gib mir nur einen Grund ...", zischte Marcelle.

Luna war mir noch immer so nah, dass ihr Haar meine Wange kitzelte. „Das würdest du nicht überleben."

„Und trotzdem wäre es mir das wert. Das sollte dir zu denken geben."

„Marcelle", sagte Luna in gebieterischem Ton. „Langsam wirst du lästig." Sie wandte den Blick von der anderen Vampirin ab, beugte sich zu mir und hauchte: „Du weißt rein gar nichts über Lucian."

Dann löste sie sich von mir und baute sich vor Marcelle auf.

„Was wird das?", rief ich. Die beiden würden doch wohl nicht aufeinander losgehen? Selbst mir war klar, wer dabei den Kürzeren ziehen würde. Und auch, wenn Marcelle und ich nicht die besten Freundinnen waren, hatte sie doch gerade für mich Partei ergriffen. Ich stellte mich neben Marcelle, doch die beiden Frauen maßen sich noch immer mit Blicken, ohne mich zu beachten. Verdammt noch mal! Ich fuhr herum und riss die Saaltür auf – ich brauchte hier draußen eindeutig Unterstützung – und prallte zurück, als Lucian und Merlin mir entgegen kamen, Sassa hüpfte hintendrein. Die beiden Vampire hielten inne. Während Lucians Blick auf mir ruhte, schaute Merlin sorgenvoll zu den beiden Frauen.

„Entschuldige mich einen Moment", sagte Lucian zu mir und baute sich neben Luna und Marcelle auf. Letztere zog sich sofort zurück, ohne dass ihr Meister sie auch nur ansehen musste. Lucian warf Luna einen warnenden Blick zu, den die Vampirin gelassen erwiderte. Dann änderte sich der Ausdruck in Lucians Augen, wurde tiefer und irgendwie ... bedeutungsschwer. Ein leises Lächeln erschien auf Lunas sinnlichen Lippen.

Was sollte das denn? Ich räusperte mich. „Wenn es niemanden stört, hätte ich gern eine Erklärung für ... alles." Ich wusste nicht einmal, wo ich anfangen sollte.

Lucian wandte sich zu mir um. Seine blauen Augen blitzten. „Eine vortreffliche Idee. Dürfte ich dann meinerseits ebenfalls um eine Erklärung bitten?" Seine Worte waren höflich, doch der Ton messerscharf. „Berichtige mich, wenn ich mich irre, aber habe ich dir nicht ausdrücklich gesagt, dass du mich nicht kontaktieren sollst?"

Betroffen blickte ich zu ihm hoch. Freute er sich denn gar nicht, mich zu sehen? Und nach allem, was ich riskiert hatte, um ihn zu finden, um sicherzustellen, dass es ihm gut ging, war er wütend auf mich? *Er* auf *mich*? Im Ernst? „Ausdrücklich hast du das nicht gesagt, nein", berichtigte ich ihn mit vor Zorn zitternder Stimme. „Und überhaupt. Denkst du, ich lasse mich von ein paar nichtssagenden Worten abfertigen und warte dann schön brav zu Hause darauf, bis du dich irgendwann bequemst mir zu sagen, was zur Hölle los ist?" Bei den letzten Worten war ich immer lauter geworden, so dass sie von den hohen Korridorwänden widerhallten.

Lucian blickte mich schweigend an. Dann, plötzlich, lächelte er.

Es war, als würde die Sonne aufgehen. Und obwohl es mir ein bisschen peinlich war, dass er meinen Zorn so leicht verrauchen lassen konnte, lächelte ich ebenfalls.

„Nein, natürlich nicht", sagte er. „Ich hätte wissen müssen, dass ich zu viel von dir verlange. Wahrlich mein eigener Fehler." Irgendwie schaffte er es, seine Worte spöttisch und stolz zugleich klingen zu lassen.

Ich wollte ihn so gerne berühren, in seine Arme sinken, oder auch nur seine Hand nehmen, und machte vorsorglich einen Schritt zurück, bevor ich mich vor all den Zuschauern noch zu irgendwas Peinlichem hinreißen ließ.

„Trotzdem interessiert es mich brennend, woher du von meinem Aufenthaltsort wusstest", sagte Lucian und machte einen Schritt auf mich zu. Seine Augen funkelten amüsiert.

Ich grinste. Dieses Spiel konnte ich auch spielen. Wie zufällig streifte ich mit meiner Hand Lucians, als ich mich zu Merlin umdrehte.

Der zuckte mit den Achseln. „Du warst dabei, einen großen Fehler zu begehen. Das konnte ich nicht zulassen." Er zwinkerte mir zu.

Doch Lucian schien die ganze Sache nicht so locker zu sehen. Unser Annäherungsspiel war vergessen, als er Merlin fixierte. „Du wusstest, dass ich sie nicht hier haben will", sagte er mit gefährlich leiser Stimme.

Ich wusste aus Erfahrung, dass man besser das Weite suchte, wenn Lucians Stimme so klang.

Doch ebenso, wie es bei mir selbst nur allzu oft der Fall war, schien Merlin nicht so ganz zu wissen, was gut für ihn war. „Das wusste ich. Aber um ehrlich zu sein, war meine Sorge um dich größer als die um ihre Sicherheit." Merlin warf mir einen entschuldigenden Blick zu, bevor er sich wieder an Lucian wandte. „Du warst dabei, dich gegen das Bündnis zu stellen, obwohl du es in Wahrheit für eine gute Idee hältst. Wie ich selbst übrigens auch. Sie herzubringen und dir zu beweisen, dass deine Sorge unbegründet ist, war der einzige Weg, dich umzustimmen. Oder liege ich falsch?"

Mindestens zehn neue unbeantwortete Fragen gesellten sich zu den schon vorhandenen in meinem Kopf.

„Darüber sprechen wir noch", ließ Lucian Merlin wissen und wandte sich wieder mir zu.

In diesem Moment ging die Saaltür abermals auf und ein Mann mit silbernem Haar schritt hindurch. Nicht nur Marcelle und Merlin, sondern auch Lucian wich ehrfurchtsvoll ein paar Schritte zurück. Als ich vorsichtig meine Fähigkeiten nach ihm ausstreckte, verstand ich auch, wieso. Dieser Vampir war der mächtigste, dem ich je begegnet war.

Nur Luna blieb, wo sie war, doch selbst sie setzte ein höfliches Lächeln auf.

„Lucian", sagte der Silberhaarige, dessen Gesicht außerdem das älteste war, das ich je an einem Vampir gesehen hatte. Seine hellgrauen Augen schienen Lucian mit ihrem Blick durchbohren zu wollen.

„Valentin." Lucian verneigte sich.

„Das ist inakzeptabel." Valentins Stimme war so voluminös, dass sie den ganzen Korridor auszufüllen schien. „Erst setzt du uns von diesem Bündnis in Kenntnis und wir reisen eigens für diese Versammlung an, dann sprichst du dich unversehens gegen das Bündnis aus und schlussendlich wagt es dein Mensch, unsere Versammlung zu stören. Du scheinst vergessen zu haben, wie du dich unter deinesgleichen zu benehmen hast."

Das würde sich Lucian nicht gefallen lassen. Mächtiger Silberhaariger hin oder her, niemals würde der Lucian, den ich kannte, es hinnehmen, dass ihn jemand dermaßen rund machte. Doch Lucian schwieg.

„Entweder du besinnst dich auf deine Manieren, kommst augenblicklich wieder herein und bringst deine Ansprache ohne weitere Zwischenfälle zu Ende, oder der Innere Kreis wird sich deinen Lebenswandel einmal genauer ansehen müssen." Valentin machte auf dem Absatz kehrt.

Erst jetzt, da der andere Vampir ihm den Rücken zugewandt hatte, sah Lucian auf. Seine Augen bohrten sich in Valentins silbernen Haarschopf, bis dieser im Inneren des Saals verschwunden war.

Ich pfiff durch die Zähne.

Lucians brodelnder Blick richtete sich auf Merlin. „Bring sie von hier weg. Sofort."

Mit *sie* meinte er ganz offensichtlich mich. Bevor ich auch nur den Mund öffnen konnte, um dem entschieden zu widersprechen, wandte Lucian sich an Luna: „Und du, Jiashan, begleitest mich zurück in den Saal."

„Also", begann ich, doch Luna war schneller: „*Du* erteilst mir Befehle?", fragte sie und schaffte es irgendwie, auf den viel größeren Lucian herabzublicken. „Höchst amüsant. Wenn ich mich recht erinnere, war das früher umgekehrt."

Während Luna und Lucian sich mit kühlen Blicken abschätzten, in denen so viel mehr Bedeutung mitzuschwingen schien, wandte ich mich flüsternd an Merlin. „Wieso nennt er sie Jia-irgendwas?" Mit komplizierten Namen hatte ich es noch nie gehabt. „Und was meint sie mit: Früher war es umgekehrt?"

Obwohl wir natürlich beide wussten, dass alle mithörten – schließlich waren es Vampire – tat Merlin mir den Gefallen und flüsterte zurück: „Jiashan ist Lunas echter Name. Nur Lucian darf sie so nennen." Meine zweite Frage beantwortete er nicht.

Muuuuuuuh!, kam es aus meiner Manteltasche. „Verdammt noch mal!", rutschte es mir heraus. Ich warf Sassa einen vernichtenden Blick zu, während ich unter den fassungslosen Gesichtern der vier Vampire mein muhendes Smartphone aus dem Mantel fischte. „Hör zu, Chris, es ist gerade unheimlich schlecht ..."

„Wo zur Hölle bist du?", wurde ich unterbrochen.

„In Rumänien", gab ich kleinlaut zu.

„Wir fahren sofort zum Flughafen. Und bis wir landen schickst du mir die genaue Adresse!", sprach's und legte auf.

„Oh oh, der ist ganz schön sauer", kommentierte Sassa und brachte sich vorsorglich hinter Merlin in Sicherheit.

„Also, ich gehe nirgendwo hin“, verkündete ich, gerade als Luna das Blickeduell mit Lucian verloren zu haben schien. „Da drinnen sind schließlich auch andere Menschen.“

„Oh, ich finde das eine fabelhafte Idee“, flötete Luna. „Allerdings ist die Teilnahme an einer Vampir-Versammlung nur den Menschen von Vampiren gestattet. Du weißt natürlich, was das bedeutet. Und? Bist du Lucians Mensch?“ Sie leckte sich lasziv über die Lippen.

„Das reicht, Jiashan!“

Luna schlenderte an Lucian vorbei, wobei sie ihn mit der Hüfte streifte. Und ja, das war eindeutig Absicht. „Wie oft muss ich dir noch sagen, dass du mir nichts zu befehlen hast“, hauchte sie ihm zu und verschwand in den Saal.

Mir entging nicht, dass Lucians Augen Luna einen Moment folgten, bevor sie sich auf Merlin richteten. „Versuch, Valentin noch einen Moment hinzuhalten.“

Merlin drehte sich kommentarlos um und kehrte ebenfalls, gefolgt von Marcelle, in den Saal zurück.

Endlich waren Lucian und ich allein. Das heißt, wenn man Sassa nicht mitzählte, was ich schon lange nicht mehr tat.

„Was soll das alles?“, brach es aus mir heraus.

Lucian betrachtete mich schweigend. Dann streckte er die Hand nach mir aus, doch ich wich zurück. Seine Nähe zuzulassen war selten sinnvoll, wenn ich mir ein ernstes Gespräch wünschte.

„Ich will Antworten, Lucian.“ All die Sorgen, die ich mir seinetwegen gemacht hatte, die Erleichterung, dass er wohlauf war, die Wut über seinen Verrat am Bündnis – alles kam gleichzeitig hoch und ließ mich am ganzen Körper zittern. „Warum hast du mir nicht gesagt, dass du dich in Rumänien mit anderen Vampiren triffst? Und wie konntest du vor all den anderen sagen, dass das Bündnis – *unser* Bündnis – keinen Sinn macht?"

Lucian wollte gerade antworten, da kam mir eine weitere Frage über die Lippen, peinlicherweise auch noch in ziemlich quengelndem Tonfall: „Und wer ist diese Luna?"

Lucian hob die Augenbrauen.

„Also?" Ich würde mich von seinem Blick nicht verunsichern lassen. Ich hatte ja wohl ein Recht darauf, nach einer geradezu verboten verführerischen Vampirin zu fragen, wenn diese offensichtlich meinen Freund kannte und sich nicht zu schade war, vor meinen Augen mit ihm zu flirten.

„Leider kann ich gegenwärtig nicht mit ausführlichen Erklärungen dienen", sagte Lucian. „Du hast Valentin gehört. Wenn ich nicht augenblicklich zu der Versammlung zurückkehre, wird er gehen und die anderen werden es ihm gleichtun. Dann ist das Bündnis verloren. Aber du sollst wissen, dass ich – wie drückte Merlin sich aus?" Ein spöttisches Lächeln erschien auf seinem Gesicht. „Ah ja, dass ich das Bündnis für eine gute Idee halte. Daran hat sich nichts geändert. Mich gegen es auszusprechen war eine Vorsichtsmaßnahme, doch der Grund dafür ist mit deinem Erscheinen hinfällig geworden. Daher ist es nun umso wichtiger, dass ich wieder hineingehe und die anderen davon überzeuge, meinen vorherigen Worten keinen Glauben zu schenken."

Das war eine mehr als dürftige Erklärung. Doch er hatte recht, das Bündnis war wichtiger als mein Sehnen nach Antworten. „Wir reden nach der Versammlung", mahnte ich. Nicht, dass Lucian noch auf die Idee kam, er würde um ein ausführliches Gespräch herumkommen.

„Ich kann es kaum erwarten."

„Und ich komme mit in den Saal."

Lucian zögerte merklich, dann sagte er: „Wenn es dein Wunsch ist. Doch du wolltest wissen ..." Er brach ab. Im nächsten Moment stand Valentin abermals im Korridor, einen entschuldigend dreinblickenden Merlin im Schlepptau.

„Du hast unsere Geduld wahrlich zur Genüge strapaziert, Lucian", sagte der Silberhaarige.

„Verzeih, Valentin. Wir wollten gerade zur Versammlung zurückkehren."

Die hellgrauen Augen des mächtigen Vampirs richteten sich auf mich, so als wollte er ergründen, ob Lucian die Wahrheit sagte.

Ich nickte nachdrücklich.

„Nun gut." Valentin ging den Weg zurück, den er gekommen war.

Lucian warf mir noch einen langen Blick zu und ich meinte, Besorgnis darin zu lesen. Dann betraten wir gemeinsam den Saal.

Aller Augen waren auf uns gerichtet. Und diesmal nahm ich die gebündelte Aufmerksamkeit sehr wohl wahr. Menschen wie Vampire starrten mich an und ich konnte fast spüren, wie die missbilligenden Blicke an meinem übergroßen Pulli und der schon etwas älteren Jeans hängen blieben. Nervös strich ich meine Haare glatt, die unfrisiert über meine Schultern fielen und dringend einen Haarschnitt nötig hatten. Gleichzeitig wurde mir bewusst, dass meine und Lucians moderne Kleidung von den anderen wie aufeinander abgestimmt verstanden werden konnte – wie bei all den anderen Mensch-Vampir-Paaren im Saal.

Ich folgte Lucian bis zur Mitte des Saals, wo er wieder auf das Podium stieg. Weil ich nicht wusste, was ich sonst tun sollte, blieb ich einfach daneben stehen und fühlte mich wie bestellt und nicht abgeholt. Da wurde ich plötzlich am Arm gepackt und ein paar Schritte nach hinten gezogen. Merlin zwinkerte mir zu. Ich lächelte zurück. Jetzt stand ich nicht mehr ganz allein neben dem Podium, sondern war dank Merlin mit den Zuschauerreihen verschmolzen.

Lucian setzte zum Sprechen an, doch ein Vampir links von mir, den ich nicht kannte, kam ihm zuvor: „Stimmen die Gerüchte?", rief er Lucian zu.

Um mich herum begannen die Vampire zu tuscheln. Als ich Merlin einen fragenden Blick zuwarf, schüttelte der nur den Kopf. Doch er sah besorgt aus.

Derselbe Vampir fuhr fort: „Stimmt es, was man sich erzählt? Dass diese Frau, dieser Mensch, nicht nur dein Mensch ist, sondern ..." Als wäre das, was er sagen wollte, zu abscheulich, um ausgesprochen zu werden, brach er ab.

Wieder spürte ich unzählige Blicke auf mir. Lucian dagegen vermied es, in meine Richtung zu sehen. Er stand steif auf seinem Podium, das Gesicht wieder die unlesbare Maske.

Ich wollte Merlin fragen, was hier vor sich ging. Immer wieder diese Frage, ob ich *sein Mensch* war ... Aber selbst, wenn ich noch so leise flüsterte, würden mindestens die Hälfte der anderen Vampire im Saal mich ebenfalls hören können.

„Wie blöd bist du eigentlich?", schnauzte Sassa. „Schau dich mal um – sehen die Menschen hier für dich so aus, als hätten sie irgendwas zu melden? Die sind nur hier, weil die Vampire, zu denen sie gehören, es so wollen."

Meinst du, die Menschen sind so was wie ihre Diener?, fragte ich entsetzt und sah, wie Sassa sich mit seinem Stummelärmchen an den Kopf schlug. „Sie trinken von ihnen, Blödchen."

„Oh."

„Und ich glaube nicht, dass die all das andere eklige Zeug machen, das du und dein Vampir miteinander treibt. Diese Menschen hier sind nur zum Trinken da.

Und genau deswegen scheint dein Vampir grad am Pranger zu stehen."

Ich sah wieder zu Lucian, der immer noch darauf wartete, dass man ihm entweder eine konkrete Frage stellte oder Ruhe einkehrte, so dass er sagen konnte, was er zu sagen hatte. In diesem Moment meldete sich Luna zu Wort. „Ich glaube, die Frage, die uns allen hier auf der Zunge liegt, ist ..." Sie machte eine Effektpause. „Unterhältst du ein Verhältnis zu diesem *Menschen*, oder nicht?"

Ich hielt die Luft an.

Das Gemurmel im Saal wurde immer lauter. Ein Vampir rief: „Wir alle wissen um die Regeln! Wir alle kennen den Fluch!"

Und ein anderer: „Sag es uns, Lucian! Sag, dass du nicht so dumm bist, den Fluch auf dich zu ziehen, nur weil du dem unschuldigen Blick einer Menschenfrau erlegen bist!"

Lucian hob den Kopf. Sein eisiger Blick richtete sich auf jene, die gesprochen hatten und auf die flüsternden Grüppchen. Nach und nach verebbte das Gemurmel.

In die Stille hinein sagte er: „Da einige von euch meinen Geisteszustand anzuzweifeln scheinen, lasst euch Folgendes gesagt sein."

Ich meinte, in der Stille mein Herz pochen zu hören.

„Mein Mensch ist nicht mehr als ebendies."

Ich fing Merlins mitleidsvollen und Lunas triumphierenden Blick auf, noch bevor ich die Bedeutung der Worte richtig verstanden hatte. Erst, als Lucian mich ansah, kurz und mahnend, begriff ich, was er da gerade gesagt hatte. Ich als *sein Mensch*. Sein wandelnder Blutvorrat, seine Nahrung. Kein Wort über unsere Beziehung, unsere Liebe.

Die Vampire waren mit Lucians Aussage zufrieden. Die Blicke, die sie mir nun zuwarfen, waren beinahe wohlwollend. Ich spürte, wie mir Schamesröte ins Gesicht stieg.

„Wenn du magst, trete ich ihn dahin, wo es richtig wehtut – selbst Vampiren", sagte Sassa.

„Wenn ihr erlaubt", erklang Lucians Stimme. „Würde ich mich nun wichtigeren Themen zuwenden."

Ich war nahe daran, mich einfach umzudrehen und zu gehen. Sollte Lucian doch zusehen, wie er seinen Vampirkumpels das ungezogene Verhalten seines Menschen erklärte. Irgendeine passende Lüge würde ihm schon einfallen, darin hatte er ja Übung.

Meinst du wirklich, Lucian wird vor seinen Vampirfreunden zu dir stehen?, hörte ich Chris' Stimme in meinem Kopf. Tja, anscheinend hatte er mal wieder ins Schwarze getroffen und kannte meinen Freund besser als ich es tat. Gerade Lucian! Er, der immer so tat, als wäre ihm die Meinung aller anderen egal. Aber unter seinesgleichen war es damit dann auch nicht mehr so weit her.

„Äh, Amelie?", meldete sich Sassa vorsichtig zu Wort. „Also, versteh' mich nicht falsch, ich steh' komplett auf deiner Seite, nur ... warte, wie ging das noch? Wer im Steinhaus sitzt, sollte nicht mit Gläsern werfen. Und du sitzt echt in einem sehr großen Steinhaus und wirfst grad mit mehr Gläsern, als wir daheim stehen haben."

Das ist etwas völlig anderes!

„Ich würd sagen, es ist exakt das Gleiche", belehrte mich der neunmalkluge Dämon.

Ich hab vor den anderen Zauberern nie behauptet, Lucian und ich hätten keine Beziehung!

„Ja, weil das praktischerweise andere für dich übernommen haben. Sieh's ein, du und der Vampir steht euch da in nichts nach. Nicht, dass ich darüber urteilen würde oder so."

Ich sah zu Lucian, dessen Rede ich bisher nur mit halbem Ohr gefolgt war. Zuerst hatte er sich dafür entschuldigt, vor der Unterbrechung nicht seine ehrliche Meinung gesagt zu haben. Dann war er zum Konzept des Bündnisses übergegangen und sagte gerade: „Eure Sorge ist, dass das Bündnis eure Freiheit beschneiden wird. Aber war es nicht ebenso, damals, als sich der Innere Kreis bildete?"

Ich horchte auf. Chris hatte ebenfalls einen Inneren Kreis erwähnt, ein Vampirgremium, das es noch nicht allzu lange gab und das dafür sorgte, dass Vampire sich an gewisse Regeln hielten. Und auch Valentin hatte gedroht, der Innere Kreis würde sich Lucians Lebenswandel einmal genauer ansehen – was immer das heißen mochte – sofern er nicht zur Versammlung zurückkehrte.

„Und nun?", fuhr Lucian vor. „Die meisten von uns haben den Wert des Inneren Kreises zu schätzen gelernt. Dank ihm ziehen wir weit weniger Aufmerksamkeit auf uns als früher und auch das sinnlose Blutvergießen untereinander hat ein Ende. Es ist euch sicher nicht entfallen, was die Fehde zweier Vampire früher anrichten konnte? Wie am Ende nicht nur die beiden ursprünglichen Kontrahenten, sondern auch deren Geschöpfe und Meister in die Fehde hineingezogen wurden und sich vielleicht fünf, vielleicht zehn oder zwanzig unseresgleichen gegenseitig sinnlos niedermetzelten? Ganze Vampirlinien wurden ausgerottet. Seit der Innere Kreis in solchen Situationen interveniert und in Fällen, wo keine Schlichtung möglich ist, die Kontrahenten zu einem fairen Zweikampf aufruft, sterben weniger von uns als je zuvor. Der Innere Kreis hat uns unsere Zivilisiertheit zurückgegeben und unser aller Leben sicherer gemacht. Ohne unsere Freiheit dafür zu opfern. Genau dasselbe ist Ziel des Bündnisses."

Als Lucian eine kleine Pause einlegte, steckten viele Zuhörer die Köpfe zusammen. Ich versuchte zu ergründen, wie viele sich von Lucians Ansprache hatten überzeugen lassen, doch es war unmöglich zu sagen. Ich spürte, wie ich angestarrt wurde und hob den Blick. Lucians Augen ruhten auf mir. Ich sah zurück.

Ob das, was wir getan hatten, wirklich dasselbe war? Wenigstens hatte ich nicht in Lucians Beisein vor einem ganzen Saal voller Zauberer unsere Beziehung verleugnet. Wobei Sassa recht hatte, dass ich dank Serena und Chris einfach glimpflich davongekommen war. Aber was, wenn die Zauberer mich direkt fragten? Was, wenn die Vampire sich für das Bündnis entschieden, wir ein großes Treffen abhielten, die anderen Zauberer mich mit Lucian sahen und direktheraus fragten, in welcher Beziehung ich zu ihm stand? Was würde ich dann tun? Natürlich würde ich die Wahrheit sagen! Selbst, wenn ich als Sprecherin wieder abgewählt wurde. Ich würde zu Lucian stehen!

„Tz, tz", machte Sassa.

Andererseits war das Bündnis das, was wirklich zählte. Wenn ich meine einflussreiche Stellung unter den Zauberern verlor, würde Barbara sie vielleicht dazu bringen, das Bündnis mit den Vampiren abzulehnen. Wenn die vorläufige Geheimhaltung unserer Beziehung der Preis für das Bündnis war, sollten Lucian und ich ihn vielleicht zahlen.

Lucian lächelte mir zu.

Ich wandte den Blick ab. So weit war ich dann doch noch nicht.

Valentin stieg zu Lucian auf das Podium. Sein silbernes Haar glitzerte im Licht der riesigen Kronleuchter. Mit seinem hellgrauen, bodenlangen Umhang wirkte er wie ein mittelalterlicher König. Oder wie Gandalf aus Herr der Ringe. „Nun, da wir Lucians Beurteilung gelauscht haben, möchte ich euch auch meine eigene Einschätzung nicht vorenthalten." Valentins Stimme füllte den gesamten Saal aus. „Lucians Gleichnis mit dem Inneren Kreis finde ich höchst bemerkenswert."

„Aber ist es auch zutreffend? Wie kann ein Bündnis aus Zauberern und Vampiren dasselbe sein wie der Innere Kreis?" Der Zwischenruf kam von Luna.

Valentin verzog keine Miene. „Wie angenehm, dass gerade du dich als Verfechterin des Inneren Kreises entpuppst."

Einzelne Lacher waren zu hören.

Luna verzog ihre sinnlichen roten Lippen zu einem Schmollmund und schwieg.

„Ob das Bündnis uns ebenso nützlich sein kann wie der Innere Kreis, werden wir nur herausfinden, wenn wir ihm die Möglichkeit geben, sich zu beweisen", sagte Valentin. „Daher sage ich: Lasst uns die Zauberer einladen und hören, was sie vorzubringen haben!"

Mir klappte der Mund auf. Lucian hatte es geschafft. Wenn Valentin, dieser mächtige Vampir, der selbst Lucian Respekt einflößen konnte, sich für das Bündnis aussprach, konnte doch nichts mehr schief gehen, oder?

Valentins scharfer Blick fixierte einen Vampir nach dem anderen. Alle nickten. Nur Luna verschränkte die Arme und blickte trotzig zurück.

„Dann ist es beschlossen. Lucians Mensch!"

Vor Schreck vergaß ich zu atmen. Redete er mit mir?

„Ja, du! Du bist eine Zauberin, nicht wahr?"

Wieder einmal waren alle Blicke auf mich gerichtet. Aber so langsam gewöhnte ich mich daran. „Äh, ja." Ich fing Lucians warnenden Blick auf, als wüsste er, was mir in diesem Moment durch den Kopf ging. Trotzdem konnte ich den Mund nicht halten. „Und mein Name ist Amelie, nicht *Lucians Mensch*."

Ein Raunen ging durch die Anwesenden. Merlin neben mir lachte leise. Lucian warf mir einen Blick der Art zu, bei dem normale Menschen vermutlich schreiend davonrannten.

„Ist das so?", fragte Valentin mit erhobenen grauen Augenbrauen, doch er hörte sich eher amüsiert als beleidigt an. Ein Umstand, der mich dazu verleitete, noch eine Sache klarzustellen: „Außerdem bin ich zufällig Sprecherin der Zauberer und eine der drei, die die Idee mit dem Bündnis hatten."

„Da hat aber einer das dringende Bedürfnis, sein Selbstwertgefühl wieder aufzumöbeln", kam es von Sassa.

„Nun denn, Amelie, Sprecherin der Zauberer und eine der drei, die die Idee mit dem Bündnis hatten", sagte Valentin mit todernster Miene. „Wäre es dir möglich, deinesgleichen zu kontaktieren und zum nächstmöglichen Termin in dieses Hotel einzuladen? Natürlich nur, wenn es nicht allzu große Umstände macht."

Mein Gott, der war ja genau wie Lucian. Vielleicht waren die beiden ja verwandt?

„Äh, klar. Kein Problem, meine ich." Und wieso stammelte ich plötzlich?

„Exzellent. Ich danke dir, Amelie, Sprecherin der Zauberer und eine der drei, die die Idee mit dem Bündnis hatten."

„Ist ja gut, langsam wird's langweilig", murmelte ich. Erst die darauffolgende Stille erinnerte mich daran, dass der ganze Saal voller Vampire mit übermenschlichem Hörvermögen war.

„Dann schließe ich nun die Versammlung", sagte Valentin, doch der Blick, mit dem er mich bedachte, wirkte alles andere als amüsiert.

Lucian verließ hinter Valentin das Podium. Einige Vampire strebten mit ihren Menschen zum Ausgang, andere unterhielten sich angeregt miteinander und einige ... Ich wandte mich angewidert ab. Einige waren wohl so hungrig, dass sie mit dem Trinken nicht warten konnten, bis sie mit ihrem Menschen allein waren.

„Muss das sein?", flüsterte ich zu mir selbst und schlug mir mental gegen die Stirn, weil ich schon wieder gesprochen hatte, ohne daran zu denken, dass auch meine leisesten Worte hier fast jeder verstehen konnte. Doch niemand schenkte mir Beachtung. Anscheinend waren sie alle zu sehr miteinander beschäftigt.

„Na, na", hauchte eine wohlbekannte, tiefe Stimme hinter mir, die augenblicklich Gänsehaut vom Nacken bis zu meinem Rücken hinunter auslöste. „Sind wir heute ein wenig intolerant? Auch wenn ich meinerseits nichts gegen ein wenig Privatsphäre einzuwenden hätte ..."

Ich spürte seinen Atem an meinem Ohr und seine Körperwärme, als er mir so nah kam, wie es möglich war, ohne mich zu berühren.

Ich räusperte mich und fand meine Stimme wieder. Auch wenn sie leicht heiser klang. „Ich verstehe nicht, wie sich so viele Menschen auf so etwas ..." Ich blickte zu einer Vampirin, die in diesem Moment den Kopf ihres Begleiters nach hinten beugte und genüsslich in seinen Hals biss. „... einlassen können." Trotz der Heiserkeit gab ich mir Mühe, meine Stimme distanziert klingen zu lassen. Ganz verziehen hatte ich Lucian noch nicht, dass er mich öffentlich verleugnet hatte.

„Nun, die Erklärung dafür ist recht simpel." Lucians Lippen streiften mein Ohrläppchen. „Viele dieser Menschen bringen ihren Vampiren Gefühle entgegen, wodurch der Akt des Trinkens wohltuende Empfindungen in ihnen auslöst. Natürlich ist das nicht annähernd mit der Empfindung vergleichbar, die sich einstellt, wenn sowohl Mensch als auch Vampir Gefühle füreinander hegen. Aber das weißt du ja bereits."

Ich drehte den Kopf und sah ihm ins Gesicht.

Das Lächeln auf seinen Lippen und der Ausdruck in den nachtblauen Augen ließen keinen Zweifel daran, dass er in einer ganz bestimmten Erinnerung schwelgte.

Mir wurde so heiß, dass ich mir am liebsten meinen Mantel herunterreißen wollte. Wenn das meine Gefühle nur nicht so peinlich offensichtlich machen würde.

„Womöglich sollten wir uns zurückziehen."

Ich schluckte. „Glaub ja nicht, dass du so einfach davonkommst." Doch das Krächzen in meiner Stimme verriet mich.

„Du möchtest reden, natürlich", sagte Lucian, doch klang einigermaßen resigniert.

„Allerdings!"

„Ein Grund mehr, uns zurückzuziehen. Im Moment hört uns zwar niemand zu, doch das kann sich jede Sekunde ändern."

„Zurückziehen? Wohin?"

„Auf mein Zimmer natürlich." Er zwinkerte mir zu. Dann nahm er meine Hand und zog mich aus dem Saal.

KAPITEL 5

Lucians Zimmer war nicht allzu groß, doch ein hölzernes, breites Bett mit blutroten Samtvorhängen und eine Sitzgarnitur in derselben Farbe passten mühelos hinein. Der Raum wurde ausschließlich von zwei imposanten Kerzenständern beleuchtet, denn hinter den Erkerfenstern herrschte noch immer finstere Nacht. Elektrisches Licht gab es nicht.

Zuallererst rief ich Chris an, der mit Serena mittlerweile am Bukarester Flughafen angekommen war, aber bis zum Morgen auf die Zugfahrt warten musste. Ich gab ihm die Wegbeschreibung zum Hotel und bat ihn, die anderen Zauberer zu kontaktieren. In seiner einsilbigen Art, die mir verriet, dass er noch immer sauer wegen meines Alleingangs war, ließ er mich wissen, dass er und Serena morgen Abend ankommen würden.

Kaum hatte ich aufgelegt, stand Lucian hinter mir.

„Dann können wir uns ja vergnüglicheren Aktivitäten zuwenden." Er hauchte einen Kuss auf meinen Hals, so zart und kurz, dass ich mir nicht sicher war, ob seine Lippen meine Haut überhaupt berührt hatten.

„Lucian", sagte ich streng und drehte mich zu ihm um. Die nachtblauen Augen funkelten schelmisch. Ich zwang mich, das Flattern in meiner Bauchgegend zu ignorieren. „Wir müssen reden."

„Ganz wie Amelie, Sprecherin der Zauberer und eine der drei, die die Idee mit dem Bündnis hatten, wünscht."

„Das fandest du also witzig, ja?" Doch ich konnte mir ein kleines Lächeln nicht verkneifen.

„Vor allem aber war ich erleichtert, dass Valentin beschlossen hat, dich für deine Ungezogenheit nicht zu bestrafen."

„Ihr habt alle ganz schön Respekt vor ihm, was?" Mir fiel ein, wie Lucian mit gesenktem Kopf Valentins Strafpredigt über sich hatte ergehen lassen, ganz der ungezogene Bengel im Angesicht des strengen Vaters.

Anscheinend dachte Lucian ebenfalls daran, denn sein Blick verdüsterte sich. „Nur die Einfältigen wagen es, Valentins Missgunst auf sich zu ziehen. Er ist Vorsitzender des Inneren Kreises und unter jenen, die sich regelmäßig in unserer Gesellschaft blicken lassen, der Mächtigste. Ich vermute allerdings, dass er selbst unter all den anderen, die sich abseits des Inneren Kreises bewegen und keinen Wert auf die Gesellschaft unseresgleichen legen, einer der Mächtigsten ist."

„Wow, das klingt ... ziemlich mächtig."

„In der Tat."

Die Tür ging auf und Sassa hoppelte ins Zimmer. „Was würde ich nur tun, wenn ich dich nicht anhand deiner überaus intelligenten Gedankengänge finden könnte?"

„Der Dämon?", fragte Lucian und klang alles andere als begeistert.

„Ich kann ihm befehlen, sich für dich sichtbar zu machen", schlug ich vor.

„Nein, danke."

„Du kannst ihm ausrichten, dass die Antipathie auf Gegenseitigkeit beruht!", fauchte Sassa.

Ich ignorierte sie beide. „Also", begann ich endlich das Thema, über das ich wirklich sprechen wollte, „was du da im Saal über mich gesagt hast ..."

„Es war nötig."

Ich wartete, ob noch was nachkam, doch es sah nicht danach aus. „Das ist alles?"

„Hast du mehr erwartet?"

„Vielleicht eine Entschuldigung?“

Lucian hob die fein geschwungenen Augenbrauen. „Wäre es dir lieber, ich hätte ihnen die Wahrheit gesagt und damit mein Ansehen sowie die Wahrscheinlichkeit, die anderen vom Bündnis zu überzeugen, auf Null reduziert?“

Ich knirschte mit den Zähnen und ballte die Hände zu Fäusten. Manchmal könnte ich ihn ... Doch stattdessen zwang ich mich zu einem Lächeln. „Ich hätte da mal eine Frage.“

„Nur zu.“

„Angenommen, wir befänden uns auf einer Zaubererversammlung und ich würde vor allen laut erklären, dass du nicht mehr bist, als ...“

Sowohl Lucian als auch Sassa blickten mich gespannt an.

„Als ... äh, also quasi nur zu meinem Vergnügen da bist ...“

Sassa kugelte sich vor Lachen und auch Lucians Mundwinkel zuckten verdächtig.

„... und du wärst dabei und müsstest all die Blicke der Zauberer ertragen, die denken, dass ich dich nur benutze. Würdest du dich gut dabei fühlen?“

Lucians Blick wurde ernst und er schien tatsächlich über meine Frage nachzudenken. „Wohl kaum“, gab er zu. Der Ausdruck in seinen Augen wurde weicher. Er streckte die Hand nach mir aus und strich mir eine Haarsträhne hinters Ohr. „Verzeih.“

„Schon gut.“ Ich ließ zu, dass er mich an sich zog. Für einen Moment schloss ich die Augen, genoss Lucians Wärme, seinen Duft. Dann sagte ich: „Um ehrlich zu sein, wissen die Zauberer ebenfalls nichts von unserer Beziehung.“

Lucian schob mich eine Armeslänge von sich und blickte mir amüsiert ins Gesicht. „Sie denken also, ich wäre nur zu deinem Vergnügen da?“

„Äh, nein. Genau genommen glauben sie, dass wir in überhaupt keiner Beziehung zueinander stehen, außer, dass wir gemeinsam gegen den alten Bund gekämpft haben." Ich seufzte. „Wenn sie die Wahrheit wüssten, wäre ich wohl nicht länger ihre Sprecherin und womöglich würden sie dann auch das Bündnis mit den Vampiren nicht mehr wollen."

„Ich verstehe. Somit befinden wir uns beide in der gleichen Situation."

Ich nickte. „Aber warum sind die anderen Vampire gegen eine Beziehung zwischen Mensch und Vampir? Ich meine, die Zauberer haben, glaube ich, noch immer irgendwie Angst vor euch. Aber andersherum trifft das ja wohl nicht zu."

„Wohl kaum." Lucian ließ endgültig von mir ab und seufzte. „Der Grund ist ebenso einfach wie enervierend: Dieser angebliche Fluch." Hatte Lucian gerade tatsächlich die Augen verdreht?

Ich starrte ihn an.

„Man würde meinen, dass eine Gesellschaft, die seit mehreren tausend Jahren existiert, gegen solche Ammenmärchen gefeit wäre. Aber das Gegenteil scheint der Fall zu sein. Je älter, desto abergläubischer."

„Was ist das für ein Fluch?"

Lucian verzog das Gesicht, als würde allein der Gedanke daran ihm Schmerzen bereiten. „Angeblich liebte der allererste Vampir eine Menschenfrau, doch wurde von ebendieser ermordet. Seitdem sorge ein Fluch dafür, dass Vampire, die sich mit Menschen einlassen, ein ebensolches Schicksal ereilt."

„Oh", sagte ich nur und schlang die Arme um mich selbst. Bildete ich es mir ein oder war es im Zimmer plötzlich kälter geworden?

„Zweifellos eine nette Geschichte, um Beziehungen zwischen Vampiren und Menschen zu unterbinden", sagte Lucian.

„Zweifellos", pflichtete ich halbherzig bei.

„Keine Sorge. Ich vermute, dass Valentin weiß, dass ich gelogen habe, was unsere Beziehung angeht. Da er jedoch nichts dazu gesagt hat, können wir davon ausgehen, dass er es toleriert."

„Das ist ja toll! Sag mal ... du glaubst wirklich nicht an den Fluch? Nicht mal ein klitzekleines bisschen?" Zwar war es mit meinem theoretischen Wissen über das Übernatürliche nicht allzu weit her, aber selbst ich wusste, dass Flüche durchaus existierten. Was, wenn ...

„Nein." Plötzlich stand Lucian wieder direkt vor mir und blickte mir tief in die Augen. „Nein", wiederholte er. „Das Einzige, worum wir uns sorgen müssen, sind die Vorurteile deiner und meiner Gesellschaft. Und die werden wir durch das Bündnis nach und nach abtragen."

Ich nickte. Es war so leicht, ihm zu glauben. Lucian war schließlich um einiges älter als ich – wenn er davon ausging, dass der Fluch nur ein Ammenmärchen war, stimmte das sicher.

Lucian beugte sich zu mir, um mich zu küssen.

„Ich habe da noch eine Frage", sagte ich, kurz bevor seine Lippen sich auf meine legen konnten.

„Aber natürlich", seufzte Lucian.

„Wieso hast du gesagt, du wärst gegen das Bündnis?" Wieder sah ich ihn vor mir, wie er voller Überzeugung gegen eine Allianz zwischen Vampiren und Zauberern plädierte. „Und was meinte Merlin damit, dass es irgendwas mit meiner Sicherheit zu tun hätte? Warum hast du mir nichts von dieser Versammlung erzählt? Und ..." Ich biss mir auf die Lippe, doch die Frage bahnte sich irgendwie trotzdem einen Weg heraus: „... in welchem Verhältnis stehst du zu dieser Luna?"

„Das sind allesamt ganz vortreffliche Fragen", flüsterte Lucian und küsste mich.

Mir entwich ein lautloses Seufzen und mein Kopf war wie leergefegt. Wie sehr hatte ich mir das hier gewünscht.

„Also, wenn es euch nichts ausmacht, geh ich dann mal schlafen!“, sagte Sassa laut.

Mein Blick folgte dem Dämon, als dieser begann, sich am roten Samtvorhang des Bettes nach oben zu hangeln.

Lucian löste sich von mir. „Du scheinst abgelenkt.“

„Verdammt!“, fluchte Sassa in diesem Moment. Irgendwie hatte der Dämon es geschafft, sich vollständig in dem roten Stoff einzuwickeln. Sassa und jede Art von Decken oder Vorhängen war noch nie eine gute Kombination gewesen … Ich eilte dem Dämon zu Hilfe und wickelte ihn vorsichtig aus den Lagen dicken Samtes aus.

Als ich mich wieder Lucian zuwandte, sah der wenig amüsiert aus. „Gedenkst du tatsächlich, den Dämon in unserem Zimmer schlafen zu lassen?“

„Du kannst deinem Vampir ausrichten, dass er ganz schön undankbar ist!“, keifte Sassa. „Ohne mich würde er immer noch mit einem Pflock im Rücken beim Bund im Keller rumliegen. Beziehungsweise, eigentlich wäre er mit dem Rest der Hütte abgefackelt. Sag ihm das!“

Ich seufzte.

„Na gut, dann sag ihm halt, dass ich zu Hause immer bei dir schlafe!“, forderte Sassa. „Das wirst du ja wohl hinkriegen!“

Ich wand mich unter Lucians und Sassas gleichermaßen erwartungsvollen Blicken.

„Na ja“, sagte ich langsam, doch wandte mich an Sassa statt an Lucian. „Du musst schon zugeben, dass du in letzter Zeit nicht oft bei mir geschlafen hast, seit du deinen ominösen Beschäftigungen nachgehst.“

„Das ist ja …!“ Sassa plusterte sich derart auf, dass ihm das Fell zu Berge stand.

Und ich könnte wirklich etwas Zeit mit Lucian allein gebrauchen, sagte ich in Gedanken, weil Lucian dieses Geständnis nun wirklich nicht hören musste. *Du würdest dich sowieso nur ekeln*, fügte ich mit einem Grinsen hinzu. Nur allzu lebendig erinnerte ich mich noch an Sassas Gezeter, nachdem Lucian mich damals auf seinem französischen Anwesen das erste Mal gebissen hatte.

„Du undankbare, egoistische, verräterische Hexe!", schimpfte der Dämon, doch hoppelte auf die Tür zu. „Das nächste Mal rette dich schön selbst vor Blutsaugern und durchgeknallten Menschen mit Waffen, denn ich werde es nicht mehr tun!"

„Warte!", rief ich und Sassa drehte sich hoffnungsvoll zu mir um. „Ich kann Merlin bitten, dir ein eigenes Zimmer zu geben."

„Nicht. Nötig." Und weg war er.

Mit schlechtem Gewissen starrte ich die geöffnete Tür an, doch sofort schob sich Lucian in mein Blickfeld und schloss sie. „Gut gemacht", flüsterte er während er langsam auf mich zukam. „Ich würde annehmen, was heute Nacht in diesem Zimmer geschieht, ist ohnehin nichts für unschuldige Dämonenaugen."

Mein Mund wurde trocken, als Lucian vor mir stehenblieb und seine Augen langsam über mein Gesicht, und von dort über meinen ganzen Körper wanderten.

„Eigentlich wollten wir doch reden", krächzte ich.

„Falsch." Er küsste mich, diesmal tief und leidenschaftlich. „Du wolltest reden", sagte er, als er sich von mir löste. „Und das haben wir getan, oder nicht?"

Ich schloss die Augen, als seine Lippen meine Wange berührten und sich von dort zu meinem Ohr und weiter bis zu der empfindlichen Haut an meinem Hals vorarbeiteten.

„Aber ich habe noch mehr Fragen", protestierte ich. Doch aus irgendeinem Grund schoben sich meine Hände in diesem Moment unter Lucians Shirt.

Er küsste mich wieder auf den Mund, doch unterbrach den Kuss kurz darauf, um mir meinen Pulli über den Kopf zu ziehen.

„Na gut", murmelte ich. „Aber dafür reden wir morgen." Mit meinem letzten Rest Selbstbeherrschung brachte ich einen mahnenden Blick zustande.

Lucian lächelte so breit, dass seine spitzen Eckzähne hervorblitzen. „Natürlich." Den Blick fest auf mich gerichtet befreite er sich erst von seiner Jacke, dann von seinem Shirt. Dann war er über mir, presste mich aufs Bett, obwohl ich nicht einmal sagen konnte, wie ich dorthin gekommen war. Genussvoll nahm ich den Anblick seines nackten Oberkörpers in mir auf, als ich aus den Augenwinkeln etwas Dunkles auf Lucians Haut wahrnahm.

„Was ist das?" Ich krabbelte unter Lucians Körper hervor und strich andächtig über die schwarze Tätowierung auf seinem linken Schulterblatt. Es zeigte einen großen Kreis, fast komplett mit schwarzer Farbe ausgefüllt, bis auf eine kleine Linie auf der linken Seite. Ich legte den Kopf schief und plötzlich erkannte ich, was die Tätowierung darstellte: Einen abnehmenden Mond kurz vor Neumond.

Ich spürte Lucians Hände an meinen Oberarmen und plötzlich lag ich wieder unter ihm. „Das ist unfair!", protestierte ich.

„Ja?", fragte er und machte sich wieder daran, meinen Hals zu küssen. „Was genau?"

„Wenn du dich so schnell bewegst, dass ich mich nicht wehren kann." Doch meine Stimme glich mehr einem Stöhnen.

„Hättest du dich etwa wehren wollen?"

„Was ist das für ein Tattoo?“ Irgendetwas störte mich daran, doch ich kam einfach nicht drauf, was es war.

Lucian antwortete nicht. Stattdessen fuhren seine Hände jeden Zentimeter nackte Haut entlang, den er finden konnte. Seine Finger fanden den Knopf meiner Jeans, öffneten ihn und zogen mein Top aus dem Bund. Er begann, nervtötend langsame Kreise um meinen Bauchnabel zu zeichnen, während seine Augen auf mein Gesicht gerichtet waren und mich genau beobachteten.

Ich schloss die Augen und das Tattoo war vergessen. Ebenso wie alles andere. Während seine warmen Hände meinen Bauch erkundeten, fanden seine Lippen meinen Hals. Ich spürte, wie er sie öffnete, fühlte seine Zähne sanft gegen meine Haut pressen. Ich wartete darauf, dass er zubiss, sehnte mich nach diesem unglaublichen Gefühl, doch da hielt Lucian plötzlich inne: „A-melie …?“ Er blickte mich fragend an.

Und mein Kopf spuckte die unwillkommene Erinnerung an die Menschen im Saal aus und an Chris’ Gesichtsausdruck, als er mir sagte, dass Lucian sich nichts sehnlicher wünschte, als mein Blut zu trinken. Wollte ich wirklich so jemand sein? Jemand, der einen Vampir von sich trinken ließ? Ich wusste es noch immer nicht. „Tut mir leid“, presste ich hervor und das tat es wirklich. Nicht nur für Lucian, sondern mindestens ebenso für mich selbst.

Lucians dunkle Augen musterten mich prüfend, dann lächelte er. Seine Finger fuhren mir beruhigend durchs Haar und seine Lippen schenkten mir einen zärtlichen Kuss.

„Von nun an wird nicht mehr geredet.“

Dann streifte er mir die Jeans von den Beinen.

Als ich mit einem stummen Schrei aus dem Schlaf hochschreckte, ging draußen die Sonne bereits wieder unter. Und es stürmte so stark, dass ich den Wind pfeifen und irgendwo Äste gegen ein Fenster schlagen hörte. Doch das war es nicht, was mich aufgeweckt hatte. Es war wieder einer dieser Albträume gewesen. Lucian, wie er mit Genugtuung im Gesicht auf den blutenden Nemours herabblickte. Und wartete. Beobachtete, wie Nemours mit jedem Herzschlag mehr Blut verlor. Wie er starb. Ich erschauderte und schob den Traum beiseite.

Durchdringendes Wolfsgeheul ertönte und ich drehte mich instinktiv nach rechts – wo die andere Betthälfte leer war. Natürlich. Vampire schliefen ja nicht. Das war eine der ersten Lektionen von Nemours und Frei gewesen, als sie mich als Vampirjägerin rekrutiert hatten.

Trotzdem hatte ich ein Lächeln auf den Lippen, als ich aus dem Bett stieg und die Erinnerungen an letzte Nacht Revue passieren ließ. Vielleicht sollte ich Lucian öfter mit unbequemen Fragen bedrängen, wenn er sich dann solche Mühe dabei gab, mich abzulenken. Und natürlich würde er mir meine Fragen trotzdem beantworten müssen. Sobald ich herausfand, wo er war.

Während ich meine Kleidung von gestern anzog, schwelgte ich in der Vorstellung, wie es wäre, tatsächlich mit Lucian zusammenzuwohnen. Jede Nacht von seiner Nähe umgeben zu sein und tagsüber lange Gespräche mit ihm zu führen, mehr über ihn zu erfahren und ... nun, all die anderen Dinge, die Vampire so taten, zusammen zu tun. Und nebenbei würden wir uns natürlich für das Bündnis engagieren, an seinem Aufbau mitwirken und danach dafür sorgen, dass es stark und unangreifbar blieb. Ich seufzte. So ein Leben musste wie der Himmel auf Erden sein. Vor allem die Nächte ...

„Fällt dir nicht auf, dass sich deine beschränkten und extrem ekelhaften Gedanken im Kreis drehen?", kam es schläfrig, doch dafür nicht weniger empört von irgendwo unter den vielen roten Bettdecken. „Erst wird man mitten in der Nacht rausgeschmissen und dann

durch solche Gedanken geweckt. KANN MAN HIER IR-
GENDWANN AUCH MAL SCHLAFEN?" Die Laken bewegten sich und heraus kämpfte sich ein verstrubbel-
ter und ausgesprochen aufgebrachter Sassa.

„Hör mal, das mit gestern Nacht tut mir leid, aber Lucian und ich –"

„Pff", unterbrach mich der Dämon ungehalten. „Spar
die deine unkreativen Ausflüchte und lass mich schlafen." Er rollte sich zusammen und zog sich den Zipfel
einer Decke über den Kopf.

In diesem Moment knurrte mein Magen so laut, dass
er selbst den Sturm draußen übertönte.

„Himmelherrgott nochmal!"

„Ich hab halt Hunger", murmelte ich und ließ den
Blick suchend durch den Raum schweifen, aber eine
Minibar entdeckte ich nirgends. Seufzend ging ich erst
mal ins Bad. Irgendwo in diesem Hotel musste sich ja
etwas Essbares finden lassen, schließlich gab es hier
noch andere Menschen außer mir. Nachdem ich mir
die Zähne geputzt und mich dezent geschminkt hatte,
kehrte ich ins Zimmer zurück. „Ich geh nach was zu Essen su-" In diesem Moment fiel mein Blick auf Sassa,
der triumphierend vor der massiven Kommode stand.
„Tadaaaa!", rief er und öffnete die Schranktür. Eine Minibar kam zum Vorschein.

„Oh", seufzte ich und stürzte zu dem kleinen Kühlschrank, öffnete ihn und prallte enttäuscht zurück. Das
war keine normale Minibar. Es gab zwar Wasser und
Saft, doch Alkohol, Cola und selbst Erdnüsse suchte
man vergeblich. Stattdessen waren die beiden kleinen
Fächer voller Obst und Gemüse: Zwei Äpfel, eine
Orange, eine Packung Karotten, eine Salatgurke und ...
„Ernsthaft?", fragte ich fassungslos und hielt ein lila,
rundes Etwas mit großen, langen Blättern hoch. „Ist das
etwa ein Kohlrabi?"

„Jedenfalls keine Schokolade." Auch Sassa ließ die Ohren hängen.

„Da bleibt nur eins!" Entschlossen schnappte ich mir eine kleine Flasche Orangensaft, knallte die Minibar zu und stand auf. „Wir suchen uns was Richtiges zu essen."

Während wir die Flure des alten Gebäudes nach einem Hinweis auf Lucians Verbleib oder einer Art Speisesaal für all die hungrigen Menschen der Vampire absuchten, gewöhnten wir uns langsam an die Skelette in Särgen, das Wolfgeheul und selbst an die Fledermäuse, die sich von der Eingangshalle hin und wieder auf die Flure verirrten.

„Ist doch eigentlich ganz nett hier." Bewundernd ließ ich den Blick über die dicken Teppiche am Boden und die mit Kerzen bestückten Leuchter an den Wänden wandern, die in so großen Abständen befestigt waren, dass sie den Flur zu einem düsteren, endlosen Gang mit beunruhigendem Schattenspiel machten.

„Wenn du mit deiner Bewunderungsaktion fertig bist, ich hab hier was gefunden", sagte Sassa.

Ich spähte in den Raum, den der Dämon entdeckt hatte, und pfiff anerkennend durch die Zähne. Wir hatten die Hotelküche gefunden.

„Hier haben die doch bestimmt auch Schokolade, oder?", fragte Sassa hoffnungsvoll.

Ich schob mich an der Kochinsel und all den silbern glänzenden Oberflächen vorbei und fand einen großen Kühlschrank. „Leer", seufzte ich enttäuscht.

„Darf ich dir meine bescheidene Hilfe anbieten, bei was immer du da auch tust?"

Ich fuhr herum.

Der Vampir Merlin stand in der Tür, heute ohne seinen purpurfarbenen Umhang, dafür in einem hellbraunen Tweed-Anzug.

„Ich ... äh ... hab Hunger", gab ich kläglich zu.

„Verstehe." Mit eleganten Bewegungen, bei der seine Füße kaum den Boden zu berühren schienen, schwebte er an mir vorbei und öffnete eine Schranktür. „Eigentlich ist jeder Vampir für die Verpflegung seines Menschen selbst verantwortlich, aber zufälligerweise habe ich tatsächlich noch einige Überreste vom Hotelbetrieb da."

Auf Merlins Wink hin spähte ich in den Schrank. Was ich sah, ließ mein Herz höher schlagen. Keksdosen, Pralinenschachteln und – mindestens zehn Packungen mit Aufbackbrötchen. Daneben fünf Gläser Nutella.

„Ich bin im Himmel!", rief Sassa und schaffte es irgendwie mit nur einem Sprung, sich eine Schachtel Pralinen und gleichzeitig eine Keksdose zu greifen.

Mit gehobenen Augenbrauen beobachtete Merlin, wie die Sachen für ihn scheinbar ohne irgendjemandes Zutun zu Boden schwebten und die Pralinenpackung zerfetzt wurde.

„Mein Dämon, er ist im Moment für alle außer mir unsichtbar. Und er hat vor kurzem seine Schwäche für Süßigkeiten entdeckt."

„Verstehe." Der Vampir schmunzelte. „Nur zu. Bedien dich ruhig. Wenn ich meinen Hotelbetrieb wieder aufnehme, werde ich ohnehin Nachbestellen müssen."

Das ließ ich mir nicht zweimal sagen. Ich griff mir eine Packung Aufbackbrötchen und Merlin wies hilfsbereit auf einen kleinen Ofen. Während meine beiden Brötchen sich langsam zu bräunen begannen, musterte ich Merlin aus den Augenwinkeln. „Du bist ziemlich nett für einen Vampir", rutschte es mir heraus.

„Und du bist für eine Sterbliche ganz angenehm."

Wir grinsten uns an.

„Ich mag übrigens dein Spukhotel. Es wäre sicher lustig, mal herzukommen, wenn hier keine Vampirversammlung tagt."

„Oh, du würdest dich wundern. Skelette in Särgen, Fledermäuse und Wolfsgeheul sind nicht das Einzige, was wir den Gästen zu bieten haben."

„Noch ein Grund mehr, irgendwann mal Urlaub hier zu machen. Vielleicht im Sommer, mein Dämon will unbedingt die Strände in Rumänien sehen." Ich brach ab, erschrocken über mich selbst. Hatte ich gerade Sommerurlaub mit Sassa geplant? In einem halben Jahr?

Sassa hatte die Keksdose sinken lassen. Mit schokoladenverschmiertem Mund und kugelrunden Augen blickte er zu mir hoch.

„Ähm ... wegen des Wolfgeheuls ...", wechselte ich schnell das Thema. „Du wirst es doch nicht doch noch abstellen lassen, oder? Ich gewöhn mich nämlich langsam dran." Aus den Augenwinkeln sah ich, wie Sassa sich wieder seinen Süßigkeiten widmete.

„Keine Sorge", erwiderte Merlin. „Ich glaube nicht, dass ich es jemals abstellen lasse." Ein Schatten legte sich auf sein Gesicht. „Es war die Idee von jemandem, der mir sehr wichtig war, weißt du."

„Oh, von wem?"

Merlin lächelte traurig. „Ihr Name war Casandra. Sie hat dieses Hotel erst zu dem gemacht, was es jetzt ist. Ihre Ideen waren die besten."

Unbehaglich schaute ich zu meinen Brötchen, doch die waren noch nicht annähernd fertig. Sollte ich weiter fragen oder besser das Thema wechseln? Aber irgendwie hatte ich das Gefühl, Merlin wollte über dieses anscheinend traurige Thema sprechen. Also fragte ich: „War Casandra deine Freundin?"

„Nein, so kann man es nicht sagen." Merlin lächelte. „Casandra war mein Geschöpf. Doch jetzt ist sie tot." Er presste die Kiefer aufeinander und kurz meinte ich, Wut in seinen Augen aufflackern zu sehen.

Okay, nun war es höchste Zeit für einen Themenwechsel. „Was hältst du eigentlich von diesem Fluch? Der, der alle Vampire umbringt, die sich mit Menschen einlassen?"

„Du interessierst dich dafür?" Merlin hob überrascht die Augenbrauen. Wenn ihn mein plötzlicher Themenwechsel störte, ließ er es sich jedenfalls nicht anmerken.

„Na ja, anscheinend muss ich das ja. Wenn ich irgendwann öffentlich mit Lucian zusammen sein möchte, müssen wir den anderen Vampire irgendwie beweisen, dass die Sache mit dem Fluch ein Märchen ist." Da fiel mir plötzlich ein, dass ich ja gar nicht wusste, wie Merlin eigentlich zu der ganzen Sache stand. „Du …", begann ich. „Also … ich meine …"

Merlin kicherte. „Keine Sorge, ich weiß fast so lange von dir und Lucian, wie es überhaupt was zu wissen gibt. Ich war zugegebenermaßen ganz schön aus dem Häuschen, dass ausgerechnet Lucian sich mit einer Menschenfrau einlässt, aber jetzt, wo ich dich kenne …" Er zwinkerte mir zu.

„Also glaubst du nicht an den Fluch?"

„Also bitte!", rief Merlin entrüstet. „Wofür hältst du mich."

„Und weißt du vielleicht irgendwas darüber?"

Merlin legte den Kopf schief und schien nachzudenken. „Nur was die anderen sich erzählen", sagte er schließlich. „Tut mir leid, dass ich dir nicht weiterhelfen kann."

„Nein, schon gut", winkte ich ab. „Aber vielleicht kannst du mir eine andere Frage beantworten."

„Ich bin ganz Ohr."

„Du weißt doch bestimmt, woher Lucian und diese Luna –" Ich hielt bestürzt inne. In dem Moment, in dem ich den Namen der Vampirin ausgesprochen hatte, war mir etwas aufgefallen. Etwas zutiefst Verstörendes.

Lucians Tätowierung. Ein Mond. Luna. „Das gibt's doch nicht!" Meine Stimme kippte. Wild blickte ich Merlin an. „Kennst du zufällig das Tattoo, das Lucian auf der Schulter hat?" Meine Hände zitterten.

„Das kenne ich allerdings", sagte Merlin mit seltsamer Stimme, doch ich war viel zu aufgeregt, um darauf einzugehen.

„Du ... also, für dich sieht es doch auch wie ein Mond aus, oder?" Einen verrückten Moment lang, war ich mir sicher, mich geirrt zu haben. Das war bestimmt gar kein Mond, sondern irgendein anderes schwarz-weißes Kugeldings.

„Oh warte, ich helf' dir", bot sich Sassa liebenswürdigerweise an. „Lass mal sehen ... ah, da ist die Erinnerung ja!"

„Ja, eindeutig ein Mond", sagten Merlin und Sassa gleichzeitig.

Ich setzte zu der alles entscheidenden Frage an, nämlich, ob Luna und die Tätowierung irgendwie in Zusammenhang standen, doch Merlin hob abwehrend die Hände. „Du solltest dieses Gespräch mit Lucian führen statt mit mir."

„Das würde ich ja, wenn er aufzufinden wäre!" Und wenn er nicht jedes Mal, wenn ich ihn etwas fragte, vom Thema ablenkte.

Merlin beobachtete mein Mienenspiel. „Darf ich dir einen Rat geben?"

Ich nickte.

„Lass dich von Luna nicht verunsichern. Sie weiß, was Lucian für dich empfindet, und es bringt sie um. Deshalb verhält sie sich so."

Ich wollte nachhaken, wieso genau Lucians Gefühle für mich dieser wildfremden Vampirin so nahe gehen sollten, doch da drehte Merlin sich demonstrativ zum Ofen um.

„Ich glaube, deine Brötchen sind fertig." Er schaltete den Ofen aus und stellte mir Teller und Messer hin.

Während ich meine Brötchen mit Nutella beschmierte, kreisten meine düsteren Gedanken um Luna und Lucian. Das war langsam wirklich nicht mehr lustig. Erst Lunas offensichtliche Feindseligkeit mir gegenüber und diese Zickerei, als hätte sie das Wort *Eifersucht* in fettem Rot auf der Stirn stehen. Lucian, der mir dauernd auswich. Diese Tätowierung und jetzt auch noch Merlin, der mir Lunas Eifersucht bestätigte. Oh, aber ich würde rausfinden, was hier los war. Ich würde Lucian zur Rede stellen und diesmal würde ich mich nicht durch berechnende Zärtlichkeiten ablenken lassen.

Ich nahm eines der beiden Brötchen vom Teller und wollte gerade hineinbeißen, als –

„Was glaubst du, was du da tust?"

Ich fuhr herum. Lucian stand mitten in der Hotelküche und musterte mich mit finsterem Blick.

„Ich ... äh ..." Seltsamerweise fühlte ich mich unter Lucians Blick sofort schuldbewusst, ohne mir irgendeiner Schuld bewusst zu sein. Ich ließ das Brötchen sinken. „Ich frühstücke?" Gleichzeitig brachte sein Anblick die Erinnerungen an letzte Nacht zurück. Und zwar sehr intime Erinnerungen. Sein seidiges Haar, das meine nackte Haut gekitzelt hatte, seine Schultern, in die ich meine Fingernägel vergraben hatte, seine Lippen, seine Zunge ... Ich schloss die Augen, doch konnte nicht verhindern, dass mir die Röte ins Gesicht schoss.

„Ich kümmere mich dann mal um ... irgendetwas", sagte Merlin und zog sich diskret zurück.

„Und was genau, sofern mir denn die Frage gestattet ist, frühstückst du?"

Oh oh, eingeschobene Nebensätze waren stets ein schlechtes Zeichen. Eins von vielen. Doch wie genau ich es diesmal geschafft hatte, Lucians Groll auf mich zu ziehen, war mir ein Rätsel. „Brötchen mit Nutella."

„Hast du die Lebensmittel in unserem Zimmer nicht gesehen? Oder hätte ich dir Pfeile auf den Teppich malen sollen?"

„Der Kohlrabi ist von dir?"

Lucians Augen verengten sich. „Selbstverständlich habe ich Marcelle zum Einkaufen geschickt, um dir eine gesunde Ernährung zu ermöglichen."

„Oh." Ich tauschte einen betretenen Blick mit Sassa, der mit seinen kleinen Schultern zuckte und sich wieder der fast leeren Pralinenschachtel widmete. „Ich habe einen Orangensaft getrunken!"

Doch das schien Lucian keineswegs zu besänftigen.

Warum fühlte ich mich hier eigentlich schuldig? Hätte der Herr mich mal um meine Meinung gefragt, anstatt wie üblich alles allein zu entscheiden, müssten wir diese Diskussion überhaupt nicht führen. „Tut mir leid, aber wenn du mit mir geredet hättest, hätte ich dir sagen können, dass ich was Richtiges zu essen brauche. Nur Obst und rohes Gemüse ist nichts für mich. Würde es dir also sehr viel ausmachen, wenn ich jetzt die Nutella-Brötchen von Merlin esse? Ich bin echt am Verhungern."

„Ja."

„Jetzt ist er komplett übergeschnappt", stöhnte Sassa. „Er ist eifersüchtig, weil du das Essen eines anderen Vampirs vorziehst!"

Ich starrte Lucian an. Der unnachgiebige Blick in den nachtblauen Augen jagte mir Schauer den Rücken hinunter und diese waren ausnahmsweise nicht von der angenehmen Sorte. Es sind nur verdammte Nutella-Brötchen, musste ich mich selbst erinnern, da Lucians Gesichtsausdruck eher den Eindruck erweckte, als hätte ich seine Mutter auf dem Gewissen. „Hör mal", begann ich beruhigend, doch wusste nicht, was ich sagen sollte, und so platzte ich schließlich heraus: „Ich hab dich trotzdem viel lieber als ihn!“

Lucians Blick wurde so düster, dass ich mich zusammenreißen musste, nicht vor ihm zurückzuweichen. Ich erwog, ihm einfach seinen Willen zu lassen. Ich dachte an die Rohkost oben in der Minibar und mein Blick schweifte sehnsüchtig zu dem knusprigbraunen Backwerk, das die ganze Küche mit seinem köstlichen Geruch erfüllte. Mein Magen knurrte laut und vernehmlich. „Lucian ...“, versuchte ich es noch einmal, diesmal in diplomatischem Ton. „Ich bin dir wirklich dankbar, dass du dir die Mühe gemacht hast, Lebensmittel für mich aufzutreiben ... aber du bist schon ewig tot und verstehst das vermutlich nicht, aber ich hab einfach Lust auf Brötchen!“

„Um dein ohnehin lächerlich kurz bemessenes Leben noch mehr zu verkürzen?“

Ich schluckte. Und fühlte mich wie der schäbigste Mensch auf Erden.

„Zu Recht“, kommentierte Sassa kopfschüttelnd.

Es war kaum eine Woche her, dass wir genau deswegen schon einmal ein Missverständnis gehabt hatten. Als ich nicht verstanden hatte, wieso Lucian mich so zum Zusammenziehen drängte, bis mir klargeworden war, dass der Gedanke an mein für ihn allzu kurzes Leben ihm zu schaffen machte. „Lucian, ich ...“

„Tut mir leid“, unterbrach mich Merlin plötzlich vom Eingang der Hotelküche aus. „Deine Freunde sind eben angekommen, Amelie. Ich dachte, das möchtest du wissen.“ Und schon war er wieder verschwunden. Aber ich an seiner Stelle würde auch keinen Moment länger mit mir und Lucian in diesem Raum bleiben wollen. Nicht bei der sibirischen Atmosphäre, die hier gerade herrschte.

„Nun denn“, sagte Lucian und warf mir einen kühlen Blick zu.

„Lass uns darüber reden ..."
Ohne mich eines weiteren Blickes zu würdigen drehte er sich um und verließ den Raum.

KAPITEL 6

Als ich in der Eingangshalle ankam, war ich stocksauer. Lucians Benehmen war ja wohl ... nicht mal ein passender Ausdruck fiel mir ein, so wütend war ich!

„Unter aller Sau?", bot Sassa an.

„Das kannst du aber laut sagen!" Schön, es war vielleicht etwas unsensibel von mir, nicht sofort zu merken, wieso Lucan meine gesunde Ernährung so wichtig war. Aber was ich mir seit meiner Ankunft in diesem Hotel alles hatte gefallen lassen müssen, das interessierte keinen! Und er machte auf Prinzesschen wegen zwei Nutella-Brötchen! Die ich im Übrigen trotzdem gegessen hatte. Oder eher heruntergeschlungen. So. Jetzt war mir zwar schlecht, aber wenigstens hatte ich mich von meinem Tyrannen von Freund nicht unterbuttern lassen.

„Amelie!", rief Serena und kam auf mich zu. „Geht es dir gut?" Ihr besorgter Blick wanderte an mir herab und als sie sich sicher sein konnte, dass an meinem Körper noch alles dran war, setzte sie ihren strengen Lehrerblick auf: „Wir haben uns wahnsinnige Sorgen gemacht."

„Ich weiß." Zu einer Entschuldigung konnte ich mich nicht durchringen. Ich war es so leid, mich ständig für alles und vor jedem rechtfertigen zu müssen. „Aber es war wichtig. Hi Chris", sagte ich zu der stummen Gestalt, die mürrisch neben Merlin stand. „Freut mich ebenfalls, dich zu sehen."

„Wir haben Barbara kontaktiert", berichtete Serena, „und sie hat den anderen Bescheid gesagt. Alle, die teilnehmen wollen, sollten bis morgen Abend hier sein."

„Sehr gut", erklang eine voluminöse Stimme hinter mir. Valentin hatte unbemerkt die Eingangshalle betreten, Lucian und natürlich Luna im Schlepptau. Letztere blieb so nah neben Lucian stehen, dass der Rock ihres Kleides Lucians Hose berührte. Sie zwinkerte mir zu und grinste.

Als ich Lucian einen bösen Blick zuwarf, erwiderte er ihn nicht minder düster.

Serena hob fragend die Augenbrauen. Ich ignorierte sie.

„Somit werden wir morgen nach Sonnenuntergang eine Versammlung mit den Zauberern abhalten", sagte Valentin. Es war keine Frage.

Trotzdem nickte ich. „Das dürfte in Ordnung gehen."

Valentins Blick richtete sich auf mich. „Ich danke dir für dein Einverständnis."

Ich wusste, ich sollte den Mund halten, aber ich hatte es satt. „Gern geschehen."

„Amelie!", zischte Serena. Typisch. Sie hatte Valentin eben erst kennengelernt, wusste nichts über ihn, aber ermahnte mich schon, nicht frech zu ihm zu sein.

Valentin sah mich lange mit seinen blassen Augen an und ich hielt dem Blick stand. „Lucian, auf ein Wort", sagte er dann.

Wenn überhaupt möglich, so schaute Lucian noch missmutiger drein. „Natürlich."

„Luna und Merlin, ihr dürft uns ebenfalls begleiten." Damit setzte sich die alberne Vampirprozession in Bewegung.

Serena stieß den Atem aus, als die vier außer Sichtweite waren. „Puh, der ist aber mächtig. Ich glaube, du hast Lucian in Schwierigkeiten gebracht."

„Wenn, dann hat er sich das selbst zuzuschreiben."

„Und diese Vampirin ... Wow! Aber sie macht sich schon ein bisschen an Lucian ran, oder?"

„Könnte man so sagen", knirschte ich.

„Oh, tut mir leid, Amelie, das war gedankenlos von mir." Serena strich sich verlegen ihre roten Locken aus dem Gesicht.

In diesem Moment stampfte Chris an uns vorbei auf die Treppe zu.

„Wo willst du denn hin?", fragte ich.

„In mein Zimmer", brummte er, ohne mich anzusehen. „Tut mir leid, falls es dir nicht passen sollte, dass ich dir nicht ebenfalls vor Wiedersehensfreude um den Hals falle. Aber ich für meinen Teil finde, du hättest uns ruhig Bescheid sagen können, bevor du um die halbe Welt reist, um dich in einem Schloss voller Vampire einzuquartieren."

„Weißt du was?", fauchte ich und baute mich vor ihm auf, als sich mein ganzer aufgestauter Zorn mit einem Mal entlud. „So wie du dich in letzter Zeit aufführst, brauchst du dich nicht wundern, wenn ich dir gar nichts mehr erzähle. Meinst du vielleicht, ich bin zum Spaß hier? Ich habe mir Sorgen um Lucian gemacht, aber hast du meine Sorgen ernst genommen? Natürlich nicht. Denkst du, da gehe ich hin und erzähle dir, dass ich von einem anonymen Anrufer aufgefordert wurde, nach Rumänien zu kommen, weil Lucian in Schwierigkeiten steckt? Glaubst du das wirklich, Chris?"

Er starrte mich einen Moment reglos an, dann rauschte er an mir vorbei.

Ich schüttelte ungläubig den Kopf. Wieder jemand, der mich stehenließ. Diese Nacht wurde immer besser und besser.

„Achte einfach nicht auf ihn", riet Serena und schulterte betont fröhlich ihre bunte Tasche. „Erzählst du mir beim Auspacken, was wir verpasst haben?"

Ich nickte, obwohl mir die Frage auf der Zunge lag, was *ich* verpasst hatte. Seit ich Chris und Serena in der Eingangshalle getroffen hatte, hatten die beide nicht mal einen Blick gewechselt, geschweige denn ein Wort.

Und irgendwie hatte ich erwartet, dass sie sich ein Zimmer teilen würden. Doch Serena öffnete ein unberührtes Einzelzimmer. Sassa hopste an uns vorbei und machte es sich sofort auf dem Kopfkissen bequem.

„Puh!", seufzte Serena und ließ sich ebenfalls auf das Bett fallen, so dass ihr langer Patchwork-Rock sich wie eine Decke um sie ausbreitete. „Wie geht's eigentlich Marcelle?"

„Keine Ahnung. Gut, vermutlich? Sag mal, ist mit dir und Chris alles in Ordnung?"

„Was sollte denn nicht in Ordnung sein?" Sie lachte schrill. „So, und jetzt erzähl du mir mal, was hier überhaupt los ist."

Ich berichtete ihr in groben Zügen von Merlins Anruf, von Lucians seltsamer erster Rede gegen das Bündnis, wie ich in die Vampir-Versammlung geplatzt war, von Luna und Valentin.

„Er ist also der Vorsitzende des Inneren Kreises", flüsterte Serena ehrfürchtig. „Wirklich, Amelie, du solltest ihm etwas mehr Respekt entgegenbringen. Nicht nur Lucian zuliebe, sondern auch für das Bündnis. Es ist nicht hilfreich, so einen wichtigen Vampir gegen uns aufzubringen, wenn wir mit ihnen eine Allianz eingehen wollen."

„Du hast ja recht", gab ich zu. „Ich steh' im Moment ein bisschen neben mir."

Serena nickte verständnisvoll, während sie sich daran machte, den Inhalt ihrer Tasche wahllos auf dem Bett auszubreiten.

„Achtung!", rief ich, als sie Anstalten machte, einen ganzen Stapel langer Röcke ans Kopfende zu werfen. „Sassa schläft dort."

„Oh. Wie läuft es eigentlich mit ihm?" Sie warf mir einen bedeutungsschweren Blick zu.

„Ich hatte noch keine Gelegenheit, mit ihm über seine Rücksendung zu sprechen“, sagte ich. „Er verhält sich seltsam in letzter Zeit.“

Serena nickte, doch fragte nicht weiter nach, was eigentlich gar nicht ihre Art war. „Du weißt ja, dass ich alle Zutaten zusammen habe. Du musst mir also nur Bescheid sagen.“ Ihre grünen Augen huschten zum Kopfende des Bettes. Für einen Moment hatte sie ein leises Lächeln auf den Lippen, bevor sie sich wieder mir zuwandte. „Und mit Lucian? Wenn ich es richtig verstanden habe, wäre da ebenfalls ein klärendes Gespräch nötig.“

„Das musst du mir nicht sagen, sondern ihm.“ Ich erzählte ihr, wie ich am Abend zuvor mit ihm hatte reden wollen und Lucian offensichtlich alles versucht hatte, dem Gespräch aus dem Weg zu gehen. Bei der Erinnerung daran, wozu das genau geführt hatte, musste ich lächeln. Bis mir wieder einfiel, wie er sich heute aufgeführt und wie Luna sich wieder an ihn geschmiegt hatte. Ich erwog, Serena von dem Tattoo zu erzählen – vielleicht hatte sie ja eine Idee, was das zu bedeuten haben könnte, als die Zauberin unvermittelt fragte: „Hast du Lucian von dir trinken lassen, seit du hier bist?“

„Äh …“ Ich lachte nervös.

Doch Serenas ernster Blick forderte weiterhin eine Antwort.

„Nein“, sagte ich schließlich, doch bereute es sofort, schließlich war das eine absolut intime Information. Dass Chris mich so was fragte, konnte ich noch irgendwo nachvollziehen, schließlich dachte er ganz genau so, wie ich früher gedacht hatte: Dass es eklig und bemitleidenswert war, einen Vampir von sich trinken zu lassen. Aber Serena, die selbst mal einen Vampir als Freund gehabt hatte?

Doch ihre Erwiderung zeigte mir, dass ich sie ganz und gar missverstanden hatte: „Das ist nicht gut,

Amelie. Gar nicht gut." Sie schüttelte seufzend den Kopf. „Lucian ist ein Vampir. Er braucht Blut."

„Danke, das war mir neu."

Sie ignorierte meinen Sarkasmus. „Es ist jetzt wie lange her, dass er das letzte Mal von dir getrunken hat?"

„Hör mal, Serena, ich weiß deine Sorge wirklich zu schätzen ..." War es überhaupt Sorge, die sie da zum Ausdruck brachte? Ich hatte nicht die geringste Ahnung. „Aber das ist wirklich sehr privat."

„Ach, Amelie." Serena schüttelte den Kopf, doch ein kleines Lächeln erschien auf ihren Lippen. „Vor mir musst du dich doch nicht schämen. Ich bin nicht Chris."

„Ich möchte nur einfach nicht darüber sprechen."

Serena seufzte. „Ich mach mir einfach Sorgen, das ist alles."

Ich beobachtete sie misstrauisch, wie sie ihrerseits ihre auf dem Bett ausgebreiteten Besitztümer betrachtete. „Was soll das heißen: Du machst dir Sorgen?"

„Wie ich schon sagte: Vampire brauchen Blut. Und wenn du Lucian nicht von dir trinken lässt ..." Das offene Ende des Satzes hing fett und bedrohlich wie eine Gewitterwolke über uns.

„Dann was?" Ich lachte zittrig auf. „Dann stirbt er, oder was?"

„Ich glaube kaum, dass er es so weit kommen lassen würde", meinte sie trocken. „Ach, Amelie." Sie schüttelte angesichts meiner Ratlosigkeit den Kopf.

Und da begriff ich. „Du denkst, er trinkt von jemand anderem?" Allein der Gedanke daran war lächerlich. „Das würde Lucian niemals tun." Erst gestern hatte er noch beim Anblick der anderen Vampire mit ihren Menschen davon geschwärmt, wie gut es sich anfühlte, wenn Vampir und Mensch sich gegenseitig Gefühle entgegenbrachten.

„Vielleicht hat er keine andere Wahl, Amelie. Ich weiß nicht, wie lange du ihm dein Blut schon verweigerst …“ Sie warf mir einen Blick zu, der selbst mit sehr viel gutem Willen noch absolut vorwurfsvoll aussah, „… aber früher oder später muss er trinken. Und kannst du dir vielleicht vorstellen, dass er um dein Blut *bittet*? Ich bin mir sicher, du kennst ihn besser als ich, also frage ich dich: Denkst du, er würde zu dir kommen und zugeben, dass er schwächer und schwächer wird und Blut braucht oder lieber nichts sagen und sich seine Nahrung woanders holen?“

Ich starrte sie an. Dann drehte mich um und stürmte aus dem Zimmer.

„Lucian, ich muss mit dir sprechen. Jetzt.“

In dem kleinen, gemütlichen Kaminzimmer wurde es mit einem Schlag mucksmäuschenstill. Nur das Feuer, das die einzige Lichtquelle im Raum darstellte, knisterte unbeeindruckt weiter.

Die teils neugierigen, teils indignierten Augen vierer Vampire waren auf mich gerichtet. Nein, fünf, erkannte ich in diesem Moment. Marcelle stand beinahe unsichtbar im Schatten, während die anderen vier vor dem Kamin in Sesseln saßen.

Unter normalen Umständen wäre mir mein Auftritt wahrscheinlich peinlich gewesen, aber ich war sogar bereit, Lucian falls nötig hier und vor den anderen Vampiren zur Rede zu stellen.

„Geh“, sagte Valentin auf Lucians fragenden Blick hin.

Wir entfernten uns ein wenig von der Tür des Kaminzimmers, bevor Lucian stehen blieb und mich schweigend ansah.

Ich wartete auf einen Vorwurf, darauf, dass er mir sagte, dass ich nicht einfach in eine Unterredung mit dem großen Valentin platzen durfte, weil das Lucians Ansehen untergrub, doch ich wartete vergeblich. Nicht einmal in seinen Augen konnte ich einen solchen Vorwurf erkennen.

„Ich hätte da eine Frage", murmelte ich kleinlaut. Irgendwie hatte mir Lucians Verhalten die Luft aus den Segeln genommen. „Weißt du was? Vergiss es." Das alles war doch albern. Wie hatte ich mich von Serena derart verunsichern lassen können? Lucian und ich mochten im Moment unsere Differenzen haben, aber niemals würde Lucian diesen atemberaubend intimen Akt des Trinkens mit jemand anderem teilen. Niemals würde er solch einen Vertrauensbruch an mir begehen.

„Amelie." Seine Stimme streichelte mich wie ein Windhauch. Er trat auf mich zu, hob eine Hand und strich mir über die Wange. Seine Finger hoben mein Kinn an, so dass ich ihm ins Gesicht sehen musste. „Dein Anliegen war wichtig genug, um unsere Besprechung zu stören, oder nicht?"

Ich schlug die Augen nieder und seufzte. „Es war dumm ..."

„Sag es mir."

„Serena ...", begann ich zögernd. „Na ja, sie meinte, weil wir schon lange nicht mehr ... also, weil du schon lange ..." Ich befeuchtete meine trockenen Lippen. „Also, weil es schon eine Weile her ist, dass du mein Blut getrunken ... und sie meinte, daher könnte es sein, dass du ... na ja ... dir dein Blut woanders holst." Die letzten Worte flüsterte ich so leise, dass ich sie selbst kaum verstehen konnte.

Lucian ließ die Hand sinken.

Und ich verfluchte sowohl mich als auch Serena, als ich in seine versteinerte Miene blickte. Wenn Lucian eines hasste – außer dem alten Bund und meinen nervigen Fragen natürlich – war es Misstrauen. Ich hätte wissen müssen, dass es nur wieder im Streit endete, wenn ich mit der Sache anfing. „Lucian ..."

„Zu deiner Information", unterbrach er mich. „Es wurde mir mehrfach angeboten, doch ich habe dankend abgelehnt."

„Dir wurde *was* mehrfach angeboten?"

„Menschen natürlich. Deren Blut", sagte er, als würde er zu einem begriffsstutzigen Kind sprechen.

„Wer genau bietet dir so was an?"

„Valentin. Luna. Freunde."

„Und wie genau kommen sie bitte dazu? Wo sie doch genau wissen, dass du und ich –"

„Sie können es sehen."

Ich wollte nachhaken, als mir die Antwort auch so dämmerte: Die anderen Vampire konnten sehen, dass Lucian lange nicht mehr getrunken hatte. Beschämt ließ ich den Kopf hängen. Doch neben den Schuldgefühlen spürte ich noch etwas anderes. Ich fühlte mich in die Enge getrieben. „Vielleicht solltest du ihr Angebot annehmen", wisperte ich. Allein es auszusprechen, löste Übelkeit erregende Eifersucht in mir aus, aber der Gedanke, wie Lucian immer schwächer wurde und darauf wartete, dass ich endlich über meinen Schatten sprang und ihm mein Blut anbot, war noch viel schwerer zu ertragen.

„Sollte ich?"

Ich blickte auf. Lucians Miene verriet mir nichts. „Nicht, dass ich es will", beeilte ich mich zu sagen. „Aber ich will auch nicht, dass es dir schlecht geht, verstehst du? Ich brauche einfach noch etwas mehr Zeit, um mir über diese Sache klar zu werden."

„Dann werde ich solange warten."

„Aber kannst du das denn?"

Lucians Blick wurde hart und ich wusste, dass ich mal wieder das Falsche gesagt hatte. „Ich meine", verbesserte ich mich schnell, „wie lange genau kannst du ... also ..." Was war es nur an diesen Augen, die mich regelmäßig zum Stottern brachten, während ich einem

Vampir wie Valentin die Stirn bot, ohne auch nur darüber nachzudenken? „Wie lange kommst du ohne Blut aus?", brachte ich die Sache mit viel Mühe auf den Punkt.

„So lange wie nötig."

Natürlich. Was hatte ich auch anderes erwartet?

„War das alles?"

Ich nickte stumm.

Lucian ging an mir vorbei. Sein Arm streifte meinen. Ich wollte die Hand ausstrecken, ihn berühren, doch da war der Moment bereits vorbei. Als ich mich umdrehte, verschwand Lucian gerade wieder im Kaminzimmer.

Und anstatt irgendetwas zu klären, schien dieses Gespräch die Situation zwischen uns nur verschlimmert zu haben.

Nachdem ich Sassa bei Serena eingesammelt hatte, ging ich auf mein und Lucians gemeinsames Zimmer, um zu warten. Irgendwann musste diese unheimlich wichtige Vampirbesprechung schließlich auch mal zu Ende sein und dann könnten Lucian und ich endlich über alles reden. Wir hatten mittlerweile so viele Baustellen, dass ich gar nicht wusste, wo wir anfangen sollten. Ich legte mich aufs Bett und versuchte, Ordnung in meine wirren Gedanken zu bringen. Irgendwann musste ich eingeschlafen sein, denn Lucians Stimme riss mich aus dem Schlaf.

„Amelie."

Verwirrt blickte ich um mich. Lucian stand am Fenster, den Rücken mir zugewandt.

„Du musst aufstehen. Die Zauberer sind angekommen, es ist Zeit für die Versammlung."

„Schon so spät?" Tatsächlich. Draußen war es schon wieder dunkel. Neben mir streckte sich Sassa ausgiebig. „Seit wann bist du hier?"

Endlich drehte er sich zu mir um, doch der nachdenkliche Ausdruck auf seinem Gesicht blieb. „Die Besprechung mit Valentin dauerte den ganzen Tag“, sagte er abwesend.

„Worum ging es denn?“, fragte ich, während ich mich aus dem Bett schälte.

„Ich fürchte, das wirst du früh genug erfahren.“

„Warte ... bist du wütend auf mich?“ Ich war mir sicher, für einen Augenblick Zorn in den blauen Augen gesehen zu haben.

Lucian wandte sich ab. „Ich werde vorgehen. Die Versammlung findet in demselben Saal wie jene vor zwei Nächten statt.“

„Warte!“

Tatsächlich blieb Lucian stehen, doch einmal mehr wandte er mir den Rücken zu.

„Was ist los?“

Lucian schwieg. Kurz dachte ich, er würde einfach gehen ohne mir zu antworten, dann sagte er plötzlich: „Du hast mit deinem Verhalten Valentins Interesse geweckt.“

Ich verstand nur Bahnhof. „Und?“

Er drehte den Kopf, so dass ich sein Profil sehen konnte. „Es ist niemals gut, Valentins Interesse auf sich zu ziehen. Schon gar nicht für einen Menschen. Daher würde ich es begrüßen, wenn du dich in Zukunft etwas unauffälliger verhalten könntest.“

„Oh, okay“, sagte ich automatisch, obwohl ich nicht die geringste Ahnung hatte, wie genau ich das anstellen sollte.

„Und nun kleide dich an. Zuspätkommen ist nicht das, was ich unter unauffällig verstehe.“

„Musst du so hetzen? Ich hatte ja nicht mal Frühstück“, maulte Sassa, während ich zum Saal eilte.

„Ist auch besser so. Wenn du so weitermachst, wirst du entweder fett oder bekommst Diabetes. Oh.“ Ich blieb wie angewurzelt stehen. Vor der Saaltür hatte sich eine Gruppe Menschen versammelt. Aber es waren keine Zauberer. „Kim?"

„Oh, Hallo Amelie. Gut siehst du aus."

„Danke." Nicht, dass Lunas Worte über meine Kleidung mich verunsichert hatten, trotzdem war mir heute nach ein wenig mehr als der alten Jeans-Pulli-Kombi gewesen. Daher trug ich meinen braunen Cordrock und dazu einen weinroten Rollkragenpulli. Da ich in Zeitnot gewesen war, hatte ich meine Haare lediglich mit einem Haargummi zu einem formlosen Dutt zusammengerollt. Zwar war ich mit meinem Outfit von der Eleganz der Vampire und ihrer Menschen noch immer meilenweit entfernt, aber ich kam dem Ganzen schon etwas näher. Außerdem hatte Lucian mich ja ermahnt, möglichst wenig aufzufallen. Und natürlich tat ich als folgsame Freundin mein Möglichstes, dieser Forderung gerecht zu werden. Oh Gott, wir mussten wirklich dringend miteinander reden.

Nachdem Kim die Musterung meiner Kleidung abgeschlossen hatte, hob sie den Blick zu meinem Gesicht, ohne mir jedoch in die Augen zu sehen.

„Sind das alles …?"

„Hexen? Ja", antwortete sie. Wir haben von der Versammlung gehört und haben und sofort auf den Weg gemacht."

Das Grüppchen hinter Kim, das aus ungefähr zwanzig Personen bestand, blickte neugierig zu uns.

„Aber ich habe dir doch gesagt …" Musste ich das wirklich wiederholen? Ich schwankte zwischen Mitleid und Wut auf die Hexen, weil es sicher wieder Streit mit Lucian geben würde, wenn ich mit einer Gruppe unerwünschter Hexen auf der Versammlung aufkreuzte.

„Ich weiß", sagte Kim schnell. Fahrig strich sie sich das schwarze Haar aus der Stirn. „Ihr wollt uns nicht dabeihaben. Schon klar." Sie lachte nervös. „Das ist unser letzter Versuch, versprochen. Nur ein paar Minuten am Ende eurer Versammlung, um unseren Standpunkt darzulegen. Dann könnt ihr uns endgültig abweisen."

„Ich glaube nicht, dass das eine gute Idee ist. Und überhaupt, wieso kommst du damit zu mir? Ich habe so was doch nicht zu entscheiden!"

„Aber du hast die Veränderung in meiner Zukunft gesehen, Amelie." Ihr intensiver Blick saugte sich vielsagend an meinem fest.

Ich riss mich von ihm los und sah stattdessen sehnsüchtig zur Saaltür, doch der Weg dorthin war von den Hexen versperrt. Wahrscheinlich war die Versammlung bereits in vollem Gange. Lucian würde mich umbringen.

„Ach, Herrgott, na gut. Ich lege ein gutes Wort für euch ein, aber ob die anderen euch wirklich zuhören wollen, kann ich nicht versprechen!"

„Danke." Kim lächelte. „Wir werden solange einfach hier warten, wenn es dir nichts ausmacht."

„Wenn du mich fragst, hat die Alte ein ganz schönes Rad ab", meinte Sassa, während wir uns durch die Hexen einen Weg zur Saaltür bahnten.

Die Kronleuchter, die von der hohen Decke hingen, tauchten den Saal mit seinen dunklen Holzwänden in dämmriges Licht, während hinter den großen Fenstern Dunkelheit herrschte. Links vom Eingang hatten sich die Vampire mit ihren Menschen platziert, die rechte Seite des Saals wurde von den Zauberern eingenommen. Es waren mehr, viel mehr gekommen, als ich erwartet hatte.

„Danke für eure Aufmerksamkeit. Gibt es irgendwelche Fragen?" Serena, die mit Chris auf dem Podium in der Mitte des Saals stand, blickte um sich.

So unauffällig wie möglich mischte ich mich unter die Reihen der Zauberer. Mit etwas Glück hatte niemand mein Zuspätkommen bemerkt, ich musste nur ...

„Ach, Amelie!", rief Serena in diesem Moment. „Das ist unsere Sprecherin. Jetzt, wo sie da ist, wird sie sicher gerne übernehmen."

Nicht nur Lucian warf mir einen wenig erfreuten Blick zu, als ich mich zum Podium nach vorne schob, auch Barbaras und Chris' missmutige Mienen entgingen mir nicht. Ich tat einen tiefen Atemzug, bevor ich mit Serena und Chris den Platz tauschte. Schlimmer konnte die Nacht ja kaum werden, beruhigte ich mich. Irrtum, wie sich herausstellte, kaum dass ich oben stand und mein Blick über die gut hundert Anwesenden schweifen ließ. Alle blickten sie zu mir auf. Schweigend, erwartungsvoll. Oh Gott, worauf hatte ich mich hier nur eingelassen.

„Lampenfieber", urteilte Sassa mit Kennermiene. „Das legt sich. Sag einfach was. Irgendwas."

Ich räusperte mich. „Hallo."

Lucians Augenbrauen schossen in die Höhe. Chris schüttelte fassungslos den Kopf, Serena blickte peinlich berührt zur Seite.

Da rettete mich ausgerechnet Luna, die – wie konnte es anders sein? – auch heute wieder an Lucians Seite klebte. „Ich möchte dich etwas fragen, wenn du erlaubst", sagte sie laut.

„Bitte!", rief ich eifrig, froh die allgemeine Aufmerksamkeit los zu werden.

„Ist für euer Bündnis eine Führung vorgesehen?" Obwohl sie nicht gerade in der Nähe stand, fiel mir doch ihr lauerndes Lächeln auf.

Ich war augenblicklich auf der Hut. Dieselbe Frage hatte Lucian vor gut einer Woche gestellt, als Chris und Serena uns zum ersten Mal von der Idee mit dem Bündnis erzählt hatten. Dank ihm wusste ich, was die richtige Antwort war. „Ja", sagte ich laut und deutlich. Meine Nervosität war wie weggeblasen. „Das Bündnis soll über ein Gremium aus einigen ausgewählten Vampiren und Zauberern verfügen, das Entscheidungen trifft. Ohne eine Führung wäre das ganze Bündnis schließlich hinfällig. Wozu eine Institution, wenn sie nicht die Macht hat, irgendetwas zu bewirken?", griff ich Lucians Worte auf und erntete prompt ein anerkennendes Lächeln von ihm. „Die Details stehen allerdings noch nicht fest, da ich finde, dass Zauberer und Vampire zuerst entscheiden sollten, ob sie dem Bündnis überhaupt eine Chance geben wollen. Danach sollten beide Gruppen zusammen über die Einzelheiten entscheiden."

Einige Zauberer klatschten. Na bitte. War ja gar nicht so schwer. Während ich mich noch in meinem Erfolg sonnte, ging plötzlich ein Raunen durch die Menge. Luna hatte sich von Lucians Seite gelöst und schlenderte betont langsam durch die Menge – direkt auf mich zu. Ich verfolgte mit offenem Mund, wie sie die Stufen zum Podium hochstieg und sich neben mich stellte.

„Es stört dich doch nicht, wenn ich auch ein paar Worte zu dem Ganzen hier sage, oder?", fragte sie mich und klimperte mit den Wimpern.

Ich schüttelte stumm den Kopf.

„Nun denn", begann sie und legte bereits ihre erste Effektpause ein. Alles an ihr, von der entspannten Haltung bis zu dem genießerischen Lächeln auf den Lippen verriet, wie sehr sie sich an der ungeteilten Aufmerksamkeit labte. Ihr koketter Blick richtete sich auf Lucian. „Wir brauchen dieses Bündnis nicht."

Im Saal war es vollkommen still geworden.

„Wir haben unsere eigenen Regeln. Schon immer. Und warum? Weil wir keine Menschen sind. Viele von euch wissen, dass ich auch vom Inneren Kreis alles andere als begeistert war." Sie warf ihr mädchenhaftes Lächeln in die Menge und ich sah einige der Vampire grinsen. „Aber zumindest handelt es sich dabei um Unseresgleichen. Aber eine Allianz mit Zauberern? Menschen? Die niemals verstehen werden, was wir sind?"

Zu meinem Entsetzen sah ich nicht wenige Vampire nachdenklich nicken. Luna machte alles kaputt!

„Ich verstehe, dass ihr eure Freiheit schätzt!", sagte ich schnell, bevor Luna weiterreden konnte, und prompt fing ich ihren indignierten Blick auf. „Und das Bündnis soll euch diese Freiheit in keiner Weise nehmen. Er wird euch nicht sagen, was ihr zu tun habt. Es geht nur darum, Bedrohungen rechtzeitig zu erkennen und zu handeln, bevor sie zu einer ernsthaften Gefahr werden. Hätte es das Bündnis damals gegeben, als der Bund anfing, Vampire zu jagen und Zauberer zu verunglimpfen, hätten wir vielleicht eingreifen können. Doch stattdessen wurde der Bund immer stärker und tötete immer weiter. Und zwar nicht nur Vampire." Ich fing Chris' Blick auf und wusste, auch er dachte an unsere Eltern. „Hätten damals Vampire und Zauberer zusammen gearbeitet, hätte es nicht so weit kommen müssen. Gemeinsam sind wir stärker, das haben wir beim Kampf gegen den Bund bewiesen. Was uns vorschwebt, ist eine Allianz zum Schutz von Zauberern und Vampiren. Ein Bündnis aus gegenseitigem Respekt heraus. Nicht mehr und nicht weniger."

„Sieh an, kleine Zauberin", sagte Luna in beunruhigendem Singsang.

Kleine Zauberin. So hatte Lucian mich immer genannt, nannte mich hin und wieder noch immer so.

„Die Ärmste denkt, sie ist eine Vampirexpertin, weil einer von uns von ihr trinkt." Sie lachte schallend und zu meiner Bestürzung stimmten andere ein. Aber das war nicht das Schlimmste. Sondern die Blicke, mit denen mich die Zauberer anstarrten. Barbaras Mund bildete ein ungläubiges O. Dann verengten sich ihre Augen und sie schüttelte aufgebracht den Kopf. Luna hatte mit ihrer Beleidigung unfreiwillig verraten, was die Zauberer nie hatten erfahren sollen.

„Es ist euer gutes Recht, nicht mitmachen zu wollen", stammelte ich, doch Luna stieg bereits das Podium hinab und auch sonst schien mir nicht wirklich noch jemand zuzuhören. „Aber es gibt Hinweise auf eine reale Bedrohung durch den alten Bund!", rief ich so laut, dass die Tuscheleien um mich herum verstummten. „Ich dachte, das wollt ihr vielleicht wissen, bevor ihr eure Entscheidung trefft." Damit verließ ich ebenfalls das Podium.

„Das war doch gar nicht so schlecht", versuchte Serena, mich aufzumuntern.

„Ja, sie hat recht", meinte auch Sassa.

Ich horchte auf.

„Bis auf die Tatsache, dass diese Vampirin, die dir deinen Freund ausspannen will, den anderen Zauberern dein schlüpfriges Geheimnis auf die Nase gebunden hat und dich – wenn wir mal ehrlich sind – wie eine Vollidiotin hat dastehen lassen. Aber sonst ... ja, sonst war es wirklich gar nicht so schlecht."

Auch Chris' verkniffene Miene bestätigte mich in meiner Vermutung: Ich hatte versagt. Auf ganzer Linie.

„Serena, Christopher, kommt ihr?" Barbara hatte sich von der Gruppe Zauberer gelöst, die sich in einer Ecke des Raumes zum Gespräch zusammengesetzt hatte.

„Du nicht, Amelie." Barbara baute sich wie ein Türsteher vor mir auf, als ich Serena und Chris folgen wollte.

„Was?", stammelte ich.

„Du hast mich schon verstanden." Damit ließ sie mich stehen.

„Wir werden das schon irgendwie rumreißen", flüsterte Serena mir zu, bevor sie sich ebenfalls abwandte.

Barbara hatte bereits begonnen, gedämpft zu den Zauberern zu sprechen.

So wie ich das sah, konnte Serena noch so sehr versuchen, irgendetwas rumzureißen – Barbara würde es nicht zulassen. Ich hatte meine Chance verspielt. Und das alles nur wegen einer dummen Lüge und der Tatsache, dass es den Zauberern nicht passte, mit wem ich zusammen war. Was würde passieren, wenn Barbara die anderen tatsächlich davon überzeugte, mich als Sprecherin abzusetzen und sie selbst zu wählen? Würde das Bündnis mit den Vampiren dann überhaupt zustande kommen? Und selbst wenn die Zauberer wider Erwarten dafür waren, blieben ja immer noch die Vampire.

Mein Blick huschte zur anderen Seite des Saals, wo man sich ebenfalls beriet. Luna hatte mit ihrer Ansprache unübersehbar Eindruck gemacht. Vielleicht war es ja egal, was die Zauberer entschieden. Wenn die Vampire gegen das Bündnis stimmten, hatte sich die ganze Sache ohnehin erledigt. Der Traum von einer neuen übernatürlichen Gesellschaft, in der Vampire und Zauberer zusammenarbeiteten und einander respektierten, sich gegenseitig beschützten, würde niemals wahr werden. Und Lucian und ich würden uns weiterhin für unsere Beziehung rechtfertigen müssen.

Mir war zum Heulen. Irgendwas war hier gründlich schief gelaufen und ich konnte den Eindruck nicht abschütteln, dass es nicht nur wegen Luna und meiner Lüge so weit gekommen war. Was, wenn Zauberer und Vampire einfach nicht für eine Allianz gemacht waren? Wir verstünden die Vampire nicht, hatte Luna gesagt. Und dachten das nicht auch andersherum die Zauberer von den Vampiren? Was, wenn die Kluft einfach zu groß war?

Mein Blick fand Lucian. Er stand etwas abseits der anderen Vampire, in ein Gespräch mit Valentin vertieft.

Ob er ihn zu überzeugen versuchte, dass das Bündnis einen Versuch wert war? Dass es irgendwie gelingen konnte, das Misstrauen und die Angst, die zwischen Vampiren und Zauberern herrschte, zu überbrücken?

Doch Lucian wirkte nicht besonders zuversichtlich, im Gegenteil. Aufgebracht starrte er Valentin an. In seinen Augen loderte Zorn. Heißer, tödlicher Zorn. Prompt hatte ich wieder das Bild aus meinem Albtraum vor Augen. Lucian und Nemours. Das viele Blut. Nemours flehende Blicke, Lucians unnachgiebige Miene.

Mein Brustkorb zog sich schmerzhaft zusammen. Ich bekam kaum Luft.

Dann war der Moment vorbei und Lucians Züge entspannten sich etwas. Die heiße Wut in seinen Augen wich abweisender Kälte.

Mir war schwindelig. Ich streckte eine Hand aus und bekam eine Stuhllehne zu fassen, auf der ich mich dankbar abstützte. Einen Moment war ich mir sicher gewesen, Lucian würde auf Valentin losgehen. Dieser Blick …

Valentin sprach ruhig auf Lucian ein. Der musterte ihn nur mit unbeweglicher Miene.

Ich umgriff die Stuhllehne fester, als mir ein beunruhigender Gedanke kam. Was, wenn es nicht Valentin gewesen wäre? Sondern jemand, der Lucian unterlegen war. Ein schwächerer Vampir, zum Beispiel. Oder … ein Mensch. Ich hatte gesehen, wozu Lucian imstande war, wenn jemand seinen Zorn weckte.

Eine leise Stimme meldete sich in mir und wies mich darauf hin, dass ich Lucian Unrecht tat. Nemours hatte mich vorsätzlich gequält. Hatte zahllose Vampire ermorden lassen. War es da nicht allzu verständlich, dass Lucian nicht viel auf Nemours' Leben gab? Und trotzdem gab es da ein Problem. Mein Blick glitt über die starr auf Valentin gerichteten blauen Augen, die makellose blasse Haut und die Lippen, die ich so gerne

wieder küssen wollte – und die Erkenntnis bereitete
mir fast körperliche Schmerzen: Chris hatte recht. Lucian konnte töten, ohne mit der Wimper zu zucken. Ein
Menschenleben war ihm nichts wert.

Was stört es dich?, fragte ich mich selbst. *Solange er
es nicht* tut, *solange er nicht grundlos tötet, muss es
dich nicht kümmern, dass er es* könnte, *ohne dabei etwas zu fühlen.* Doch das tat es. Aus irgendeinem Grund
kümmerte es mich sehr.

„Da steht jemandem die große Liebe aber nicht gerade
ins Gesicht geschrieben", hauchte mir eine liebliche
Stimme ins Ohr.

Ich musste mich nicht umdrehen, um zu wissen, wer
mich da mit ihrer Anwesenheit beehrte. „Müsstest du
nicht drüben bei den anderen Vampiren sein und dafür
sorgen, dass sie sich gegen das Bündnis entscheiden?"

„Oh, wie süß!" Luna kicherte und rückte noch ein
Stückchen näher. Rosenduft stieg mir in die Nase.
„Nein, kleine Zauberin, das habe ich nicht nötig."

Ich befürchtete, dass sie recht hatte.

„Hübsch siehst du heute aus, richtig zum Anbeißen."
Sie kam mir mit ihrem Gesicht unangenehm nah und
tat, als wollte sie mir das Ohr abbeißen. Ich zuckte zurück.

Luna lachte. „Also: Warum stehst du hier und siehst
Lucian an, als hätte er sich vor deinen Augen von einem süßen Kuschelhäschen in einen Alligator verwandelt? Oder sollte ich lieber sagen, von einem süßen Ku-
schelvampir in einen normalen Vampir?" Instinktiv
hatte sie die Situation genau richtig erfasst.

Das machte mich erst recht wütend. „Hast du nichts
Besseres zu tun, als mir auf die Nerven zu gehen?"

„Oh, lass mich raten", schnurrte Luna. „Du beginnst
zu verstehen, dass Lucian Seiten hat, die du weder
kennst noch kennenlernen möchtest."

„Ich kenne ihn besser, als du glaubst", sagte ich heftig und konnte nicht verhindern, dass ein feiner Hauch von Bitterkeit in meiner Stimme mitschwang.

Ich spürte Lunas aufmerksamen Blick auf mir. „Oh ...", sagte sie schließlich. „Verstehe. Wie ich hörte, habt ihr gemeinsam gegen den Bund gekämpft. Ich bin mir sicher, dabei war Lucian nicht gerade zimperlich. Auch wenn er, im Vergleich zu früher, gelernt hat, sich zurückzuhalten."

Ich wollte das nicht hören. Doch anstatt sie einfach stehen zu lassen, wandte ich den Kopf und fing Lunas verträumten Blick auf.

„Oh ja, er ist nicht mehr so aufbrausend wie früher", seufzte sie. „Aber der Funke ist noch da, er kann ihn nur besser verbergen. Das musste er früher nicht. Du würdest dich wundern, kleine Zauberin, wenn du wüsstest, wie es damals war, als es den Inneren Kreis noch nicht gab. Als jeder Vampir tun und lassen konnte, was er wollte, ohne dass ein weißhaariger Greis den Finger hebt und sagt: ‚Das lenkt zu viel Aufmerksamkeit auf uns!'" Sie äffte Valentins tiefe, voluminöse Stimme nach, dann lachte sie schallend.

Ich wusste, ich sollte weg von ihr. Ich wusste, dass aus diesem Gespräch absolut nichts Gutes hervorgehen konnte. Trotzdem bewegten sich meine Beine keinen einzigen Zentimeter. Ich wollte es wissen. Was immer Luna zu sagen hatte, ich wollte es wissen. Auch wenn das alles kaputt machen könnte.

„Oh, was Lucian und ich für einen Spaß hatten damals!", fuhr Luna schwärmerisch fort. „Keine lange, aufwendige Suche, bis man einen Menschen fand, der einen freiwillig trinken ließ. Hatte man Lust auf einen, nahm man ihn sich einfach! Ob sie danach lebten oder starben musste uns nicht kümmern." Sie warf mir einen Blick unter gesenkten Lidern zu.

Jedes ihrer Worte war wie ein Faustschlag in meinen Magen. Mir wurde schlecht. Wieder war es haargenau das, was Chris gesagt hatte. Und was ich nicht hatte hören wollen.

„Aber mach dir nichts draus, kleine Zauberin. Wir alle taten es. Lucian war nicht besser oder schlechter als alle anderen auch."

Was bedeutet das für mich?, fragte ich mich verzweifelt. *Was bedeutet es für mich, dass der Mann, den ich liebe, früher Menschen getötet hat?* So sehr ich mich selbst drängte, diese Frage zu beantworten – ich konnte es nicht.

„Du solltest es ihm wirklich nicht übel nehmen", sagte Luna und schmiegte sich an mich. Ich spürte die Wärme ihres Körpers durch unsere Kleidung hindurch. „Oder kannst du es dem Hai verübeln, der ein Delfinbaby abschlachtet?"

„Es reicht", presste ich hervor.

„Oh, warum plötzlich so verstimmt? Ich bin mir sicher, Lucian hätte es dir gesagt. Irgendwann. Und wenn nicht ... nun, ich für meinen Teil verstehe, wieso er dir die pikanten Details seiner Vergangenheit verschwiegen hat. Ich wünschte, du könntest dein Gesicht sehen. Wenn ich kein Vampir wäre, würde mir fast Angst und Bange werden." Sie kicherte.

„Dir macht das Spaß, oder?" Ich stieß sie von mir. Luna trat einen Schritt zurück. Ich zitterte am ganzen Körper. Die Wut auf Luna überdeckte meine Verzweiflung, gab mir Kraft, vertrieb die Hilflosigkeit. „Du wolltest doch von Anfang an einen Keil zwischen mich und Lucian treiben!", schrie ich sie an. „Du hast doch nur auf eine Gelegenheit gewartet, mir all das unter die Nase zu reiben! Und? Bist du jetzt glücklich?"

Luna legte den Kopf schief, wie ein kleines Kind, das versucht, Sinn in die komplizierten Worte der Erwachsenen zu bringen. „Glücklich?", fragte sie, die sonst so liebliche Stimme plötzlich seltsam tonlos. Jede Regung verschwand aus ihrem Gesicht. Ihre dunklen Augen bohrten sich in meine und jagten mir einen Schauer über den Rücken.

„Glücklich werde ich erst sein, wenn Lucian wieder mir gehört", zischte sie.

Ich wollte mir die Arme reiben, um die Gänsehaut darauf zu vertreiben. „Was bist du? Seine frustrierte Ex-Freundin?" Ich versuchte ein Lachen, doch es blieb mir im Hals stecken, als ich Lunas Miene sah.

Denn sie lächelte wieder. Doch diesmal war es kein aufgesetztes Lächeln, auch nicht ihr betörendes Kleinmädchenlächeln, sondern das ehrliche, zufriedene Lächeln einer Katze, die nicht nur die offene Tür des Vogelkäfigs bemerkt, sondern den Vogel bereits verspeist hat. „Du willst wissen, wer ich bin? Oh, hat Lucian dir das etwa nicht gesagt? Arme, unwissende, kleine Zauberin ..."

Die Sekunden zogen sich in die Länge. Sekunden, in denen ich nur dastand und wartete, wartete auf Lunas Worte, die alles verändern würden.

Als sie endlich kamen, waren sie fast wie eine Erlösung. „Ich bin alles für Lucian."

Und ich begriff. Noch bevor Luna fortfuhr: „Ich bin die, die ihn geschaffen hat. Die, mit der er hunderte Jahre seines Lebens verbracht hat. Ich werde immer da sein, in seinem Kopf, in seiner Seele, und in seinem Herzen."

KAPITEL 7

Ich wollte Ordnung in all das Chaos bringen, doch ich konnte nicht denken. Ich sah nur dieses Tattoo vor mir: Der abnehmende Mond. Luna. Die Geräusche um mich herum verschmolzen zu einem einzigen Hintergrundrauschen.

Nur Lunas Stimme drang zu mir durch, die genüsslich fortfuhr: „Niemals könntest du auch nur annähernd meinen Platz einnehmen."

Mir war schwindelig und einmal mehr griff ich nach der stützenden Stuhllehne. Luna hatte Lucian erschaffen? Sie war seine Meisterin? Wieso hatte Lucian mir das nicht gesagt?

„Das reicht, Luna." Lucians Wärme umfing mich, als er mich an sich zog. Wie gerne wollte ich einfach mein Gesicht in seiner Halsbeuge vergraben und alles vergessen.

Ich machte mich los und stolperte ein paar Schritte von ihm weg. Nur am Rande realisierte ich, dass Lucian Luna diesmal nicht Jiashan genannt hatte.

„Oh, jetzt ist er böse." Luna klimperte mit den Wimpern zu Lucian hoch.

Er ignorierte sie und sah stattdessen mich an. „Lass uns darüber reden."

„Ach, jetzt willst du reden?" Wieder ließ ich zu, dass die Wut die Oberhand gewann. Alles war besser, als mich weiter so tief enttäuscht, unsicher und verwirrt zu fühlen. „Wieso so plötzlich? Vorher hattest du es doch auch nicht eilig, mir irgendwas zu erklären!"

Ich sah, wie Lucian mit sich rang. Konnte den wenig konstruktiven Kommentar, der ihm mit Sicherheit auf der Zunge lag, schon beinahe hören. Doch er sagte: „Es ist wahr, sie war es, die uns zu Vampiren machte. Mich und Merlin.“

„Dich und Merlin“, wiederholte ich. Die Puzzleteilchen fügten sich zusammen. Merlin, der sich als *so etwas wie Lucians Bruder* vorgestellt hatte. Seine seltsame Reaktion, als ich ihn nach dem Tattoo gefragt hatte. „Und?“, fragte ich kalt.

Lucian hob die Augenbrauen.

„Sie hat euch zu Vampiren gemacht“, wiederholte ich. „Was noch?“ So wie Luna sich aufführte, konnte das unmöglich alles gewesen sein. Wenn die beiden etwas miteinander gehabt hatten, wollte ich das jetzt wissen.

„Wir reisten eine Zeit lang zusammen umher“, sagte Lucian in beiläufigem Ton, doch ich bemerkte sehr wohl sein Zögern, bevor er es aussprach.

„Aber aber, Lucian“, mischte Luna sich sofort ein. „Wenn du das sagst, hört es sich so platonisch an.“

Ich drehte mich um und ging.

In diesem Moment durchschnitt ein ohrenbetäubendes Klirren den Saal. Die sechs bodenlangen Fenster zerbarsten. Glas regnete herab und eisige Luft wehte herein. Während ich noch ungläubig zu den Fenstern starrte, zischte ein brennender Pfeil direkt auf Lucian zu. Im letzten Augenblick sprang er zur Seite. Einen Wimpernschlag später kam ein ganzer Pfeilregen durch die Fenster geschossen, sie bohrten sich in heruntergerissene Vorhänge, Stuhlpolster und Umhänge. Innerhalb weniger Sekunden brachen unzählige Feuer aus. Qualm behinderte die Sicht. Zauberer und Vampire rannten durcheinander. Valentins Stimme erhob sich, wollte zur Ordnung rufen, doch niemand hörte zu. Und immer mehr Pfeile schossen durch den Saal, immer mehr Fläche wurde von gelben Flammen eingenommen.

„Ahhhhhhhhhhh!", schrie es in meinem Kopf und brachte mich wieder zur Besinnung. Ich pflückte Sassa vom Boden, der direkt unter einem brennenden Stuhl kauerte. Doch der Dämon schrie weiter.

Ich duckte mich in eine Ecke und versuchte, mir einen Überblick zu verschaffen. Versuchte, Lucian, Serena und Chris auszumachen, doch in dem Chaos war das unmöglich. Ich schob mich durch den Tumult, in dem jeder in eine andere Richtung zu drängen schien, auf das Podium zu und schaffte es, nach oben zu klettern. Von hier hatte ich einen besseren Blick. Ich duckte mich und wich einem Pfeil aus, dann schaute ich mich vorsichtig um. Die meisten Zauberer versuchten, zur Saaltür zu gelangen, während viele Vampire noch mit ihren brennenden Umhängen kämpften. Darunter auch Valentin. In diesem Moment tauchten Lucian und Luna neben ihm auf und rissen ihm das brennende Kleidungsstück herunter. Lucian blickte auf und sah zu mir. Mit einem Kopfnicken Richtung Tür forderte er mich auf, mich in Sicherheit zu bringen. Ich ignorierte ihn und ließ meinen Blick auf der Suche nach Chris und Serena schweifen. Ich entdeckte sie nahe der Saaltür, wo sie dabei waren, die Zauberer einen nach dem anderen nach draußen zu schleusen. Ein Unterfangen, das plötzlich ins Stocken geriet, als anscheinend eine kleine Gruppe von draußen ins Innere des Saales drängte.

Kim und die Hexen! Die hatte ich ganz vergessen. Aber was machten die da? Sahen die nicht, dass wir angegriffen wurden?

Sassa kreischte auf, als uns ein weiterer Pfeil um Haaresbreite verfehlte und ich rutschte mit ihm im Arm vom Podium hinunter und kauerte mich daneben in Deckung, während ich weiterhin die Hexen mit den Augen verfolgte. Eine kleine Gruppe von ihnen – die anderen schienen vor dem Saal geblieben zu sein – schlug sich mit eingezogenen Köpfen zur Mitte des Saals vor. Dort blieben sie Rücken an Rücken stehen und zogen kleine Fläschchen aus ihren Umhängetaschen. Kim machte den Anfang. Sie warf eins zu Boden, die anderen Hexen taten es ihr gleich. Glas zerbarst und Rauch stieg aus den zerschmetterten Fläschchen hervor. Die Hexen warfen immer neue Ampullen, bis der ganze Saal voller dichter Rauchschwaden war.

„Was soll das?", schrie ich, doch bekam keine Antwort. Ich konnte kaum mehr einen Meter weit sehen. Wenn die Hexen helfen wollten, ging das ganz schön nach hinten los.

„Von wegen!", stöhnte Sassa. „Merkst du nichts? Es kommen keine Pfeile mehr!"

Ich hob den Kopf, den ich bis jetzt schützend eingezogen hatte. Er hatte recht. „Sie können nichts mehr sehen", sagte ich mehr zu mir selbst und meinte die Angreifer. Die Hexen waren nicht dumm, sondern genial! Dann fiel mir etwas anderes ein. Wenn die Angreifer aufgegeben hatten ...

Ich sprang auf und bahnte mir so schnell, wie es der dichte Rauch und die Flammenherde überall zuließen, einen Weg zu den Fenstern.

„Bist du verrückt?", kam es von Sassa, doch er hoppelte mir hinterher.

„Wir müssen rausfinden, wer das war, bevor sie abhauen!", keuchte ich. Der von den Hexen erzeugte Rauch schien lediglich dunkler Nebel zu sein, denn er brannte nicht in der Lunge – ganz im Gegensatz zu dem Rauch, der von den Flammen ausging. Enge legte sich um meine Brust, als ich mich ein paar Wochen in die Vergangenheit versetzt fühlte. Der Kampf gegen den Bund. Das Feuer. Husten. Schmerzen beim Atmen. Und Lucian, der tot auf dem Boden lag.

„Jetzt reiß' dich aber mal zusammen, sonst beiß' ich dir ins Bein! Und ich weiß zufällig, dass das die einzige

Strumpfhose ist, die du dabei hast!" Sassa hüpfte entschlossen voraus.

„Du weißt aber schon, dass es hier noch überall brennt?"

„Oh, danke, das hatte ich ganz vergessen." Er warf mir einen giftigen Blick zu und hielt an. Ein eisiger Luftzug ließ mich frösteln. Wir hatten die zerstörten Fenster erreicht.

Und anscheinend waren wir nicht die einzigen, die sich jetzt, nachdem der Pfeilregen aufgehört hatte, die Angreifer schnappen wollten. Ich sah mehrere Schatten zwischen den Bäumen, der Schnelligkeit zu urteilen eindeutig Vampire.

„Ich bin mir sicher, Lucian wäre es lieber, wenn du das uns überlassen würdest." Wie aus dem Nichts gewachsen stand plötzlich Merlin vor mir.

„Pff", machte ich und kletterte über die scharfkantigen Überreste eines Fensters hinweg. „Ich bin eine Zauberin, schon vergessen?" So weit kam es noch, dass ich jetzt zu Lucians Püppchen wurde, das von seinen Vampirfreunden beschützt werden musste. Oder, in diesem Fall, von seinem Vampirbruder. Ich warf Merlin, der mir wortlos folgte, einen Blick zu. „Lucians Bruder also?", fragte ich, während ich meinen Geist in die Dunkelheit der Nacht aussandte. Doch da waren nur die Vampire, die selbst nach den Angreifern suchten. Ich suchte mit meinem Geist das ganze Gelände ab – nichts. Wer auch immer versucht hatte, den Saal mit allen Versammelten darin niederzubrennen, war anscheinend längst weg. Wie hatten sie das angestellt? Kurz nachdem keine Pfeile mehr geflogen waren, hatten sich doch schon die ersten Vampire auf die Suche gemacht. Wie konnten die Angreifer das Gelände so schnell verlassen haben?

„Lucian hat es dir erzählt", stellte Merlin fest.

Wir hatten die ersten Bäume erreicht. Das Licht des Hotels drang nur spärlich bis hierher und das Mondlicht reichte kaum aus, mich mehr als Schatten erkennen zu lassen.

„So kann man es nicht sagen", erwiderte ich trocken. „Es war Luna." Noch immer wusste ich nicht, was ich eigentlich angesichts ihrer Offenbarung fühlen sollte. Sie hatte Lucian zum Vampir gemacht – schön, irgendjemand musste es ja getan haben, das war hier gar nicht das Problem. Sondern die Tatsache, dass Lucian es mir absichtlich verschwiegen hatte. Ich hatte ihn doch ausdrücklich nach Luna gefragt! Mir fiel nur ein plausibler Grund für Lucians Geheimniskrämerei ein und der ließ Übelkeit in mir hochkommen. Wer wusste schon, was die beiden während ihres langen Lebens alles miteinander erlebt hatten. War es da nicht nur natürlich, dass zwischen den beiden eine Bindung bestand?

Ich schluckte. Eine Bindung, die tiefer war, als Lucian sich selbst und mir gegenüber je eingestehen wollte?

„Ich verstehe", sagte Merlin betrübt. „Hat sie ihren großen Auftritt also bekommen."

Auf meinen fragenden Blick hin kicherte er. „Sie hat ja wirklich lange genug auf den richtigen Moment gewartet, es dir endlich unter die Nase zu reiben."

„Das hätte sie nicht gekonnt, wenn Lucian es mir selbst gesagt hätte."

„So gesehen ..." Plötzlich bückte Merlin sich und als er sich wieder erhob, hielt er etwas in der Hand. Ein bronzenes Etwas, das im Mondlicht schimmerte.

Er hielt es mir entgegen. Doch erst, als ich selbst die Finger um die Kette schloss, begriff ich, was es war.

Ein Amulett.

Mit zitternden Fingern öffnete ich den Deckel, auf dem die Blume des Lebens prangte. Trotz des spärlichen Lichts erkannte ich die schöne, dunkelhaarige Frau im Inneren sofort.

Nicht irgendein Amulett. Sondern das von Kim.

Als Sassa und ich mit Merlin zurückkehrten, waren alle Feuer gelöscht. Über den sich langsam verflüchtigenden Rauch hinweg hielt ich nach Kim Ausschau, doch es wäre gar nicht nötig gewesen, denn kaum hatte sie mich entdeckt, kam sie auf mich zugeeilt. Das schwarze Haar klebte ihr verschwitzt im Gesicht. „Und? Habt ihr herausgefunden, wer das war?"

Ich antwortete nicht. Mit der Hand umschloss ich das Amulett so fest, dass mir seine Kanten in die Haut schnitten. „Wie habt ihr das gemacht mit dem Rauch?", fragte ich.

„Oh, das war nur eine einfache Rezeptur, ein Trank, der für vieles gut ist. Aber wenn man plötzlich eine größere Menge davon mit Luft in Verbindung bringt ..." Sie ließ den Satz unbeendet und streckte stattdessen die Arme aus in einer Geste, die die dünner werdenden Rauchschwaden umfasste. „Die Feuer haben wir übrigens auch gelöscht", sagte sie stolz. „Mit diesem magischen Gegenstand hier ..." Sie hielt mir einen bläulich-schimmernden Kristall unter die Nase. „.... und einem einfachen Ritual. Was sagt man dazu, oder? Und das, obwohl keiner von uns mit magischen Kräften geboren wurde."

„Während wir Zauberer nur panisch danebengestanden haben, meinst du." Ich blickte ihr prüfend in die Augen.

Kim hielt meinem Blick einen Moment lang stand, dann grinste sie ertappt und sah zu Boden. „Ich meine ja nur, wo ihr uns nicht mal beim Bündnis dabeihaben wollt."

„Kim?" Ich wartete, bis sie mich anschaute. „Was ist eigentlich aus dem Amulett geworden, das du mir letztens gezeigt hast?"

Ihre Augen weiteten sich und bestätigten meinen schrecklichen Verdacht. Sie öffnete den Mund, doch schloss ihn unverrichteter Dinge wieder.

„Kim", sagte ich leise und suchte ihren Blick. Doch sie wich mir aus. „Sag mir die Wahrheit."

Doch bevor ich die alles entscheidende Frage stellen konnte, fragte sie ihrerseits mit gerunzelter Stirn: „Wie kommst du plötzlich auf das Amulett?" Sie machte einen Schritt auf mich zu. „Amelie ... du hast es doch nicht etwa bei dir, oder?"

„Du hast es also wirklich nicht mehr", stellte ich fest.

„Nein. Um ehrlich zu sein habe ich es eingetauscht."

„Eingetauscht?"

„Ja, eingetauscht", sagte sie ungeduldig. „Amelie, wenn du das Amulett hast –"

„Eingetauscht mit wem?", unterbrach ich sie. Wenn sie die Wahrheit sagte – und tatsächlich war ich geneigt ihr zu glauben – führte ihr Tauschpartner uns zu den Angreifern! „Kim?"

„Das kann ich dir nicht sagen. Das Amulett ist ein magischer Gegenstand, eher von der dunklen Sorte, und es gibt da eine Art Schweigekodex bei solchen Dingen, davon solltest sogar du schon gehört haben."

„Es ist aber wichtig!" Diese Schärfe passte gar nicht zu Kim. Zumindest nicht zu der netten, aufgedrehten, eher etwas unterwürfigen Kim, die ich bisher gekannt hatte.

„Ich kann es dir trotzdem nicht sagen. Und jetzt hör mir gut zu, das Amulett –"

„War es jemand vom Bund?", fragte ich, einer plötzlichen Eingebung folgend. „Könnte es ein Bundmitglied gewesen sein?"

Kims Augen wurden tellergroß. „Amelie ..."

„Also stimmt es!"

Sie presste die Lippen zusammen und starrte zu Boden.

Ich schüttelte fassungslos den Kopf. „Wie kannst du mit einem von denen Tauschgeschäfte machen?" Aufgebracht wollte ich sie stehenlassen, doch sie packte mich am Arm. Beschwörend sah sie mich an. „Denk über mich, was du willst, aber wenn du das Amulett hast, solltest du es loswerden!"

Ich entriss ihr meinen Arm. „Und wenn ihr wirklich ins Bündnis aufgenommen werden wollt, solltest du erst mal aufhören, dich mit dem alten Bund zu verbrüdern! Dir ist schon klar, dass wahrscheinlich sie es waren, die uns heute angegriffen haben?" In diesem Moment kam mir ein weiterer Gedanke. „Vielleicht sind sie euch ja gefolgt ...", sagte ich langsam.

„Was? Das kannst du nicht wissen!", protestierte Kim.

Doch ich achtete nicht mehr auf sie.

Vor dem Saal war eine Diskussion im Gange. Mehrere Zauberer und Vampire standen beieinander und während Barbara und Chris hitzig mitdiskutierten, hielt sich Serena mit unglücklichem Gesicht abseits.

„Jedenfalls wussten sie ganz genau, wann und wo unsere Versammlung stattfindet. Und der Angriff erfolgte so plötzlich, dass selbst wir sie nicht gehört haben", sagte Merlin gerade. Neben ihm standen ein paar andere Vampire, die zustimmend nickten.

Luna, Valentin und Lucian verfolgten die Diskussion zwar, hielten sich aber wie Serena im Hintergrund. Kaum hatte ich mich der Runde genähert, tauchte Lucian wie ein lautloser Schatten neben mir auf. „War der Versuch, unsere Angreifer zu fassen, von Erfolg gekrönt?"

„Nein." Ich wollte mich wieder der Diskussion zuwenden, als mir Lucians starrer Blick auffiel.

„Wie überaus bedauerlich."

Ich seufzte und gab mir keine Mühe, es zu verbergen. Natürlich, er war angefressen, weil ich mich ohne seine Erlaubnis auf die Jagd nach unseren Angreifern gemacht hatte. Schön, wenn er unbedingt schmollen wollte, sollte er doch. Ich war schließlich ebenfalls sauer und *ich* hatte einen guten Grund dazu. Also schwieg ich. Doch ich hätte wissen müssen, dass ich den Kürzeren ziehen würde. „Wieso sagst du nicht einfach, was du zu sagen hast?", fragte ich unwirsch, als ich es nicht mehr aushielt.

Endlich sah Lucian mich an. Die Kälte in seinem Blick versetzte mir einen Stich. „Das Angebot lehne ich dankend ab."

Wir starrten uns in die Augen und ich war mir sicher, dass mein Blick die Unnachgiebigkeit in seinem wiederspiegelte. Ich hatte es so was von satt! „Du hättest doch am liebsten, dass ich mich vierundzwanzig Stunden am Tag irgendwo einschließe und nichts anderes tue, als auf dich zu warten", brach es aus mir hervor. „Vielleicht hättest du ja gern, dass ich zu stricken anfange? Aber nein, dabei könnte ich mich ja mit einer Nadel stechen!" Ich war so in Fahrt, dass es mir sogar egal war, dass Lucians Augen immer schmaler wurden. Gerade wollte ich klarstellen, dass ich weder aus Zucker noch ein Fräulein aus dem 16. Jahrhundert war, als Chris' Stimme an mein Ohr drang: „Woher sollen wir wissen, dass ihr Vampire nicht nur behauptet, ihr hättet die Angreifer nicht gehört?"

Lucian und ich tauschten einen Blick, dann sahen wir synchron zu Chris. Doch der sprach bereits weiter: „Vielleicht steckt ihr da ja selbst mit drin!"

War er jetzt komplett übergeschnappt? Ich starrte Chris an, der seinerseits grimmig von Vampir zu Vampir blickte und bei Lucian hängenblieb. Er machte jede Chance, die das Bündnis noch hatte, zunichte!

„Oder vielleicht war auch Zauberei im Spiel und deshalb haben wir nichts gehört?", gab Luna zurück.

„Stopp!", rief ich, als Vampire und Zauberer prompt begannen, sich gegenseitig zu beschuldigen. Und wie durch ein Wunder wurde es tatsächlich still. „Es waren weder Vampire noch Zauberer. Was hätten wir auch für einen Grund? Wir sind schließlich heute hier, um ein Bündnis zu schließen, oder nicht? Mir fällt nur einer ein, der etwas dagegen haben könnte und das ist der alte Bund!"

„Wieso haben wir sie dann nicht gehört?", fragte eine Vampirin mit langem, blondem Haar, die ich nicht kannte.

„Ich weiß es nicht", gab ich zu. „Aber ihr wart alle durch unsere Versammlung abgelenkt. Könnte es nicht sein ...?"

„Eine Horde Eindringlinge, die sich Zugang zum Gelände verschafft, hätte zumindest einigen von uns auffallen müssen", unterbrach mich die Vampirin.

„Und woher wussten sie, dass unsere Versammlung in meinem Hotel stattfindet?", gab Merlin zu bedenken. „Woher kannten sie Zeit und Ort?"

Ich dachte ernsthaft über die Frage nach. Zu Kim hatte ich gesagt, dass die Hexen den Bund vielleicht unabsichtlich hergeführt haben könnten, aber war eine andere Möglichkeit nicht viel wahrscheinlicher? „Es könnte sein, dass es einen Verräter gibt", sagte ich zögernd. Je länger ich darüber nachdachte, desto wahrscheinlicher schien es mir. „Einen von uns, der mit dem Bund zusammenarbeitet oder zumindest Informationen an ihn weitergibt." Mein Blick blieb unabsichtlich an Luna hängen.

„Oh, das ist ja nett", kicherte sie.

„Sie war es nicht", stellte Lucian gelangweilt klar.

„Ich habe sie doch gar nicht verdächtigt!", protestierte ich. Aber gut zu wissen, dass er, wenn es so wäre, keine Sekunde zögern würde, um zu ihrer Verteidigung zu eilen!

„Diese Konversation scheint keine Resultate zu erzielen", ertönte plötzlich Valentins Stimme. „Und wer immer diesen Angriff zu verantworten hat, weiß, wo wir uns aufhalten. Daher werden wir sofort aufbrechen und unsere Gespräche an einem sichereren Ort fortführen."

„Gute Idee", sagte ich erleichtert. Erst, als ich sowohl Lucians als auch Chris und Serenas konsternierte Blicke auf mir spürte, dämmerte mir, dass ich etwas falsch verstanden hatte. „Du meinst nur euch Vampire, oder?", fragte ich durch zusammengebissene Zähne.

Valentin neigte bestätigend den Kopf. „Ich halte es für das Beste, wenn beide Seiten sich nun in Ruhe beraten." Er nickte zu den Zauberern, die sich bereits abgewandt und um Barbara geschart hatten, die leise auf sie einsprach.

„Aber gerade jetzt ist unser Zusammenhalt wichtiger denn je!", rief ich. „Jetzt, wo wir den Beweis haben, dass der alte Bund sich wieder formiert und es sich anscheinend zum Ziel gemacht hat, unser Bündnis zu verhindern!"

Einige Zauberer sahen zu mir herüber, sagten jedoch nichts. Nein! Es durfte nicht so enden! Wenn wir jetzt so auseinandergingen, war das Bündnis zum Scheitern verurteilt, das wusste ich einfach! Ich suchte Lucians Blick, doch der hielt es mal wieder nicht nötig, mir beizustehen. Stattdessen fixierte er Valentin wie der Beschwörer die Schlange.

„Zusammenhalt ist ein gutes Stichwort", sagte eben dieser in dem Augenblick. Sein stahlgrauer Blick war auf mich gerichtet.

Ich sah aus den Augenwinkeln, wie Lucian sich versteifte. Was ging hier vor?

„Mir ist der Gedanke gekommen, dass es überaus nützlich wäre, eine Kontaktperson unter den Zauberern zu haben", fuhr Valentin fort. „Eine ... nennen wir sie *Gesandte*, die unsere Anliegen bei euch Zauberern kommuniziert und andersherum uns über eure

Vorhaben auf dem Laufenden hält. Verstehst du, was ich meine, Amelie?“

Sein Blick war so eindringlich, dass ich wegschauen wollte, doch genau das konnte ich aus irgendeinem Grund nicht. „Ich glaube schon.“

„Dann wird es dich sicher freuen zu erfahren, dass ich dich für diese Rolle auserwählt habe. Keine Sorge, Lucians Zustimmung habe ich bereits eingeholt.“

Abgesehen davon, dass Lucians Gesicht etwas ganz anderes sagte, fragte ich mich, ob Valentin vorhatte, auch *meine* Zustimmung einzuholen, oder ob ich hier vor vollendete Tatsachen gestellt wurde. Je länger ich wartete und je länger Valentin ebenfalls schwieg, desto sicherer wurde ich, dass letzteres der Fall war. „Du möchtest, dass ich bei den Zauberern die Interessen der Vampire vertrete?“, wiederholte ich ungläubig.

„Ich dachte, ich hätte mich bereits klar ausgedrückt.“ War das tatsächlich ein Lächeln auf Valentins Lippen? Lucian hingegen sah aus, als fehlte nicht viel und er würde mit den Zähnen knirschen. Zu gerne hätte ich ihn gefragt, was genau sein Problem war, doch dies schien weder der richtige Zeitpunkt noch der richtige Ort zu sein.

„Ich bin aber schon Sprecherin der Zauberer“, brachte ich mühsam unter Valentins drückendem Blick hervor. Zumindest hoffte ich, dass ich das noch war. Ich warf Barbara einen Blick zu, doch obwohl ich wusste, dass sie den Wortwechsel zwischen Valentin und mir gehört haben musste, blickte sie demonstrativ an mir vorbei. Ich räusperte mich und fuhr mit festerer Stimme fort. „Natürlich fühle ich mich von deinem Angebot geehrt. Aber ich fürchte, es kollidiert mit den Interessen, die ich als Sprecherin der Zauberer vertrete.“

„So?“ Valentin betrachtete mich schweigend.

Ich verlagerte unruhig mein Gewicht. Und wartete. Valentin machte keine Anstalten, noch etwas zu sagen.

„Wie wäre es mit ein wenig Bedenkzeit?", presste ich schließlich hervor, weil mir im Moment nichts Besseres einfiel, um dieser Situation und Valentins Blick zu entkommen. Zu meiner Erleichterung neigte der Vampir den Kopf. Als ich mich abwandte, stieß ich die Luft aus, von der ich gar nicht gewusst hatte, dass ich sie angehalten hatte.

„Ich muss mit dir sprechen." Ich baute mich vor Barbara auf, damit sie nicht wieder so tun könnte, als hätte sie mich weder gehört noch gesehen. Ich zog sie zur Seite und sie ließ sich willig mitführen.

„Auf wessen Seite stehst du eigentlich?", fuhr sie mich an, kaum dass ich sie losgelassen hatte.

„Was?"

„Ich dachte, du wärst eine von uns. Aber das mit dir und dem Vampir ... dann dieses Angebot eben. Wann wolltest du uns sagen, dass du dich mehr als Freundin der Vampire denn als eine von uns siehst?" Ihre dunkel geschminkten Augen funkelten mich an.

„Okay, hör zu, es tut mir leid, dass ich nichts von meiner Beziehung zu Lucian gesagt habe, aber du siehst das völlig falsch! Ich stehe nämlich auf niemandes Seite! Ich will eine Zusammenarbeit von Zauberern und Vampiren, ich will das Bündnis, damit es eben keine Seiten mehr gibt!"

„Jaaa ...", sagte Barbara gedehnt. „Dein Einsatz für das Bündnis ist wirklich bemerkenswert." Sie seufzte und plötzlich wirkte sie einfach nur müde. „Aber dir muss doch klar sein, dass selbst wenn es zum Bündnis kommt, immer wieder Differenzen zwischen uns und den Vampiren aufkommen werden. Vorurteile lassen sich nicht von heute auf morgen aus der Welt schaffen und ich wage zu bezweifeln, dass die Vampire uns wirklich ernst nehmen, selbst wenn wir ihre Verbündeten werden. Als unsere Sprecherin musst du auch solche Dinge im Auge haben."

„Oh ...“, entfuhr es mir. So viel Konstruktivität und Weitsicht hätte ich Barbara gar nicht zugetraut. „Ich wusste gar nicht, dass du es so siehst.“

Plötzlich lächelte die alte Frau. „Ich weiß, du dachtest, ich wäre selbst gerne Sprecherin, um das Bündnis zu verhindern.“

„Na ja ...“

„Aber glaub mir, ich möchte alles andere, als mir dieses undankbare Amt aufhalsen.“ Sie wirkte nun nicht mehr wie die böse Hexe aus dem Knusperhäuschen, sondern fast großmütterlich. „Deshalb bin ich durchaus für dich als unsere Sprecherin, Amelie, wenn auch eher deshalb, weil es bei der nächsten Wahl wohl mich treffen würde. Aber ich meinte auch, was ich auf unserer letzten Versammlung gesagt habe.“ Mit einem Schlag wurde sie wieder ernst. „Ich denke, dieses Bündnis wird mehr Probleme schaffen, als es löst. Nur sehen viele von uns das anders, also bin ich gewillt, mich eines Besseren belehren zu lassen. Nur scheinst du einfach nicht die Richtige zu sein, um das zustande zu bringen. Versteh mich nicht falsch, ich bewundere deinen Enthusiasmus für die Zusammenarbeit mit den Vampiren, aber wenn es zu diesem Bündnis kommt, brauchen wir als unsere Sprecherin jemanden, der vor allem *unsere* Interessen im Blick hat. Denn glaub mir, die Vampire werden das nicht.“

Ich blickte sie betroffen an. Was sollte ich sagen? Hatte sie recht? Stellte ich mir die ganze Sache zu einfach vor?

„Wie du weißt, bist du zu unserer vorläufigen Sprecherin gewählt worden“, fuhr Barbara fort. „Die endgültige Entscheidung steht noch aus.“ Sie zögerte und fuhr mit ihren beringten Fingern über ihren Dutt. „Wir haben uns besprochen und die meisten von uns sind dafür, dass du unsere Sprecherin bleibst.“

Ich starrte sie an und konnte es nicht glauben. Hatte ich es tatsächlich geschafft?

„Unter einer Bedingung."

„Keine Sorge", beeilte ich mich zu sagen. „Ich weiß, dass ich nicht gleichzeitig Valentins Gesandte und unsere Sprecherin sein kann. Ich werde –"

„Du verstehst nicht", unterbrach mich Barbara. Ich las Mitleid in ihren Augen und mein Herz zog sich in böser Vorahnung zusammen. Noch bevor sie sagte: „Trenn dich von dem Vampir."

KAPITEL 8

„Was?" Meine Stimme zitterte.

„Es tut mir leid, Amelie. Das ist nicht meine, sondern eine mehrheitliche Entscheidung. Und sei doch mal ehrlich: Meinst du nicht auch, dass es dir schwerfallen würde, als Freundin eines Vampirs unsere Interessen durchzusetzen?"

„Nein!"

„Für dich würde es immer nur darum gehen, die Zusammenarbeit zwischen Vampiren und Zauberern zu retten. Ich verstehe das sogar, wirklich. Aber so eine Person können wir als Sprecherin nicht gebrauchen. Du wirst dich entscheiden müssen."

Meine Hand, die noch immer Kims Amulett hielt, schloss sich so fest um das Schmuckstück, dass mir die Schmerzen Tränen in die Augen trieben.

„Nimm dir so viel Zeit, wie du brauchst. Bis du dich entschieden hast, solltest du aber lieber nicht an unseren Besprechungen teilnehmen. Das verstehst du sicher." Barbara blickte zu dem Zauberergrüppchen, das, seit wir unser Gespräch begonnen hatten, deutlich geschrumpft war. „Wir haben beschlossen, uns in der Schauersiedlung weiter zu beraten. Chris hat freundlicherweise denen, die von weiter her angereist sind, einen Schlafplatz in eurem Haus angeboten. Ich hoffe, das stört dich nicht?"

„Nein", sagte ich hohl.

Barbara nickte. „Nimm dir die Zeit, die du brauchst", wiederholte sie, dann wandte sie sich ab.

Ich starrte ins Leere. Wie hatte es so weit kommen können? Hätte ich doch nur von Anfang an die Wahrheit gesagt! Doch dann wäre ich wohl gar nicht erst zur Sprecherin gewählt worden, sondern Barbara. Und ihren Standpunkt hatte sie eben noch einmal klar gemacht: Wenn sie Sprecherin wäre, würde sie versuchen, den Zauberern das Bündnis auszureden.

„Alles in Ordnung?", fragte eine sanfte Stimme neben mir.

Ich blickte zu Merlin auf und lächelte, dankbar für sein Interesse und gleichzeitig enttäuscht darüber, dass er es war und nicht Lucian, der kam, um nach mir zu sehen. Ich warf einen Blick zurück, wo sich die Zauberergruppe nun endgültig aufgelöst hatte. Auch die meisten Vampire waren verschwunden, nur Lucian und Luna befanden sich immer noch im Gespräch mit Valentin. Lucian reagierte nicht auf meinen Blick. Ob er gehört hatte, dass Barbara mir ein Ultimatum gestellt hatte? Nichts deutete daraufhin.

Ich nahm Merlins Hand. Sie war weich und glatt, mit langen, grazilen Fingern. Ich ließ Kims Amulett hineinfallen.

Überrascht schloss Merlin die Hand.

Sofort spürte ich eine abgrundtiefe Erleichterung, das Ding los zu sein. „Du hast es gefunden, also solltest du es behalten."

„Ich bezweifle, dass mir dieses Stück steht. Bronze beißt sich ganz schrecklich mit meiner Augenfarbe", grinste er und wollte mir das Amulett zurückgeben, doch ich verschränkte die Hände hinter meinem Rücken.

„Von mir aus kannst du es verschenken oder irgendwo verbuddeln, aber ich ... keine Ahnung, wie ich das erklären soll, aber ich habe einfach ein seltsames Gefühl bei diesem Ding."

„Wenn das so ist ..." Merlin seufzte abgrundtief, doch grinste, während er das Amulett in seinem Umhang verschwinden ließ. „... werde ich mir wohl einen geeigneten Verwendungszweck einfallen lassen müssen."

„Mach das." Mein Blick schweifte wieder zu der Dreiergruppe nicht weit von uns.

Merlin folgte meinem Blick. „Valentin hat beschlossen, dass wir die Besprechungen auf einem seiner Anwesen fortsetzen. Es befindet sich in Deutschland, nicht allzu weit von deinem Wohnort ... wie war das noch gleich? Die sogenannte Schauersiedlung?" Merlin kicherte. „Die Idee könnte von mir sein."

Ich lächelte halbherzig, doch meine Aufmerksamkeit war auf Luna gerichtet, die Lucian gerade einen spielerischen Klaps verpasste und ihm irgendetwas ins Ohr flüsterte. Bildete ich es mir nur ein oder war das tatsächlich ein winziges Lächeln auf Lucians Lippen?

„Warum kommst du nicht einfach mit? Valentin hätte sicher nichts dagegen."

„Damit ich mir so was ...", ich nickte zu Lucian und Luna, „den ganzen Tag ansehen kann? Nein danke." Darauf hatte ich in etwa so viel Lust wie auf Sassas Strandurlaub bei minus fünf Grad. Ich blickte mich suchend um. Wo war der Dämon überhaupt?

„Verstehe. Dann trennen sich unsere Wege wohl hier. Außer, du bist immer noch auf der Suche nach mehr Informationen über den Fluch?" Er hob fragend die blonden Augenbrauen.

„Der Fluch, der angeblich Vampire tötet, die sich auf Menschen einlassen? Aber du hast gesagt, du weißt nichts darüber."

„Aber mir ist etwas eingefallen." Er nahm mich am Arm und führte mich weiter von den anderen Vampiren weg. „Und zwar besitzt Valentin eine äußerst umfangreiche Bibliothek, mit Schwerpunkt – wer hätte es gedacht? – auf Vampirgeschichte." Merlin grinste zufrieden. „Wenn dieser Fluch handfeste historische

Wurzeln hat, dann dürftest du in Valentins Büchern etwas darüber finden. Es gibt nur einen Haken."

„Und der wäre?"

„Valentin würde einen Menschen niemals an seine Bücher lassen. Selbst von uns darf keiner ohne ausdrückliche Erlaubnis und guten Grund in die Bibliothek. Ich bezweifle, dass mehr als eine handvoll Vampire jemals ihren Fuß da hinein gesetzt haben."

„Aber du dürftest doch sicher ..."

Merlin schüttelte den Kopf.

„Und wenn du es heimlich tust? Oder ist diese Bibliothek verschlossen? Warte, sag nichts! Es gibt einen einzigen Schlüssel dafür und den trägt Valentin um den Hals, richtig?"

Merlin brach in lautes Lachen aus. „Nein", japste er schließlich. „Soweit ich weiß, ist die Bibliothek nicht nennenswert gesichert. Außer natürlich durch die Angst, die jeder vor Valentin hat und uns davon abhält, gegen seine Regeln zu verstoßen. Aber du ... na ja, vielleicht will Lucians furchtlose kleine Zauberin es ja trotzdem versuchen, dachte ich mir."

Wie kam es, dass ich mich beleidigt fühlte, wenn Luna mich *kleine Zauberin* nannte, es aber aus Merlins Mund wie ein Kompliment klang? „Danke. Ich werde darüber nachdenken."

„Ich würde mich jedenfalls freuen, deine Gesellschaft noch ein wenig länger genießen zu können. Sofern es sich geziemt, so etwas zu der Flamme meines Bruders zu sagen." Er zwinkerte mir zu.

„Ich glaube, das ist schon in Ordnung."

Auch in unserem Zimmer war Sassa nicht. Und nun? Bis zu unserer Abreise musste ich ihn wiederfinden.

Abreise wohin überhaupt? Am besten machte ich mir erst mal darüber Gedanken, bevor ich das ganze Schloss nach dem Dämon absuchte.

Kraftlos ließ ich mich aufs Bett sinken. Was für eine Nacht. Es kam mir vor, als hätte sich das Schicksal entschieden, mir zu zeigen, dass Chris recht hatte: Dass Lucian und ich nicht zusammengehörten. Seit ich hierhergekommen war, nein, schon seit Lucian mit mir Kontakt aufgenommen und unsere gemeinsame Woche abgesagt hatte, lief zwischen uns alles schief. Und Lunas Sticheleien trafen mich doch letztendlich nur aus einem Grund: Weil Lucian ihr mit seiner Geheimnistuerei eine Waffe gegen mich gereicht hatte, von der sie nur allzu gern Gebrauch machte.

Und jetzt?

Immerhin war ich dieses Amulett wieder losgeworden. Allein beim Gedanken daran, wie es sich in meiner Hand angefühlt hatte, überkam mich Gänsehaut. Was hatte Kim noch darüber gesagt? Außer, dass es ein magischer Gegenstand war und sie mir geraten hatte, es loszuwerden, konnte ich mich an nichts erinnern, ich war zu aufgebracht gewesen.

Aus den Augenwinkeln sah ich, wie die Tür aufging. Im nächsten Moment stand Lucian im Zimmer. Wie immer, wenn ich ihn sah, machte mein Herz einen aufgeregten Hüpfer. Trotz allem – zumindest das hatte sich nicht geändert. Fast hätte ich bei dem Gedanken gelächelt. Dann sah ich Lucians Miene.

„Die Zauberer werden bald abreisen", ließ er mich wissen. „Serena und Christopher baten mich, dir dies auszurichten."

Ich spürte, dass ihm ein weiterer Satz auf der Zunge lag. So etwas wie: *Lass dir gesagt sein, dass deine Freunde es besser nicht noch einmal wagen, mich wie einen Laufburschen zu behandeln.*

Ich konnte ein entnervtes Seufzen nicht unterdrücken. Wann hatten wir uns das letzte Mal gegenüber gestanden, ohne dass wenigstens einer von uns schlechte Laune gehabt hatte? Ja, richtig, vor zwei

Nächten. Meine Hand fuhr unwillkürlich über die blutrote Bettdecke. Es schien Jahre her zu sein, dass Lucian und ich uns derart nahe gewesen waren. Wenn wir doch nur alles für einen Moment vergessen könnten. Wenn ich einfach seine Hand nahm und ihm tief in die Augen sah ... es würde alles von ganz allein gehen, Lucian würde sich zu mir beugen ...

Ich suchte seinen Blick, doch der war noch immer so kühl, dass mir augenblicklich fröstelte. Im selben Moment fiel mir ein, wie er mich einfach im Stich gelassen hatte, als ich vor Valentin dafür eingetreten war, dass Vampire und Zauberer sich *gemeinsam* weiter berieten statt getrennt. Ich verschränkte die Arme vor der Brust und wollte mich gerade bei ihm deswegen beschweren, als Lucian sagte: „Ich vermute, Merlin hat dir gegenüber erwähnt, dass wir unsere Gespräche auf Valentins Anwesen fortsetzen?"

„Hat er. Und er war so freundlich, mich einzuladen mitzukommen." Ich musste mir auf die Lippe beißen, um Lucian nicht auf die Nase zu binden, was Merlin noch gesagt hatte, nämlich, dass er meine Gegenwart genoss. Auch wenn Lucian das nach seinem vertraulichen Getue mit Luna verdient hätte, so tief wollte ich dann doch nicht sinken.

Doch auch so sah Lucian alles andere als erfreut aus. „Tatsächlich?"

„Ja, was dagegen?"

„Mitnichten."

Wir maßen uns mit Blicken. „Und? Wer kommt alles mit auf Valentins Anwesen?"

„Merlin, Jiashan und noch einige andere."

Ich presste die Lippen aufeinander. Jiashan, nicht Luna. Also hatte Lucian ihr anscheinend verziehen, dass sie mir so überaus sensibel auf die Nase gebunden hatte, dass sie Lucians Erschafferin war. So schnell ging das bei ihr. Während er auf mich immer noch wütend war, weil ich mich, ohne ihn um Erlaubnis zu fragen, auf die Suche nach den Angreifern gemacht hatte, weil ich ihm unterstellt hatte, von jemand anderem zu trinken, wegen Merlins Brötchen oder vielleicht auch einfach immer noch, weil ich eigenmächtig hierher nach Rumänien gekommen war. Bei mir reichte es nicht, ein bisschen kokett mit den Wimpern zu klimpern, damit Lucian mich wieder anlächelte. Aber was wusste ich schon über diese ach-so-besondere Beziehung zwischen Meister und Geschöpf? In mir brodelte es. Das Thema musste endlich auf den Tisch oder ich würde daran ersticken.

Doch anscheinend zeichneten sich meine Gedanken in meinem Gesicht ab, denn Lucian sagte, noch bevor ich zu Wort kam: „Ich sehe nicht, wieso ich mich dafür rechtfertigen müsste, wer mich zum Vampir gemacht hat." Jedes Wort dieser seidig-weichen Stimme reizte mich wie ein Büschel Brennnesseln.

„Stimmt, du bist ja der Meinung, das geht mich alles nichts an! Deine Vergangenheit, deine Beziehung zu Luna ... hat mich alles nicht zu interessieren, oder?"

Lucian verfolgte meinen Ausbruch mit unbeweglicher Miene.

„Aber wenn ich es mal wage, eine Entscheidung für mich selbst zu treffen, wie nach dir zu suchen, weil ich mir Sorgen mache, oder – Gott behüte – selbst entscheiden möchte, was ich essen will, das geht natürlich nicht! Es mag neu für dich sein, aber wir sind im 21. Jahrhundert angekommen!"

Lucians wirkte ehrlich verwirrt. „Ich sehe den Zusammenhang nicht."

„Natürlich nicht!"

„Ich mag mich irren, aber mir war, als drehe sich das Thema unserer Unterhaltung um Jiashan und darum, dass sie es war, die mich zum Vampir machte."

„Falsch!", gab ich triumphierend zurück. „Es geht darum, dass du es mir verschwiegen hast!"

„Es ist unwichtig."

„Wie bitte?" Meine Stimme überschlug sich.

Mit einem leidgeprüften Seufzen schloss Lucian für einen Moment die Augen. „Wenn ich mich recht erinnere, habe ich dich seit unserer Bekanntschaft bereits mehrfach darauf hingewiesen, dass ich es nicht schätze, mich unnötig zu wiederholen." Er lächelte.

Lächelte? Ich konnte ihn nur stumm vor hilfloser Wut anstarren.

„Ich wollte dich nicht unnötig aufregen, deshalb hielt ich es für besser, dir nicht zu sagen, in welcher Beziehung ich zu Jiashan stehe."

„Also ist es meine Schuld, ja? Weil ich … was? Zu eifersüchtig bin? Ich will dich mal sehen, wenn ich dir plötzlich eröffne, dass Chris eigentlich mein Exfreund ist, aber nicht nur das, nein, wir haben eine gaaaanz besondere Verbindung zueinander, die sich nicht mal in Worte fassen lässt. Ach, und außerdem tut Chris alles, um mich zurückzugewinnen, hatte ich dir das noch nicht gesagt?"

Für eine Millisekunde entglitten Lucian die Gesichtszüge. „Das ist kein besonders geschmackvoller Scherz."

„Das ist überhaupt kein Scherz, sondern ein Vergleich."

„Abgesehen davon würde ich Jiashan mitnichten als meine *Ex-Freundin* bezeichnen."

„Nein?" In mir regte sich ein Funken Hoffnung. Hatten die beiden doch nicht … Hatte Luna es nur so dargestellt, um mich zu verunsichern? „Wenn das wahr ist, wieso hast du mir es dann überhaupt verschwiegen?"

„Wie Jiashan dir ja bereits auf die ihr eigene, wenig zurückhaltende Art mitteilte, habe ich in der Vergangenheit viel Zeit mit ihr verbracht. Und mir ist bewusst, dass ihr Menschen derlei Dinge gerne missversteht."

Wenn du das sagst, hört es sich so platonisch an, hatte ich plötzlich Lunas Stimme im Ohr. „Heißt das, ihr …?“ Verdammt, wie stellte man so eine Frage? Ich sah an Lucians Gesichtsausdruck, dass er genau wusste, was ich fragen wollte, doch natürlich kam er mir nicht einen Zehntelmillimeter entgegen. Wahrscheinlich hoffte er, ich würde angesichts der Peinlichkeit, diese Frage in Worte zu fassen, aufgeben, aber da kannte er mich wirklich schlecht. „Heißt das, ihr hattet keine körperliche Beziehung zueinander?“ Da, jetzt war es raus. Und Lucian musste nicht einmal antworten. Sein völlig unbewegter Gesichtsausdruck, der diesmal wirklich mehr an eine Statue als an ein lebendiges Wesen erinnerte, sagte alles. Luna hatte nicht gelogen. *Sie* hatte die Wahrheit gesagt. Während Lucian, auch in diesem Gespräch noch, alles getan hatte, um mich weiter zu belügen. Ich konnte ihn nicht mehr ansehen. Während ich zu Boden starrte wartete ich darauf, dass er sich entschuldigte, mir versicherte, dass das zwischen Luna und ihm Vergangenheit war und nichts bedeutete.

Doch als Lucian nach einer endlos langen Stille endlich sprach, sagte er: „Ich habe mich wahrlich in ihr getäuscht. Dass sie versuchen könnte, mit Hilfe unserer gemeinsamen Vergangenheit einen Keil zwischen dich und mich zu treiben, habe ich nicht erwartet. Vielmehr rechnete ich damit, dass sie versucht, dir etwas anzutun. Für diesen Fehler muss ich mich entschuldigen.“

Ich sah hoch in die nachtblauen Augen und wünschte mir, dieses Gespräch und die neue Erkenntnis über Lucian und Luna einfach aus meinem Gedächtnis radieren zu können. Doch das war unmöglich, denn in meinem Kopf hallten unaufhörlich zwei Fragen wider: Hatte Lucian Luna geliebt? Und wenn ja, hatte er jemals damit aufgehört?

Gleichzeitig schimpfte ich mich eine eifersüchtige, unsichere Idiotin. Wenn er sie noch liebte, wäre er mit ihr zusammen, nicht mit mir! Und obwohl ich diesen Satz lautlos wie ein Mantra wiederholte, blieb der kleine aber äußerst schmerzhafte Stachel des Zweifels stecken.

Lucians Hand umschloss meine. Mein erster Impuls war, ihn abzuschütteln, doch ich riss mich zusammen.

Sein Blick hielt meinen fest, als er mit eindringlicher Stimme weitersprach: „Deshalb wollte ich nicht, dass du herkommst, Amelie, weil ich fürchtete, du könntest mit Jiashan in deiner Nähe in Gefahr sein. Aus diesem Grund musste ich unsere Verabredung absagen, verstehst du? Ich wusste von Merlin, dass Jiashan auf dem Weg zu mir war, nachdem sie von dir und mir erfahren hatte. Daraufhin kontaktierte ich dich, um dafür zu sorgen, dass du vorerst nicht in meine und damit in Jiashans Nähe kommst. Merlin und ich kamen überein, dass es für deine Sicherheit am besten sei, unsere Versammlung bezüglich des Bündnisses nicht in Deutschland, sondern hier in Rumänien abzuhalten.“

„Und dann kam ich trotzdem her und der ganze Aufwand war umsonst.“

Lucian schmunzelte. Wärme breitete sich in meinem Inneren aus. „In der Tat.“

„Wieso hat Merlin mich dann angerufen und gebeten zu kommen? Ohne ihn hätte ich doch nie gewusst, wo du bist.“

„Mein zweiter Fehler“, gab Lucian zu. „Ich habe Merlins Sorge um mein Wohlergehen sowie sein Interesse am Bündnis unterschätzt. Ich war entschlossen, alles zu tun, um das Bündnis nicht zustande kommen zu lassen, da die Arbeit an seiner Umsetzung zwingend dazu führen würde, dass du und Jiashan euch begegnet. Aber wie du bereits weißt, war Merlin der Ansicht, das Bündnis sei wichtiger als deine Sicherheit.“

„Du dachtest tatsächlich, Luna würde mich einfach so aus dem Weg räumen, wenn wir uns begegnen?" Wider Willen musste ich grinsen.

„Jiashan schätzt keine Konkurrenz. Aus demselben Grund versuchte sie seit jeher, mich dazu zu bringen, mich Marcelles zu entledigen."

Mein Grinsen erstarb augenblicklich. „Hast du mir vielleicht auch etwas über Marcelle zu sagen?", presste ich hervor. Ich hatte es ja schon immer geahnt. Wieso sollte ein Vampir sich auch eine Frau – und dann auch noch eine so attraktive – als sein Geschöpf auswählen, wenn er sich nicht zu jener Frau hingezogen fühlte? Dann hätte es doch genauso gut ein Mann getan!

Lucians Augenbrauen schnellten nach oben und sein Mundwinkel zuckte.

„Also?"

„Nein."

„Nein?"

„Die Antwort auf deine Frage lautet nein. Ich habe dir nichts über Marcelle zu sagen", wiederholte Lucian betont geduldig.

„Schön." Wieso brachte Lucian die Dinge eigentlich nie auf den Punkt? Wieso dieses Drumherumgerede? Diese Doppeldeutigkeiten? Wieso konnte er nicht einfach sagen: Marcelle und ich hatten nie was miteinander. Dann wäre alles geklärt. Aber so blieb mir mal wieder nichts weiter übrig, als ihm blind zu vertrauen. Doch in letzter Zeit fiel mir genau das äußerst schwer.

„Was hast du Merlin geantwortet?", unterbrach Lucian meine Gedanken.

„Was?"

„Auf sein Angebot, du könntest uns auf Valentins Anwesen begleiten."

„Ich hab gesagt, ich überleg es mir." Kurz fragte ich mich, ob ich Lucian erzählen sollte, dass ich mit dem Gedanken spielte, in Valentins Bibliothek mehr über den Vampirfluch in Erfahrung zu bringen. Aber dann wäre mein Vorhaben von Anfang an zum Scheitern verurteilt.

„Hast du es dir überlegt?"

„Noch nicht." Natürlich sagte er nicht, dass er sich freuen würde, wenn ich mitkäme, das wäre ja mal wieder zu viel verlangt. „Ehrlich gesagt habe ich keine große Lust darauf, mit deiner Ex einen auf große glückliche Familie zu machen." Wenn Luna nur nicht dabei wäre, sähe die Geschichte ganz anders aus.

Anscheinend war meine Miene mal wieder besonders leicht zu lesen, denn Lucian sagte: „Ich kann sie nicht wegschicken, falls es das ist, was dir vorschwebt."

„Du kannst nicht oder du willst nicht?", konnte ich mich nicht abhalten zu fragen.

„Nicht, dass sie auf mich hören würde, selbst wenn ich es täte. Doch wie die Dinge stehen, kann ich es nicht einmal versuchen. Sie ist Valentins Geschöpf."

Mir schwirrte der Kopf von dieser ganzen Vetternwirtschaft. Hier war ja wirklich jeder mit jedem verwandt. Und Luna ausgerechnet das Geschöpf von Valentin? Das wurde ja immer besser. „Ich weiß wirklich noch nicht, ob ich mitkomme", sagte ich auf Lucians abwartenden Blick hin.

„Und was wäre die Alternative, wenn ich fragen darf?" Plötzlich war da ein lauernder Unterton in seiner Stimme.

Ich zuckte mit den Schultern.

„Du spielst nicht zufällig mit dem Gedanken, an den Gesprächen der Zauberer teilzunehmen? Denn mir war, als sei daran eine gewisse Bedingung geknüpft."

Also hatte er doch gehört, wie Barbara mich vor die Wahl gestellt hatte. Ich schwieg.

„Du denkst tatsächlich darüber nach?", fragte er tonlos.

„Natürlich nicht!", rief ich erschrocken. Wie konnte er so etwas auch nur denken?

Sofort wurde Lucians Blick wieder weicher. „Dann solltest du mit uns kommen."

Ich nickte. „In Ordnung." Ich versank für einen Moment in seinem Blick, doch riss mich dann entschlossen wieder los. „Aber ich habe noch eine Frage."

„Wie erfreulich, wo du mir doch schon so lange keine mehr gestellt hast."

„Luna hat gesagt, du wärst früher anders gewesen. Du hättest ... getötet." Ich knetete meine eiskalten Finger, während ich betete, dass dieser Teil, zumindest dieses kleine Stückchen von Lunas Offenbarung, nicht stimmte.

„Wir haben es alle getan."

Mein Herzschlag setzte für einen Moment aus, während der Satz in meinem Kopf widerhallte wie ein Echo.

Es war genau dasselbe, das auch Luna gesagt hatte. Ich hätte es wissen sollen. Luna würde alles tun, um uns auseinander zu bringen, wahrscheinlich sogar lügen. Doch das musste sie gar nicht. Es gab genug Wahrheiten, die Lucian mir verschwiegen hatte und die Luna einfach eine nach der anderen genüsslich hervorziehen konnte.

„Du hast Menschen getötet", flüsterte ich. Denn das war doch hier der Punkt. „Nicht, weil du es musstest. Sondern einfach so."

Ich musste nicht einmal hochschauen, um zu wissen, dass Lucian mich mit dieser ihm eigenen Mischung aus Verständnislosigkeit und Ungeduld betrachtete. „Die Zeiten waren damals anders. Uns kam nicht einmal der Gedanke, dass es einen anderen Weg gibt." Er seufzte. „Ich hoffe, du bist nun zufrieden."

„Oh ja, unglaublich zufrieden."

Für eine Sekunde sah ich Wut in Lucians Augen aufblitzen, dann hatte er sich wieder hinter seiner kühlen

Maske versteckt. „Nicht? Wo ich mich doch so ausgiebig gerechtfertigt habe. Ich dachte, das sei es, was du willst.“

„Ich will dich verstehen!“, rief ich verzweifelt. „Ich will verstehen, wie der Mann, den ich liebe, unschuldige Menschen töten konnte, ohne Mitleid zu haben!“

„Mitleid?“, fragte Lucian gefährlich leise. „Hast du Mitleid mit dem Steak auf deinem Teller?“

„Der Vergleich hinkt.“ Ich schluckte.

„Tut er das?“

„Und ob.“ Meine Stimme zitterte. Nicht mehr vor Wut, sondern vor Anstrengung, meine Tränen zurückzuhalten. „Du sagst, du hattest kein Mitleid mit den Menschen, weil sie für dich nur Nahrung waren, ja? Okay, gut, verstehe ich. Nur verstehe ich nicht, wie du dann angeblich einen solchen Menschen lieben kannst.“

„Dasselbe könnte ich dich fragen“, sagte Lucian kalt. „Vampire sind für dich primitive, blutrünstige Bestien, diese Überzeugung spricht aus jedem deiner Worte. Wie kannst du angeblich solch ein Monster lieben?“

Wir starrten uns an. Die Sekunden verstrichen und das bedeutungsschwere Schweigen zwischen uns dehnte sich ins Unerträgliche.

„Verstehe“, sagte Lucian schließlich. Im nächsten Augenblick fiel die Tür hinter ihm ins Schloss.

Kapitel 9

„Hatte ich schon erwähnt, dass ich das für keine gute Idee halte?", fragte Sassa zum fünften Mal innerhalb einer Minute und marschierte das drei Meter lange weiße Ledersofa entlang, nur um an dessen Ende abrupt umzudrehen. „Das ist eine schreckliche Idee, furchtbar, wir werden sterben, verstehst du das? Diesmal werden wir GANZ SICHER STERBEN!" Er schüttelte den plüschigen Kopf und marschierte die Sofalänge wieder zurück. „Ich sollte es Lucian sagen. Ja, ich sollte ... genau genommen ist es sogar meine Pflicht!" Der Dämon blickte mich aus großen, erwartungsvollen Augen an.

Ich wandte mich ab. Aus den Augenwinkeln sah ich, wie Sassa enttäuscht die Ohren hängen ließ.

Nervös blickte ich durch die komplett verglaste Außenwand nach draußen. Die Sonne war schon vor mindestens einer halben Stunde untergegangen. So lange saß ich hier nun schon, kerzengerade auf dem eigentlich sehr bequemen Sofa in einem von Valentins riesigen Zimmern in seinem riesigen Haus auf einer ziemlich winzigen Insel irgendwo in der Nordsee. Es war ein wunderschönes Haus, nebenbei bemerkt, auch wenn ich keinen Blick dafür übrig hatte. Nicht jetzt und nicht bei meiner Ankunft, nach dieser nervenaufreibenden Reise von Rumänien aus, die damit begonnen hatte, dass ich Sassa im ganzen Schloss gesucht hatte, nur damit der Dämon urplötzlich neben mir auftauchte und verkündete, er hätte Serena beim Packen geholfen. Dann die lange Zugfahrt, eingesperrt in einem Abteil mit einem mich ignorierenden Lucian, einer mit ebendiesem flirtenden Luna, und einem Merlin, dessen Augen vor lauter Mitleid für mich fast überliefen. Sogar Marcelle hatte ich das ein oder andere Mal dabei erwischt, wie sie mir einen Blick zuwarf und zwar keinen abschätzigen wie sonst, nein. Wenn sogar Marcelle so etwas wie Mitgefühl mit mir empfand, musste es ziemlich schlecht um mich stehen. Ach, und dann war da natürlich noch Valentin, der sich anscheinend in den Kopf gesetzt hatte, Lucians Kommentar, der Vorsitzende des Inneren Kreises hätte Interesse an mir gefunden, auf Teufel komm raus zu bestätigen. Wenn er nicht gerade die beiden Nebenabteile aufsuchte, um sich mit den anderen Vampiren, die uns auf Valentins Anwesen begleiteten, zu besprechen, quetschte er mich über meine Fähigkeiten und den Kampf gegen den Bund aus oder aber er schwieg, doch musterte mich dabei so intensiv, dass ich gar nicht wusste, wo ich hinschauen sollte.

Und dann standen wir plötzlich an einem kleinen Anlegeplatz am Meer. Die Überfahrt mit der winzigen Fähre, die anscheinend Valentins Privatbesitz war, gestaltete sich insofern schwierig, als dass ich die ganze Zeit Sassa festhalten musste, der am Geländer hing und sich am tiefschwarzen Meer unter uns nicht sattsehen konnte. Und ich konnte es ihm nicht einmal verübeln. Es war eine klare Nacht und Millionen funkelnder Sterne spiegelten sich im Wasser. Es hätte romantisch sein können, hätten meine Hände in denen von Lucian gelegen statt um die Taille eines jauchzenden Dämons, um ihn vor dem Ertrinken zu bewahren, und hätte besagter Lucian neben mir gestanden, anstatt, wie so oft, neben Miss-Sexiest-Vampire-in-the-Universe. Wenn ich fair war, musste ich zugeben, dass Lucian niemals Lunas Nähe suchte – es war stets umgekehrt. Leider war mir in letzter Zeit nicht wirklich nach Fairness zumute.

Die Insel beherbergte nur eine handvoll Häuser, doch auf dem Weg zu Valentins Anwesen begegneten wir keiner Menschenseele. Wir folgten einem Pfad ans westliche Ende der Insel, welches eine besonders üppige Vegetation aufwies. Und dort, auf einem Felsvorsprung direkt am Meer, umgeben von immergrünen Nadel- und winterlich nackten Laubbäumen, stand Valentins Villa. Niemals wäre ich auf die Idee gekommen, dass hier ein Vampir wohnte. Weißer und grauer Stein, klare, schnörkellose Formen und Fenster, Fenster überall. Dieses Anwesen wirkte wie die kalifornische Sommerresidenz eines VIPs. Ich warf Lucian einen Blick zu. Also waren nicht alle Vampire versessen auf alte Gemäuer mit klobigen Möbeln und antiken Teppichen. Auch die Einrichtung war modern, etwas kühl und unpersönlich zwar, doch die Glasflächen, die anstelle von Außenwänden dank ihrer Tönung die Vampire vor der Sonne schützte und in fast allen Zimmern einen fantastischen Ausblick auf das Meer und die Natur erlaubten, machten das wieder wett.

Der peinlichste Augenblick kam, als Valentin uns unsere Zimmer zuwies und mich und Lucian zusammen einquartieren wollte. Während ich stotternd um getrennte Räume bat, stand Lucian mal wieder dabei als ginge ihn das alles nichts an, während Luna sich nicht einmal Mühe gab, ihr breites Grinsen zu verbergen.

Ich schlief kaum an jenem ersten Tag. Was nicht zuletzt daran lag, dass Sassa ununterbrochen vor sich hin lamentierte, dass wir beide sterben würden, wenn ich tatsächlich in diese Bibliothek einbrach. Doch mein Entschluss stand fest.

„Warum eigentlich?", fragte Sassa plötzlich, während ich noch immer nach draußen starrte und mich fragte, ob ich nicht im falschen Zimmer wartete. Valentin hatte gestern Nacht doch ganz ausdrücklich gesagt, nach Sonnenuntergang. Und nun war es bald schon eine Stunde nach Sonnenuntergang.

„Nein, ernsthaft", ereiferte sich Sassa. „Was willst du eigentlich in dieser Bibliothek? Was interessiert dich dieser Fluch noch, jetzt wo du und Lucian ..." Nicht einmal der Dämon traute sich anscheinend, den Satz zu Ende zu führen.

„Wo Lucian und ich *was?*", fragte ich biestig.

„Du weißt schon."

„Ich werde das mit dir nicht diskutieren."

„Gott sei Da-, ich meine, musst du auch nicht. Sieh einfach ein, dass es dir in deiner Situation pupsegal sein kann, was es mit diesem Fluch auf sich hat und blas deinen gehirnamputierten Plan ab."

„Nein."

„Ahrgh!", schrie Sassa, doch ich tat ihm nicht mal den Gefallen, mir die Ohren zuzuhalten.

Was wusste er schon? Die Sache zwischen mir und Lucian ... gut, das war eben gerade nicht zu ändern. Absolut nichts, was ich dagegen tun konnte. Außer, in diese Bibliothek zu gehen und dafür zu sorgen, dass ich die Wahrheit über diesen Fluch herausfand.

„Das stimmt nicht ganz", meinte Sassa mit altkluger Stimme und sprang zu mir aufs Sofa. „Du könntest auch einfach zu Lucian gehen und dich entschuldigen. Mit ihm reden. So, wie normale Leute das bei Beziehungsproblemen machen und nicht zu einer Einbrecherin werden. Im Haus eines Vampirs!"

Ich antwortete nicht. Wenn die nicht gleich kamen ... dann würde ich eben so in die Bibliothek gehen. Eigentlich hatte ich warten wollen, bis sich alle hier zu dem von Valentin anberaumten Treffen eingefunden hatten, um dann ungestört mein Vorhaben in die Tat umzusetzen, aber viel länger konnte ich einfach nicht warten. Das hielten meine Nerven nicht aus.

„Warte mal ... du glaubst doch nicht etwa an diesen Fluch?"

Ich zuckte zusammen.

„Nein!", rief Sassa und klang ehrlich entsetzt.

„Tu ich nicht."

„Du glaubst, ein Fluch ist schuld, dass bei dir und dem Vampir grad alles den Bach runtergeht?"

„Tu ich nicht!"

„Machst du es dir damit nicht vielleicht ein klitzekleines bisschen zu leicht?"

„Ich denke ja nur, dass es gut wäre, diese Möglichkeit auszuschließen." Meine Wangen glühten.

„Ein Fluch! So viel Dummheit hätte ich nicht mal dir strohdummer Nuss zugetraut! Soll ich dir sagen, was das Problem zwischen dir und deinem Vampir ist? Ja? Genau das! Du brichst lieber in eine Bibliothek ein, als mit ihm zu reden und er schmollt lieber vor sich hin. Bravo! Und das musst du dir von einem Dämon sagen lassen, der kaum volljährig ist!"

„Ich will ja nur sichergehen!", zischte ich. „Der Fluch ..."

„Ladidalala." Sassa hatte sich die Finger in die Öhrchen gestopft und summte vor sich hin.

Ich warf ein Kissen nach ihm. Das ziemlich harte, lederne Ding traf den Kleinen und fegte ihn vom Sofa. Mit einem Kreischen rappelte er sich auf uns stürzte sich auf mich.

„Mal wieder mit deinem Dämon beschäftigt?"

Ich fuhr herum, während Sassa mir weiter mit seinen Krallen meine schützend erhobenen Handflächen zerkratzte.

„Vielleicht sollte ich mir auch einen anschaffen", gluckste Merlin und ließ sich mit elegant überschlagenen Beinen neben mir aufs Sofa sinken. Heute trug er einen smaragdgrünen Umhang aus dicken Samt, der innen eine dunklere Farbe hatte als außen. „Ihr scheint immer so viel Spaß miteinander zu haben."

„Na ja ... so betrachtet ..." Ich packte Sassa und schleuderte ihn von mir. Er rutschte ein paar Meter auf dem spiegelglatten Boden, bis er vor dem riesigen, steinernen Kamin in der Mitte des Zimmers zum Liegen kam. Benommen richtete er sich auf und wankte auf das Sofa zu.

„Schaff dir lieber einen Hund an", riet ich. „Die kann man wenigstens erziehen."

Sassa wollte sich wieder auf mich stürzen, doch anscheinend war ihm immer noch schwindelig, so dass er mein Bein verfehlte und stattdessen den Sofabezug zerfetzte.

„Du wirst dein Vorhaben heute Nacht in die Tat umsetzen, nicht wahr?", hauchte plötzlich Merlins Stimme kaum wahrnehmbar an meinem Ohr.

Ich nickte steif. Diese plötzliche körperliche Nähe kam mir unpassend vor, gleichzeitig wusste ich, dass wir bei all den Vampirohren in diesem Haus nicht vorsichtig genug sein konnten. Und, zugegebenermaßen, fühlte sich Merlins Nähe nicht unangenehm an. Zwar flatterte mein Herz nicht wie bei Lucian, es war eher ein beruhigendes Gefühl, so ähnlich, wie wenn Sassa nachts auf meinen Füßen schlief.

„Valentins Besprechungen sind für ihre ermüdenden Längen bekannt, du kannst dir also Zeit lassen", wisperte Merlin. „Die Bibliothek findest du genau in der Mitte des Gebäudes, sie erstreckt sich vom Keller bis hoch in den zweiten Stock, du kannst sie also wirklich nicht verfehlen." *Und wenn doch, dann erzähl es mir später bitte, damit ich mich darüber schief lachen kann*, schien sein Blick zu sagen, als er den Mund gerade weit genug von meinem Ohr nahm, um mir in die Augen sehen zu können.

„Danke", hauchte ich.

„Oh, schau mal, so schnell hat sie Ersatz für dich gefunden."

Mein Blick glitt an Merlins blondem Haar vorbei und fiel auf Luna, die zusammen mit Lucian den Raum betreten hatte.

Ich sprang auf.

Während Luna in einem zu engen und zu kurzen schwarzen Lederkleid auf den konsterniert dreinblickenden Merlin zuschlenderte, blieb Lucian unweit der Tür stehen.

Er wusste ja wohl, dass das, was Luna da faselte, totaler Quatsch war, oder? *Oder?*

Lucian verschränkte die Arme über seinem dunkelblauen Pullover, der absolut perfekt zu seinen Augen passte. Sein düsterer Blick richtete sich von Merlin auf mich und musterte mich so intensiv, als wolle er mein Innerstes nach außen kehren.

Marcelle betrat das Zimmer und ohne irgendjemandem im Raum auch nur eines Blickes zu würdigen, stellte sie sich wie gewohnt in eine Ecke. Auch die anderen Vampire fanden sich kurz hintereinander ein, was in mir den Verdacht weckte, dass es irgendwo ein vampirisches Wörterbuch geben musste, in dem unter dem Stichwort „nach Sonnenuntergang" die Bedeutung „eine Stunde nach Untergang der Sonne" eingetragen war.

Ganz zuletzt kam Valentin.

Das war mein Signal. Jetzt, wo alle Vampire hier waren und keiner mehr im Rest des Hauses herumschlich, musste ich es wagen. Etwas unvorteilhaft war lediglich die Tatsache, dass die Menschen der Vampire heute anscheinend nicht eingeladen waren. Ich wusste weder, wo sie untergebracht waren, noch, ob sie sich frei im Haus bewegen durften oder überhaupt wollten. Doch das war jetzt nicht zu ändern. Also los!

Ich marschierte zielstrebig auf die Tür zu. Da versperrte mir Valentin den Weg.

„Ich hatte gehofft, du würdest an unserer Besprechung teilnehmen. Als unsere zukünftige Gesandte", sagte er. Sein Blick bohrte sich in meinen.

„Oh, das ist total nett von dir, wirklich", stammelte ich. „Aber ich kann nicht."

„Du hast anderweitige Pläne?" Valentin zog spöttisch die Augenbrauen hoch. Eine Geste, die mich so sehr an Lucian erinnerte, dass ich mir eine gedankliche Notiz machte, irgendwann mal nachzuhaken, wer da von wem abgeschaut hatte. Natürlich erst, nachdem ich in der Bibliothek alles über den Fluch herausgefunden, ihn beseitigt und mich wieder mit Lucian vertragen hatte.

„Ich erwarte einen wichtigen Anruf", improvisierte ich. Blieb nur zu hoffen, dass Valentin einer von den Vampiren war, die kein Smartphone besaßen – sonst wüsste er nämlich, dass der Empfang auf dieser Insel miserabel und meine Ausrede somit eine Lüge war. Ohne nachzudenken setzte ich alles auf eine Karte, wollte mich an Valentin vorbeischieben, doch er ließ mich nicht durch. Gott, war das peinlich.

Sassas quietschendes Lachen klirrte in meinen Ohren. „Sehr gut", japste er. „Wieso hab ich mir überhaupt Sorgen gemacht? War ja klar, dass du es ohnehin versaust. Nicht mal in die Nähe der Bibliothek wirst du kommen!"

Ich straffte die Schultern, hob das Kinn und blickte Valentin in die blassen Augen. „Ich erwarte einen wichtigen Anruf der Zauberer. Noch bin ich deren Sprecherin, nicht deine Gesandte", sagte ich kühl. „Wenn du erlaubst, werde ich also heute diesen Anruf beantworten und dafür morgen an eurer Besprechung teilnehmen."

Valentin rührte sich noch immer nicht. Herrgott, würde er tatsächlich seinen Kopf durchsetzen und mich zu dieser Besprechung zwingen? Panik stieg in mir hoch.

Da trat ausgerechnet Luna vor und legte Valentin eine Hand auf den Arm. Sie flüsterte ihm etwas ins Ohr, ihr glattes, schwarzes Haar floss über Valentins grauen Umhang – ein Zwilling des Umhangs, der beim Angriff durch den Bund ruiniert worden war. Als Luna sich von Valentin löste, richteten sich ihre katzenhaften Augen auf mich. „Außerdem wird sie nach diesem unglaublich wichtigen Gespräch mit ihren kleinen Zaubererfreunden vielleicht endlich eine Entscheidung für oder gegen ihre Gesandtenrolle treffen können. Ist es nicht so, Amelie?"

„Oh … ja. Ja, das könnte durchaus sein!" Warum war mir die Idee nicht selbst gekommen?

Die Vampirin klimperte mit den Wimpern. „Problem gelöst."

Und tatsächlich machte Valentin einen Schritt zur Seite. „Morgen erwarte ich eine Antwort, Zauberin."

Bevor ich den Raum verließ, wandte ich mich noch einmal um. Mein Blick wanderte von Merlin, der noch immer lässig auf dem Sofa hockte und mir zuzwinkerte, über Marcelle, die mich wie immer mit dunklen Augen und undurchdringlichem Blick beobachtete, zu Luna, deren zufriedenes Lächeln in Lucians Richtung mir klarmachte, dass sie mir nur geholfen hatte, um mich schlicht und einfach für den Abend aus dem Weg zu haben. Als letztes sah ich Lucian an. Wenn mein Vorhaben schief ging und ich erwischt wurde, würde das schreckliche Konsequenzen haben. Für uns beide. Aber es war das Risiko wert, da war ich mir sicher! Ich tat es für unsere Liebe. Und was immer auch geschah – Lucian würde es wissen. Dass ich es für uns getan hatte.

Lucian erwiderte meinen Blick, kühl und regungslos. Ich lächelte. Sein Blick wurde weicher und für den Bruchteil einer Sekunde sah er, der mächtige Vampir

Lucian, der immer alles unter Kontrolle hatte, verwirrt aus.

Ich drehte mich um und verließ das Zimmer.

Ich marschierte geradeaus, bog um drei Ecken, dann lehnte ich mich an die Wand und atmete tief durch. Puh, das wäre beinahe schief gegangen. Ich klemmte meine zitternden Hände unter meinen Körper. Tja, manchmal musste man eben das Glück haben, dass eine eifersüchtige Vampirin einem zu Hilfe kam.

„Glück? Glück?“, meckerte Sassa. „Wieso kann *ich* nicht einmal Glück haben?“

„Keiner hat von dir verlangt mitzukommen“, wisperte ich. In der Mitte des Anwesens, hatte Merlin gesagt. Also los.

„Und wenn du stirbst werde ich meines Lebens nicht mehr froh, weil ich dich hätte retten können. Ganz tolle Option, wirklich.“

Ich achtete nicht auf Sassa, sondern konzentrierte mich darauf, die richtigen Abzweigungen zu nehmen.

Und dann sah ich sie plötzlich: Eine riesige Tür aus dunklem Holz, die sich von all den anderen weißen Türen des Anwesens deutlich unterschied. An dieser Tür hing ein lächerlich großes Schild mit lächerlich großen, lächerlich verschlungenen Buchstaben, die ein lächerlich eindeutiges Wort bildeten: Bibliotheca. Die Tür besaß ein altertümlich anmutendes Schloss, in dem ein riesiger Schlüssel steckte.

Es war wie eine Einladung. Niemand, der hier vorbeikam – und die Wahrscheinlichkeit, dass Gäste dieses Anwesens irgendwann einmal hier vorbeikamen, war ausgesprochen hoch, denn an dieser Stelle kreuzten drei Gänge – konnte übersehen, wohin diese Tür führte. Sie war wie die Pralinenschachtel, die man geschenkt bekam, aber nicht aufmachen durfte, weil man auf Diät war. Oder, weil der böse Onkel Valentin es verboten hatte. Diese so einladend dargebotene Bibliothekstür repräsentierte Valentins Macht eindringlicher als zehn Statuen.

Ich rieb meine schwitzigen Hände an meiner Jeans ab und ging langsam auf die Tür zu. Sie war über und über mit Verzierungen und Einkerbungen übersäht.

Ich schluckte und atmete ein letztes Mal tief durch. *Ich tue das für Lucian und mich*, sagte ich mir. Dann griff ich nach dem Schlüssel.

Da erschien aus dem Nichts eine Hand neben mir und schlug meine weg. Ich quietschte vor Schreck und stolperte zurück.

„Ahhhhhhhhh!", schrie Sassa.

Geschockt starrte ich Marcelle an, die neben der Bibliothekstür stand und ihrerseits mich anfunkelte. „Was tust du da?", fragte sie langsam, jedes Wort einzeln betonend.

Doch ich konnte nicht antworten. Mein Herz schlug mir noch immer bis zum Hals, mein Atem ging stoßweise.

„Valentins Bibliothek ist verboten. Das weißt du doch wohl."

„Ich ...", japste ich und auch Sassa hörte ich noch immer schnaufen. „Was? Verboten? Ehrlich?"

Marcelle hob ihre perfekt gezupften Augenbrauen.

„Wieso sollte eine Bibliothek denn verboten sein?" Ich bemühte mich um einen dümmlich-ahnungslosen Gesichtsausdruck.

„Weil Valentin es so entschieden hat."

„Und woher soll ich wissen, was Valentin den lieben langen Tag so entscheidet?" Dann legte ich noch eine Schippe drauf: „Ich brauch einen ruhigen Ort zum Telefonieren, da ist eine Bibliothek genau richtig. Und Valentin wird mich schon nicht gleich dafür umbringen, oder?" Ich streckte die Hand abermals nach dem Schlüssel aus, doch Marcelles unheilvolles Zischen ließ mich innehalten.

„Du begreifst es wirklich nicht, oder?"

Ich seufzte theatralisch, aber innerlich frohlockte ich. Was war ich doch für eine begnadete Schauspielerin! „Schön, telefonier ich halt woanders." Ich wandte mich demonstrativ ab und stolzierte den Gang hinunter, bog erst links, dann rechts ab. Würde ich eben einfach warten, bis Marcelle weg war. Ich warf einen beiläufigen Blick über die Schulter. Und erstarrte. Marcelle folgte mir auf Schritt und Tritt.

„Was soll das werden?", fauchte ich.

„Ich folge dir."

„*Das* hab ich auch schon gemerkt!"

Marcelle legte den Kopf schief, so als wüsste sie nicht so recht, was sie von mir halten sollte.

„Und warum folgst du mir?", fragte ich entnervt.

„Lucians Anweisung."

„Gott sei Dank!", stöhnte der illoyale Dämon. „Rettung in letzter Sekunde. Wenn sie nicht so furchteinflößend wäre, würde ich sie knutschen."

Ich presste die Lippen zusammen und konnte mich nur mit Mühe davon abhalten, zornig mit dem Fuß aufzustampfen. Verdammt! Ich hätte Lucian nicht anlächeln sollen. Natürlich. Sein verwirrter Blick. Er hatte gemerkt, dass ich irgendwas im Schilde führte. Und jetzt? Das ruinierte meinen perfekt ausgefeilten Plan!

„Hör mal", versuchte ich es mit Diplomatie. „Ich will nur telefonieren."

„Nur zu."

„Dafür brauche ich keine Aufpasserin."

„Glaubst du, ich habe mir diese Aufgabe ausgesucht?"

„Toll! Wir sind beide nicht wirklich scharf darauf, die nächsten Stunden miteinander zu verbringen. Warum lassen wir es dann nicht einfach! Ich verpetze dich schon nicht bei Lucian."

Marcelle sagte nichts. Betrachtete mich nur abwartend aus ihren schwarz geschminkten Augen, so wie man das nervige Gesumme einer Wespe erträgt und darauf wartet, dass sie vorüberfliegt.

„Und jetzt?“ Mir war zum Heulen zumute. Das konnte doch alles nicht wahr sein! Heute Nacht war meine einzige Chance, Valentin würde mich unter keinen Umständen morgen noch einmal aus seiner Besprechung entlassen.

„Ich dachte, du wolltest telefonieren.“

„Ich kann das nicht, wenn jemand zusieht.“

Marcelle wandte mir den Rücken zu.

„Oder zuhört.“

Sie drehte sich wieder zu mir um.

Meine Gedanken rasten. Irgendwie musste ich sie loswerden!

„Du kannst mich nicht loswerden“, sagte die Vampirin in diesem Moment.

Wie schön, dass sie sich die Fähigkeit, meine Gedanken an meinem Gesichtsausdruck abzulesen, von Lucian abgeschaut hatte. „Ich mag dich nicht besonders, weißt du. Und im Moment noch weniger als sonst.“

„Ich bin von dir auch nicht gerade angetan. Im Moment ganz genauso wenig wie sonst auch.“

Das hatten wir also schon mal geklärt. „Sollen wir jetzt hier im Gang rumstehen, bis die Besprechung zu Ende ist?“

„Ich bin hier, um ein Auge auf dich zu haben. Nicht, um es dir bequem zu machen.“

„Also kein gemütlicher Mädelsabend. Wie schade.“

Wir sahen uns schweigend an. Einige Strähnen ihres hochgesteckten dunklen Haares rahmten in weichen Locken ihr feines, porzellanhaftes Gesicht ein. In dem gleichen Maße wie Luna attraktiv war, war Marcelle einfach wunderschön. Kaum hatte ich das gedacht, schob sich wieder dieser hässliche Gedanke in den Vordergrund: Wieso sollte Lucian eine so hübsche Frau als sein Geschöpf auswählen, wenn nicht ... nun, aus dem offensichtlichen Grund? „Ich hätte da eine Frage", gab ich zähneknirschend zu.

Marcelles Reaktion darauf sah ganz ähnlich aus, wie die die ihr Meister gewöhnlich zeigte. Sie hob eine Augenbraue.

Ich wand mich. Und mit jeder Sekunde, die ich zögerte, wurde ich nervöser. „Du und Lucian", presste ich schließlich heraus.

Das reichte. Marcelle verstand. Zumindest entnahm ich das dem spöttischen Blick, mit dem sie mich bedachte. Und ... war das ein Lächeln? Nein, na ja, nicht ganz. Ihr Mundwinkel zuckte. Aber bei Marcelle war das ja schon fast wie ein ausgewachsener Lachanfall. Hatte ich es doch gewusst! Dieses Halblächeln sagte wirklich mehr als tausend Worte. „Das ist toll, wirklich", schimpfte ich. „Erst Luna, jetzt auch noch du! Wie viele Frauen mit Modellmaßen und ewig junger Haut haben es eigentlich noch auf meinen Freund abgesehen?"

Marcelles amüsiertes Mundwinkelzucken verwandelte sich in ein abgrundtief mitleidiges Lächeln.

Super. Jetzt hatte ich mich auch noch vor dem Geschöpf meines Freundes zum Volldeppen gemacht. Vor dem Geschöpf meines Freundes, welches mal was mit besagtem Freund gehabt hatte. Konnte diese Nacht noch schlimmer werden?

„Wann? Wie?", fragte ich. Ich musste das jetzt wissen. Alles. Tiefer konnte ich ohnehin nicht mehr sinken.

„Vielleicht wäre ein anderer Ort doch für diese Unterhaltung geeigneter", meinte Marcelle.

„Ich will das jetzt wissen!" Ich packte sie an ihrem weiten Rüschenärmel. „Bitte!" Es war mir egal, wie verzweifelt ich aussehen musste. Und wenn diese entsetzliche Nacht nur dafür gut war, dass ich endlich alle von Lucians dreckigen kleinen Geheimnissen ans Tageslicht zerrte, dann würde es eben so sein!

Marcelle betrachtete mich eingehend. Sie versuchte nicht, sich von meinem Griff zu befreien, blickte mich nur an. Dann, plötzlich, meinte ich, eine Veränderung in ihren dunklen Augen zu sehen. „Ich habe nicht diese Art von Interesse an deinem *Freund*."

Ich starrte sie an. Langsam ließ ich ihren Ärmel los, den Marcelle sich mit konsterniertem Gesichtsausdruck zurechtrückte. „Was?", hauchte ich.

„Nie gehabt", fuhr sie fort. „Und ich wage zu behaupten, dass es sich auf Lucians Seite ebenso verhält." Prüfend fuhr sie mit ihren Händen über den wallenden Rock ihres Kleides, so als wollte sie sicher gehen, dass ich nicht auch dort irgendetwas in Unordnung gebracht hatte.

„Aber wieso hat er es mir dann nicht einfach klipp und klar gesagt?", fragte ich kläglich. Doch die Antwort darauf kannte ich selbst. Weil er wollte, dass ich ihm vertraute. Oh Gott. Ich hatte mich *wirklich* ganz und gar zum Deppen gemacht. Und trotzdem grinste ich aus irgendeinem Grund. Ob ich jetzt vollends den Verstand verloren hatte?

In Marcelles Miene las ich, dass sie dasselbe dachte.

„Danke", murmelte ich und schaffte es, mein Grinsen zu einem gediegenen Lächeln herunterzuschrauben. „Wenn du möchtest, können wir uns jetzt einen anderen Ort suchen." Wo ich dann ernsthaft darüber nachdenken musste, wie ich Marcelle loswurde, bevor Valentins Besprechung zu Ende war. Bei aller Dankbarkeit – ich musste heute Nacht in diese Bibliothek, koste es, was es wolle. Ich bog willkürlich um eine Ecke und sah aus den Augenwinkeln, dass Marcelle und Sassa mir folgten. Das ganze Anwesen war voller identischer aber gemütlicher verglaster, kaminbestückter Aufenthaltszimmer, also konnte es nicht so schwer sein, eines für mich und Marcelle zu finden.

„Ich habe ebenfalls eine Frage", sagte die Vampirin plötzlich.

„Schieß los." Ich öffnete willkürlich eine Tür. Dahinter befand sich eines dieser grau-weißen Gästezimmer, von denen auch ich eins bewohnte. Ich schloss die Tür wieder und ging weiter.

„Wirst du Lucian verlassen?"

Ich blieb stehen. „Wie bitte?"

„Es scheint, du kannst nicht gleichzeitig Sprecherin der Zauberer und mit Lucian zusammen sein. Also? Wirst du ihn für das Bündnis verlassen?" Ihre Miene verriet nichts, so dass ich nicht einmal ahnen konnte, welche Antwort sie sich von mir erhoffte.

Ich wandte mich ab und öffnete geschäftig weitere Türen. „Weißt du, was ich mich schon immer gefragt habe? Also, na ja, seit ich euch beiden kenne?" Endlich fand ich einen Aufenthaltsraum, und der sah wirklich eins zu eins genauso aus wie der, in dem die Vampire gerade ihre Besprechung abhielten. „Wie ist das Leben als Lucians Geschöpf so? Ich meine, musst du auch dauernd in irgendeiner Ecke rumstehen, wenn Lucian und du allein seid?"

„Nein", sagte Marcelle.

„Und spricht er jemals mit dir? Ich meine, abgesehen von diesen ominösen Befehlen, die keiner sonst hören kann? *Folge mir, folge mir nicht, bespitzle Amelie*, du weißt schon." Ich hielt ihr einladend die Tür auf.

„Natürlich spricht er mit mir."

Ihr genervter Unterton ließ mich grinsen.

Sie blieb vor dem Raum stehen und machte keine Anstalten, einzutreten.

„Ich dachte, du wolltest, dass wir uns einen anderen Ort suchen."

Marcelle schwieg. Das konnte sie wirklich fast ebenso gut wie Lucian.

Ich blickte zurück, doch musste bald einsehen, dass sie das Spiel besser beherrschte als ich. „Nein, natürlich würde ich Lucian niemals für das Bündnis verlassen. Was würde das auch für einen Sinn machen?" Ich lachte auf. „Oder was glaubst du, wieso das Bündnis mir überhaupt so wichtig ist?"

„Aber?"

„Ich weiß es nicht, okay?"

„Du weißt *was* nicht?"

„Wie es mit mir und Lucian weitergeht." Mit diesem Satz verließ mich alle Energie und ich ließ mich auf das weiße Sofa fallen. Sassa und Marcelle folgten mir, letztere allerdings nicht, ohne die Tür hinter sich zu schließen.

„Eigentlich weiß ich überhaupt nichts mehr", sagte ich müde und richtete den Blick nach draußen, wo schwaches Scheinwerferlicht die kahlen Bäume erhellte. „Auch nicht, wie es mit dem Bündnis und mit mir und den Zauberern weitergeht. Und dann Valentins Drängen, ich solle seine komische Gesandte werden ..." Für einen kurzen Moment wollte ich über mich selbst den Kopf schütteln. Da saß ich hier und schüttete ausgerechnet Marcelle mein Herz aus? Und doch tat es unerwartet gut. Zwar war sie nicht Serena, aber das hatte auch sein Gutes. Was ich brauchte, war eine neue Perspektive. Und wenn Marcelle eins hatte, dann war es eine völlig andere Perspektive als Serena und alle anderen Personen, die ich jemals in meinem Leben getroffen hatte.

„Lucian wird Probleme bekommen, wenn du Valentins Angebot ausschlägst."

Und wenn es nur die Perspektive des sich um Lucian sorgenden Geschöpfes war.

Ich schnaufte. „Danke, das macht es mir doch gleich viel einfacher."

„Ich finde, du solltest sein Angebot annehmen", sagte sie unerwartet eindringlich.

Ich sah sie an.

„Valentin findet etwas an dir. Es ist gut, wenn mächtige Vampire etwas an einem finden."

Das war so ziemlich genau das Gegenteil von dem, was Lucian zu mir gesagt hatte.

„Man kann es zu seinem Vorteil nutzen", fuhr Marcelle fort. Sie ging zum Fenster, wo sie mir den Rücken zuwandte. Setzte diese Frau sich jemals hin?

„Das hört sich so an, als hättest du Erfahrung damit. Warte ... du denkst dabei aber nicht zufällig an dich und Lucian, oder?"

„Nein." Das Wort klang, als gehörte da eigentlich noch etwas dahinter, was Marcelle nicht aussprach, etwas wie *du kleiner, dummer Mensch*. „Ich denke dabei an Luna und Valentin."

„Aha."

„Valentin ist von seinem Geschöpf überaus eingenommen und Luna hat es stets verstanden, sich diesen Umstand zunutze zu machen."

Es fiel mir tatsächlich nicht schwer, mir vorzustellen, wie Luna mit ihrer Koketterie Valentin um den kleinen Finger wickelte. „Ich bin aber nicht wie Luna."

„Nein." Marcelle blickte mich an und ich begriff, dass sie mir gerade ein Kompliment gemacht hatte.

„Stimmt, du kannst sie auch nicht leiden." Das wusste ich ja schon seit meiner Ankunft auf Merlins Spukschloss, als Marcelle fast auf Luna losgegangen wäre.

Marcelle seufzte leise und setzte sich endlich ebenfalls aufs Sofa, jedoch nicht, ohne die üppigen Stoffbahnen ihres Kleides pedantisch knitterfrei um sich herum auszubreiten. „Wenn ich eines über sie weiß, dann ist es die Tatsache, dass Luna sich ausschließlich für Luna interessiert", sagte Marcelle mit spitzer Stimme. „Ich vermute ja, dass sie sich selbst viel lieber

Sonne statt Mond genannt hätte, wenn sich das auf Lateinisch nicht so albern anhören würde. Denn sie hält sich für die Sonne, um die sich alles zu drehen hat.“

„Das musst du mir nicht sagen. Ganz ehrlich, das sieht man doch schon an ihren Klamotten.“

„Nicht wahr?“ Unsere Blicke trafen sich und wir lächelten uns an. Anscheinend war Marcelle darüber ebenso erschrocken wie ich, denn ihr Gesicht wurde sofort wieder ausdruckslos.

Ich selbst wandte mich mit glühenden Wangen ab und beobachtete Sassa, der damit beschäftigt war, alle Schränke des Zimmers akribisch nach etwas Essbarem zu durchforsten. „Muss schlimm gewesen sein“, meinte ich betont beiläufig. „Ich meine damals, als Lucian und Luna noch zusammen waren.“ Ich schielte zu Marcelle, um ihre Reaktion nicht zu verpassen. Doch vergeblich, denn die Vampirin verriet mit keiner Faser ihres Körpers, dass sie mich überhaupt gehört hatte.

„Wie lange war das noch gleich?“

Marcelle seufzte. „Zu lange.“

„Jedenfalls waren sie noch zusammen, als du ... dazukamst“, versuchte ich weiter hartnäckig, Informationen über Lucians Beziehung zu Luna zu sammeln.

„Als Lucian mich zum Vampir machte, meinst du.“

„Äh, ja.“

„Nein, damals gingen die beiden gerade getrennte Wege. Luna hätte sonst nie zugelassen, dass Lucian sich ein eigenes Geschöpf sucht.“

„Oh ...“, machte ich und konnte mir ein Lächeln nicht verkneifen. „Dann ist ihre Beziehung ja schon ewig her! Ich meine, wie alt bist du? So zweihundert?“ Das musste ja wohl reichen, um über jemanden hinwegzukommen.

„Zweihunderteins. Und leider war das nicht das Ende zwischen den beiden. Es gab nur ... einen Vorfall, der dazu führte, dass sie zu jener Zeit nicht zusammen waren. Ich war gerade fünfundachtzig geworden, als sie sich wieder vertrugen. Das war zur Jahrhundertwende – ein höchst unglücksseliges Jahr." Sie seufzte abermals, tiefer diesmal. „Danach waren wir zu viert, denn nicht nur Lucian hatte mich während seiner Trennung von Luna erschaffen, auch sie hatte sich Zerstreuung gesucht: Merlin. Diese letzten hundertfünfzehn Jahre waren ... ich finde keine Worte dafür."

„Wa-warte", stotterte ich. Die letzten hundertfünfzehn Jahre? Das hieße ja ... „Wann haben sich Lucian und Luna genau getrennt? Ich meine endgültig?" Meine Stimme zitterte.

Marcelle warf mir einen ungeduldigen Blick zu. „Vor etwa einem Jahr."

Ich schloss entsetzt die Augen.

Wenn Marcelle meine Bestürzung bemerkt hatte, so ließ sie es sich zumindest nicht anmerken. „Es passte Luna nicht, dass Lucian immer mehr Zeit damit verbrachte, die Vernichtung des Bundes zu planen", erklärte sie. „Darüber zerstritten sie sich – mal wieder."

So wie Marcelle das sagte, hörte sich es ja beinahe an, als rechnete sich damit, dass die beiden wieder zusammen kamen. Ein Jahr. Nur ein Jahr, seit sie sich getrennt hatten. Gegenüber hunderten von Jahren, die sie zusammen verbracht hatten. Für Vampire war so ein mickriges Jahr wahrscheinlich wie eine Woche für uns Menschen. Ich versuchte auszurechnen, wie lange Lucian und Luna zusammen gewesen waren, doch mir fehlten einige Variablen, also fragte ich nach.

Die Antwort kam prompt. „Zweihundertfünfundvierzig Jahre, wenn ich mich nicht irre."

Ich schluckte. Lucian und ich kannten uns gerade ein wenig mehr als zweihundertfünfundvierzig *Stunden*. „Und ... wie waren die beiden so ... zusammen?"

„Es war grauenvoll", berichtete Marcelle bereitwillig. „Kaum hatten sich die beiden wieder vertragen, befand sich Merlin außen vor. Luna wäre ihn mit Sicherheit am liebsten losgeworden, kaum dass sie Lucian wieder an ihrer Seite hatte, doch er war damals noch zu jung. Wo hätte er hingehen sollen? Das wäre sein Todesurteil gewesen, also setzte Lucian sich für ihn ein und er blieb bei uns, bis er stark genug war. Doch sobald er bereit war … nun, auch er konnte es wohl nicht erwarten, von ihr wegzukommen, schließlich ließ sie ihn allzu deutlich spüren, dass er ihr verglichen mit Lucian herzlich egal war. Dabei sind sie doch beide ihre Geschöpfe." Marcelle schüttelte den Kopf und sah ehrlich empört aus. „Wenn es nach Luna gegangen wäre, hätte Merlin nichts bekommen, als er ging, er hätte vollkommen mittellos dagestanden. Nur Lucian hat er es zu verdanken, dass sie sich schließlich doch bereit erklärte, ihm ein gewisses Startkapital mitzugeben, von dem er sich sein Hotel aufbauen konnte." Marcelles Gesichtsausdruck hatte während ihrer Erzählung so oft zwischen Wut und Fassungslosigkeit gewechselt, dass ich nichts weiter tun konnte, als sie anzustarren. Die stille, ausdruckslose Marcelle, bei der man meist nicht einmal merkte, dass sie da war. Wer hätte gedacht, dass sich hinter ihrer statuenhaften Fassade so viele Gefühle verbargen? „Du hast Merlin ziemlich gern, was?"

Ich traute meinen Augen nicht, als eine zarte Röte Marcelles blasse Wangen überzog. „Ich habe jahrzehntelang mitangesehen, wie er unter Lunas Selbstsucht zu leiden hatte, das ist alles", schnappte sie.

„Meine Güte, das muss dir doch nicht peinlich sein. Ich für meinen Teil finde ja auch, dass er ein ziemlich netter Kerl ist."

Marcelles Augen verengten sich und ich rückte vorsorglich ein Stück von ihr weg. Über Marcelles Erzählung hatte ich fast vergessen, dass ich sie eigentlich loswerden musste. Und eventuell hatte mir die Vampirin unabsichtlich genau das richtige Werkzeug dafür in die Hand gegeben. „Ich meine ja nur ...", sagte ich und warf ihr einen bedeutungsschweren Blick zu. „Oh ... oder meinst du, Lucian wäre nicht damit einverstanden, wenn du als sein Geschöpf was mit seinem Bruder anfängst?"

Marcelles Gesicht wurde immer grimmiger. Bald würde sie explodieren, da war ich mir sicher.

„Ach, komm schon." Ich stieß sie kumpelhaft in die Seite. Stocksteif schwankte sie unter meinem Stoß, wie das Pendel einer alten Uhr. „Jetzt, wo wir so was wie *Freundinnen* sind, könnte ich ja Merlin mal auf den Zahn fühlen. So nach dem Motto: Hey Merlin, du kennst doch Marcelle ... ja, das ist die hübsche Lady, die immer bei euch in der Ecke rumsteht ... was? Du findest sie auch attraktiv?" Ich grinste breit, während Marcelles Augen begannen, mörderisch zu funkeln.

„Na, was sagst du? Klingt doch nach 'nem Plan, oder?"

„Auch, wenn wir jetzt so etwas wie *Freundinnen* sind", sagte Marcelle und ihre Stimme triefte vor Zynismus. „Wenn du das tust, werde ich dich umbringen."

„Oh?" Ich tat überrascht. „Wie blöd. Denn dann würde Lucian dich umbringen und am Ende wären wir alle tot. Weißt du, wie wir dieser ganzen Misere entkommen? Indem du mich einfach diesen Anruf machen lässt."

Sie betrachtete mich schweigend. So lange, dass ich schon damit rechnete, sie würde von jetzt an einfach gar nichts mehr sagen. Dann: „Warum erzählst du mir nicht einfach, was du wirklich vorhast?"

Ich war ehrlich geschockt. Da hatte ich mir so viel Mühe gegeben und Marcelle hatte doch wirklich so gewirkt, als hätte sie mir geglaubt! Und jetzt? „Ich möchte telefonieren!"

„Ach ja? Ich weiß zufällig ganz genau, dass man auf dieser gottverlassenen Insel keinen Empfang hat."

Mein hilfesuchender Blick fiel auf Sassa, als könnte der mir irgendeinen Hinweis geben, was ich sagen musste, um aus dieser Situation herauszukommen. Doch der war mitten in seiner Suche vor einer der geöffneten Schranktüren eingeschlafen.

„Es hat mit der Bibliothek zu tun", sagte Marcelle ruhig.

Meine Augen weiteten sich, was die Vampirin mit einem zufriedenen Lächeln quittierte. „Dachtest du wirklich, deine kleine Vorstellung vorhin hätte irgendjemanden überzeugen können? Wärst du Schauspielerin zu meiner Zeit gewesen, hätte man dich für einen solch armseligen Auftritt hängen lassen."

„Sehr witzig. Ich weiß sehr wohl, dass man im neunzehnten Jahrhundert niemanden für eine schlechte Schauspielleistung hingerichtet hat."

Marcelle hob eine Augenbraue und plötzlich war ich mir gar nicht mehr so sicher.

„Schön. Du willst wissen, was ich wirklich vorhabe? Oder eher vorhatte, denn anscheinend hab ich es ja gründlich vermasselt." Ich lehnte mich mit dem Rücken gegen die Sofalehne und zog die Knie an. Anscheinend hielt meine und Lucians Pechsträhne an. Warum überraschte mich das nicht? Und warum nahm mich die Sache so mit? Im Grunde wusste ich doch, dass Sassa recht hatte und es Wahnsinn war, wegen eines blöden Fluchs in Valentins Bibliothek einzubrechen. Und trotzdem fühlte es sich so an, als hätte sich gerade die letzte Hoffnung für uns beide in Luft aufgelöst. Ich sollte einfach mit Lucian reden, hatte Sassa gesagt. Aber was wusste der schon? Reden funktionierte bei uns beiden einfach nicht. Aber wenn es irgendetwas anderes gab, das ich zur Rettung unserer Beziehung tun konnte, würde ich es tun und kein Risiko scheuen! „Ich will herausfinden, ob es diesen Fluch wirklich gibt", gab ich niedergeschlagen zu. „Nicht, dass ich daran glaube“, sagte ich schnell, weil ich Marcelles spötti-schen Blick fürchtete.

Doch die Vampirin hörte mir mit ausdruckslosem Ge-sicht zu.

„Na ja, weil bei mir und Lucian im Moment alles schief geht, dachte ich mir ... also ... was, wenn es doch irgendwie an diesem Fluch liegt?“ Die letzten Worte wisperte ich.

„Wenn sich etwas so hartnäckig im kollektiven Ge-dächtnis hält wie dieser Fluch, basiert es meist zumin-dest auf einem Körnchen Wahrheit.“

Ich setzte mich aufrecht hin. „Du denkst auch, dass es diesen Fluch wirklich gibt?“

Die Vampirin zuckte mit den Achseln. „Ich sage ledig-lich, es muss einen Grund geben, wieso beinahe alle von uns daran glauben.“

„Vielleicht schaffe ich es doch irgendwie, mich mor-gen vor Valentins Besprechung zu drücken. Und Lu-cian davon zu überzeugen, dass ich diesmal keine Auf-passerin brauche, dann könnte ich –“

„Geh.“

„Was?“ Erst meinte ich, mich verhört zu haben. Doch ein Blick in Marcelles entschlossenes Gesicht belehrte mich eines Besseren. Ich lachte zittrig auf. „Das geht nicht. Er würde dich bestrafen.“ Komisch, wie ich mir eben noch den Kopf zerbrochen hatte, wie ich Marcelle am besten austricksen und abschütteln konnte. Der Ge-danke, was für Konsequenzen das für sie hätte, war mir gar nicht gekommen. Doch jetzt, wo sie es von selbst anbot ...

„Es ist zu seinem eigenen Besten, daher spielt es keine Rolle, ob er mich bestraft oder nicht“, zischte sie.

Zögernd stand ich auf. Doch ich konnte den Blick nicht von Marcelle abwenden. Ihr verqueres Denken, diese Opferbereitschaft Lucian gegenüber rührte mich über alle Maße. „Er kann wirklich froh sein, dass er dich hat", flüsterte ich.

Marcelle verzog das Gesicht. „Dass du mich in eine solche Lage gebracht hast, werde ich dir nie verzeihen, Zauberin."

„Also doch keine Freundinnen?"

Marcelle lächelte schwach, dann fauchte sie: „Geh endlich!"

Ich stürzte zur Tür, riss sie auf und prallte mit jemandem zusammen.

KAPITEL 10

„A-a-amelie!", heulte Serena und klammerte sich an mich. Die Flasche, die sie in der Hand hielt, zertrümmerte mir fast die Wirbelsäule.

Ich keuchte und schaffte es, den Kopf gerade weit genug zu drehen, um Marcelle einen hilfesuchenden Blick zuzuwerfen.

Doch die Vampirin schien starr vor Erstaunen.

„Serena", presste ich hervor und versuchte, die Zauberin sanft aber bestimmt von mir zu schieben. Daraufhin klammerte sie sich nur noch fester an mich.

Da stand plötzlich Marcelle neben mir, löste mühelos Serenas Arme von meinem Oberkörper und führte das schluchzende Etwas zum Sofa.

Ich rieb mir meinen Rücken an der Stelle, wo Serena mir ihre Flasche in die Knochen gerammt hatte. „Was zur Hölle ...", murmelte ich und starrte fassungslos zum Sofa, wo Serena ihr Weinen unterbrochen hatte, um einen großen Schluck aus ihrer eckigen Glasflasche zu nehmen. Marcelle saß steif daneben, das Gesicht ein einziges ratloses Fragezeichen.

„Serena, was machst du hier?"

Statt zu antworten wollte sie wieder die Flasche ansetzen.

Ich riss ihr das Zeugs aus der Hand. „Einen billigeren Whisky hast du wohl nicht finden können, oder?"

„Was geht dich das an?", sagte sie zu mir, sie, die mich mit ihrem Auftritt daran hinderte, in der Bibliothek nach dem Fluch zu recherchieren. Mein Blick huschte zur Tür, dann zu Marcelle. Sie schüttelte kaum merklich den Kopf. *Lass mich nicht mit ihr allein*, schienen ihre Augen zu flehen.

Vor Frustration hätte ich beinahe selbst einen Schluck aus der Flasche genommen. Stattdessen riss ich mich zusammen und stellte sie auf den Beistelltisch, so weit von Serena weg wie möglich. Ich würde diese absurde Situation aufklären und dann würde ich meinen Plan in die Tat umsetzen. Ich hatte heute Nacht schon ganz andere Hürden gemeistert, hatte Marcelle auf meine Seite gezogen, da würde ich doch nicht an Serena scheitern!

„Serena ...", begann ich vorsichtig. „Was –"

„Wie bist du auf diese Insel gekommen", wurde ich von Marcelle unterbrochen.

„Ach", winkte Serena unwirsch ab. „Ich bin eine Zauberin, schon vergessen? Ein bisschen Illusionieren und schon hast du jemanden, der dir freundlichst sein Boot leiht."

„Serena!", rief ich fassungslos.

Sie blickte mich aus trotzigen blassgrünen Augen an. „Dasselbe hast du doch mit dem armen Gérard gemacht. Aber wenn die supertolle Amelie so was tut, ist es natürlich okay!" Sie funkelte mich feindselig an.

Das stimmte so nun überhaupt nicht. Ja, ich hatte damals einen Franzosen illusioniert, als Lucian sein Auto stehlen wollte, aber ich hatte nun wirklich keine andere Wahl gehabt! „Ich habe das für Gérard gemacht, damit Lucian ihn nicht einfach in der Pampa stehenlässt, schon vergessen?", verteidigte ich mich.

„Und wer hat dich ins Anwesen gelassen?", hakte Marcelle nach, von meiner Diskussion mit Serena völlig unbeeindruckt.

„Ach, ich hab den Wachen gesagt, ich gehör hier dazu und dann kam Merlin vorbei und hat mich reingelassen. Meinte, ihr beiden würdet euch hier irgendwo einen netten Abend machen. Dachte erst, *er* hätte vielleicht auch was getrunken." Sie hickste. „Ich meine, ihr beide?" Sie blickte mit schwammigem Blick von Marcelle zu mir. „Wer hätte gedacht, dass ich euch hier beim lauschigen Mädelsabend antreffe? Ha, gut, dass zumindest einer hier an Alkohol gedacht hat, was?"

„Wieso war Merlin nicht bei der Besprechung?", murmelte Marcelle und es wirkte, als spreche sie mehr zu sich selbst als zu uns.

„Vielleicht haben sie Serena gehört und ihn geschickt, nachzusehen, was da los ist?", bot ich an. Meine andere Vermutung, die mir wahrscheinlicher vorkam, behielt ich lieber für mich. Nämlich, dass Merlin, der ja sicher mitbekommen hatte, wie Lucian mir Marcelle hinterher schickte, gekommen war, um mir dabei zu helfen, Marcelle loszuwerden, damit ich es doch noch in die Bibliothek schaffte.

„Ich versteh das einfach nich", lallte Serena und hangelte nach der Flasche. Bevor ich sie ihr wieder abnehmen konnte, hatte sie sie bereits an die Lippen gesetzt. „Ich dachte, er mag mich."

Liebeskummer! Marcelle und ich tauschten einen panischen Blick. „Das wird schon wieder." Ich tätschelte halbherzig Serenas Arm. „Am besten gar nicht zu viel darüber nachdenken. Warum legst du dich nicht ein bisschen hin und …"

„Finger weg von der Flasche!", fauchte die Zauberin mich an.

Na gut, wenn sie unbedingt wollte. Wenn sie so weitermachte, würde sie früher oder später ohnehin ihren Rausch ausschlafen. Aber wie lange würde das dauern? Und wie lange würde Valentins Besprechung noch gehen?

„Ich dachte, er mag mich", wiederholte Serena. „Aber was weiß ich schon!" Sie nahm einen großen Schluck und schüttelte sich. „Ich meine, wie viel Erfahrung hab ich auf dem Gebiet schon? Mit einem einzigen richtigen Freund. Der auch noch ein Vampir war. Und jetzt tot ist." Sie trank mehrere Schlucke und sah kurz aus, als müsste sie sich übergeben.

„Ach, Serena." Wie sie so zusammengesunken dasaß, das rotblonde Haar halb aus dem Flechtzopf gelöst, mit vom Weinen geröteten Wangen. Ich wusste, ich würde das, was ich nun sagte, bereuen: „Erzähl."

Serena brach in Tränen aus. Und ich bereute meine Aufforderung tatsächlich bereits.

„Ich ... ich dachte, ich meine, er hat mir doch Hoffnungen gemacht!", schluchzte sie.

Ich nickte und sah, dass Marcelle auf Serenas anderer Seite das Gleiche tat. Keine von uns musste fragen, wer *er* war.

„Und er ist der erste Mann seit Ben, mit dem ich mir vorstellen könnte ... er ist so zielstrebig, so mutig, so ehrgeizig ..."

Wow, Liebe machte tatsächlich blind, denn meine Beschreibung von Chris sähe ein kleines bisschen anders aus. „Serena, was ist passiert?"

„Ich habe ihn geküsst." Hicks. „Ich meine, ich wollte ..." Hicks. „Und er ... wollte nicht."

Ich starrte sie schockiert an, suchte nach Worten, doch fand keine.

Dann nahm zu meiner maßlosen Überraschung Marcelle Serenas Hand, tätschelte sie und sagte: „Ich weiß genau, wie du dich fühlst."

Wir machten beide große Augen und Serena vergaß sogar ihren Schluckauf.

„Auch ich war einst verliebt", fuhr Marcelle fort und ihr Blick schweifte in die Ferne. „Oh, was hat er mir nicht alles versprochen. Ballkleider aus feinstem Samt, Haarkämme aus Elfenbein, Schuhe aus ..." Sie unterbrach sich und ihre Augen fokussierten sich wieder. „Stattdessen verkaufte er mich an ein Freudenhaus. Nun, am Ende war trotzdem alles für etwas gut, denn sieh mich heute an: Niemals wieder würde ich auf einen Mann hereinfallen."

Serenas Mund bildete ein kleines o.

„Oh ... oh Gott, das tut mir so leid", stammelte ich.

Serena nickte so heftig, dass ihr Genick knackte.

Marcelle winkte unwirsch ab. „*Er* sollte euch leidtun. Natürlich nahm ich Rache."

Ich schluckte und versuchte, die grauenhaften Bilder, die vor meinem inneren Auge auftauchten, zu verdrängen. Marcelle, mit blutbespritztem Kleid, wie sie ihre einstige große Liebe leersaugte.

„Oh, nicht doch, als ich Rache nahm, war ich noch kein Vampir", sagte Marcelle, die meinen Gesichtsausdruck wieder einmal richtig gedeutet hatte. „Doch ich vermute, dass es jener Vorfall war, der Lucians Interesse an mir weckte."

„Serena, gib mir die Flasche."

Diesmal gehorchte die Zauberin bereitwillig.

Ich nahm einen großen Schluck, dann noch einen und nach dem dritten fühlte ich mich tatsächlich ein wenig besser. „Mir wäre es lieb, wenn wir das Thema wechseln könnten."

„Also, ich finde das hochinteressant", meinte Serena.

„Was hat Chris gesagt, nachdem er dich nicht küssen wollte?", fragte ich.

Sofort schwammen Serenas Augen wieder in Tränen.

Marcelle, die eben noch teilnahmslos ihre schwarz lackierten Fingernägel begutachtet hatte, verzog missbilligend die Lippen. Ich warf der Vampirin einen entschuldigenden Blick zu. Besser eine lamentierende Serena als Marcelles Horrorstories.

„Er sagte, es liege nicht an mir."

Marcelle und ich tauschten einen Blick.

Ich suchte nach einer Antwort, mutmachenden Worten, einer Erklärung für Chris' Verhalten – irgendwas, da blickte mich Serena plötzlich durchdringend an. „Es liegt an dir, oder?"

„Was?"

„Sei ehrlich, Amelie. Du und Chris – ihr seid nicht nur Freunde, oder?" Sie lachte auf. „Natürlich, wie blöd kann man sein! Was du alles auf dich genommen hast, um ihn zu finden. Ein *Kindheitsfreund*, ja klar!"

„Ich …"

„Ihr hattet was miteinander, richtig?"

Marcelle blickte mich ebenfalls neugierig an. „Das würde Lucian auch interessieren. Er war nur stets zu stolz zu fragen."

Ich tat einen tiefen Atemzug und zwang mich zur Ruhe. „Ich hatte niemals etwas mit Chris", erklärte ich Serena, Marcelle absichtlich ignorierend.

„Dann ist er in dich verliebt, ohne, dass du es weißt."

„Ist er nicht."

„Kannst du nicht wissen."

„Wir kennen uns schon ewig!"

„Tausend Mal berührt …", summte Serena.

„Wir sind wie Bruder und Schwester, okay?", explodierte ich. „Was auch immer Chris für ein Problem hat, mit mir hat es definitiv nichts zu tun, also lass mich bitte da raus!"

„Wie Bruder und Schwester …", murmelte Marcelle und nickte dann. „Verstehe." Das würde sie mit Sicherheit wörtlich an Lucian weitergeben.

Währenddessen waren Serenas Schultern in sich zusammengefallen, ihr Kopf sank nach vorne, stumme Schluchzer schüttelten den schmalen Körper.

„Ts, ts", machte Marcelle.

Und ich war wieder mal die Böse.

„Hör mal", sagte ich sanft und legte Serena eine Hand auf den Rücken. Sie zuckte zusammen, aber ließ mich gewähren. „Ich glaube, dass es wirklich nichts mit dir zu tun hat. Ehrlich gesagt hat Chris sich seit der

Bundsache ziemlich verändert. Ich wünschte, du hättest ihn früher gekannt. Damals war er nicht so reizbar." Und gemein, setzte ich in Gedanken hinzu. Und unzufrieden mit sich selbst. Und bewertend. Obwohl, das war er eigentlich schon immer gewesen.

„Ich mag ihn aber so, wie er ist", sagte Serena stur.

„Dann musst du ihm wohl einfach Zeit geben." Ich wand mich innerlich. Der älteste und sinnloseste Rat aller Zeiten.

Doch auf Serenas Gesicht zeigte sich ein kleines Lächeln. „Du hast recht."

„Na ja …"

„Doch! Oh, wie blöd von mir!" Sie schlug sich mit der Hand vor die Stirn. „Er hat die letzten Jahre wer weiß was durchgemacht und ich Ziege denke nur an mich selbst und dränge ihn zu was, wozu er noch gar nicht bereit ist!"

Marcelle sah mich mit erhobenen Augenbrauen an. *Da siehst du, was du jetzt angerichtet hast*, schien ihr Blick zu sagen. Ich zuckte mit den Achseln. Wer weiß? Vielleicht war es ja genau das, was Chris brauchte. Jemanden, der ihn verstehen wollte und ihm verzieh, egal, was er sich leistete. Und wer sagte, dass Serenas Geduld sie am Ende nicht vielleicht doch zum Ziel führen würde?

„Oh, Amelie!" Serena fiel mir so stürmisch um den Hals, dass ich das Gleichgewicht verlor. Bevor ich von der Sofakante rutschte, löste sich Serena von mir, so dass ich allein mit einem Plumps auf dem Boden landete.

„Oh." Sie giggelte. „Ach, zum Glück bin ich hierhergekommen."

Das erinnerte mich daran, dass ich heute Nacht eigentlich etwas anderes vorgehabt hatte. Ich wollte Marcelle ein Zeichen geben, dass sie mir helfen sollte, Serena loszuwerden, da strahlte die Zauberin in die

Runde: „Dann steht ja einem netten Mädelsabend jetzt nichts mehr im Weg! Ach, wie läuft es eigentlich bei dir und Lucian? Und mit dieser Luna?"

Ich stellte meine wilde Zwinkerei in Marcelles Richtung ein. „Wir ... arbeiten daran."

„Oh, ihr beide?" Sie blickte zwischen mir und Marcelle hin und her. „Wie denn?"

„Eigentlich meinte ich mich und Lucian." Doch meine Bemerkung ging in Marcelles Antwort unter: „Ich habe ihr ein wenig aus Lucians und Lunas Vergangenheit erzählt."

„Oh, was denn so?", fragte Serena neugierig und nahm noch einen Schluck von ihrem billigen Fusel, bevor sie ihn wie selbstverständlich mir hinhielt.

„Wie die beiden sich getrennt haben, Merlin und mich verwandelten, nur um später wieder zusammenzukommen." Sie verzog das Gesicht.

Serena wedelte mit ihrer Flasche herum und endlich nahm ich sie ihr ab. Wenn ich hier schon nicht wegkam, schadeten eins, zwei Schlucke auch nicht. „Was war das eigentlich für ein Vorfall?", fragte ich und konnte nicht glauben, dass ich nicht schon früher nachgehakt hatte. „Du meintest vorhin, es gab einen Vorfall und deswegen waren Lucian und Luna nicht zusammen, als Merlin und du verwandelt wurdet. Er hat mit ihr schlussgemacht, oder?" Wahrscheinlich, weil ihm klar geworden war, dass die heißen Stunden der Zweisamkeit ihre nervige Persönlichkeit nicht aufwiegen konnten. Ich grinste.

„So würde ich es nicht nennen."

Mein Grinsen erstarb.

„Lucian hatte nicht vor, Luna zu verlassen. Er wollte lediglich nicht länger das ihr untergeordnete Geschöpf sein, sondern ein gleichwertiger Partner. Er war zwar erst einhundertdreißig, aber bereits ebenso mächtig wie sie. Der Tradition nach ist dies der späteste

Zeitpunkt, zu dem der Meister sein Geschöpf freigibt. Doch Luna weigerte sich."

„Wieso?", fragte Serena mit großen Augen.

Ich kam Marcelle zuvor: „Wahrscheinlich hatte sie Angst, er würde freiwillig nicht bei ihr bleiben. Schau dir die besitzergreifende Ziege doch an." Ups, ich sollte vielleicht etwas auf meine Wortwahl achten, sonst hieß es später noch, ich wäre betrunken.

Doch Marcelle nickte bestätigend. „Obwohl es damals noch keinen Inneren Kreis gab, der für Recht und Ordnung innerhalb unserer Gesellschaft sorgte, gab es doch gewisse Traditionen, an die sich die meisten hielten. Unter anderem auch die, dass ein Meister seinem Geschöpf als Start in sein eigenständiges Leben ein gewisses Grundkapital mitgibt. Das tat Luna natürlich nicht, als Lucian sie schlussendlich doch gegen ihren Willen verließ. Er stand also völlig mittellos da und musste außerdem fürchten, dass Luna aus Rache Lügen verbreitete, zum Beispiel, dass er sie habe töten wollen und sie ihn deshalb verstoßen habe. In diesem Fall wäre er seines Lebens nicht mehr sicher gewesen. Also wandte Lucian sich an Valentin und andere mächtige Vampire und erklärte ihnen, was geschehen war, um Luna zuvorzukommen. Diese Vampire berieten sich miteinander, um eine Lösung für Lucian und Luna zu finden. Das führte dazu, dass danach auch andere Vampire sie um Hilfe in Konfliktsituationen baten. Daraus entstand schließlich der Innere Kreis."

Serena nahm noch ein paar Schlucke. „Und die haben Lucian dann auch gleich ein paar Villen geschenkt, oder wie?"

„Das bezweifle ich."

„Und wo hat er die dann alle her? Wenn er von Luna nichts bekommen hat?"

Vortreffliche Frage, musste ich der Zauberin im Stillen zustimmen.

„Vortreffliche Frage", sagte Marcelle. „Das weiß leider keiner."

„Was?", fragten Serena und ich im Chor.

„Niemand weiß, wie Lucian schlussendlich zu Geld kam", erklärte Marcelle beinahe genüsslich. „Natürlich griff Valentin ihm ein wenig hier und dort unter die Arme, ließ ihn für sich oder andere mächtige Vampire arbeiten, aber faktisch war Lucian mittellos, selbst nachdem er mich bereits erschaffen hatte. Und dann – er war zu jenem Zeitpunkt bereits wieder mit Luna zusammen – kam er plötzlich zu Geld und ich bin mir ziemlich sicher, dass es nicht von Luna kam."

„Wahnsinn, das ist ja ein richtiges Mysterium!", kreischte Serena entzückt. Die Flasche war jetzt schon halbleer und die Spuren des Alkoholkonsums an Serena nicht mehr zu leugnen.

Nicht, dass mich nicht auch interessierte, was Lucian wohl getan hatte, um so plötzlich an Geld zu kommen. Ob es etwas Unerhörtes war, wofür er sich schämte und deshalb niemandem erzählte? Ich wollte gerade Marcelle nach ihrer Meinung fragen, doch als ich sie ansah, machte sie eine seltsam rollende Bewegung mit ihren Augen, so dass ich fürchtete, sie hätte eine Art Anfall. Dann wurde mir klar, dass sie zu der großen, metallenen Wanduhr schielte.

Ich erschrak. Schon drei! Mir lief die Zeit davon! „Sag mal Serena, du musst doch langsam müde sein."

„Was? Nein, wir haben doch gerade so viel Spaß, oder?"

Marcelle und ich nickten gehorsam. Ich musste Serena loswerden, es gab keine andere Möglichkeit. Wenn ich ihr die Wahrheit sagte, würde sie mitkommen wollen, aber in ihrem derzeitigen Zustand würden wir mit Sicherheit alle beide erwischt werden. „Und was ist mit Chris?", griff ich mit schlechtem Gewissen zu meiner letzten Trumpfkarte. „Wolltest du dich nicht bei ihm entschuldigen?"

Serena starrte mich wie vom Donner gerührt an. „Ja! Ich muss ihm sagen, was für eine Idiotin ich war!" Sie griff in ihre Tasche und zog ihr Smartphone hervor.

„Hier gibt's kein Netz", sagte ich schnell. „Und mal ehrlich, so was solltest du ihm auf jeden Fall persönlich sagen. Und was ist mit dem armen Menschen, dem du sein Boot geklaut hast? Das solltest du besser auch vor dem Morgen zurückbringen, der kann schließlich nichts dafür!"

Die arme Serena wurde immer kleiner und kleiner. Und es tat mir leid, wirklich, aber ich wusste einfach, wenn ich Serena jetzt nicht zum Gehen bewegte, würde sie auch den Rest der Nacht bleiben. Und mit Sicherheit nicht eine Sekunde die Augen zumachen.

„Du hast recht", murmelte sie endlich. „Ich darf mich vor diesem Gespräch nicht drücken." Sie stand auf und neuer Mut schien sie zu durchströmen. „Ich werde ihm sagen, dass ich ihn verstehe und ihm alle Zeit der Welt gebe!"

„Das ist grandios!", rief ich und meinte es so, sogar auf zweierlei Weise.

Auch Marcelle stand auf. „Ich bringe dich zum Boot. Wir wollen ja nicht, dass du dir in deinem Zustand das Genick brichst."

Während Serena lauthals verkündete, sie könnte sehr gut alleine gehen, warf Marcelle mir einen Blick zu.

Mit angehaltenem Atem ließ ich Serenas Abschiedsumarmung über mich ergehen und beobachtete dann, wie Marcelle die Tür für die Zauberin aufhielt. Ein weiterer auffordernder Blick aus den dunklen Augen und ich war allein. Marcelle hatte mir zum zweiten Mal den Weg zur Bibliothek geebnet.

„Ich bin müde!", jammerte Sassa, doch ich achtete nicht auf ihn, während ich durch die Gänge eilte. Ich hatte keine Ahnung, wie lange Valentins Besprechung noch gehen würde. Jeden Moment konnte es hier von Vampiren wimmeln und dann wäre alles, einschließlich Marcelles Opfer, umsonst gewesen.

„Und ich hab Hunger!"

„Dann geh dir halt was zu Essen suchen, ich brauche dich hier ohnehin nicht", fauchte ich und blieb vor der Tür zur *Bibliotheca* stehen. Andächtig strich ich über das glatte, dunkle Holz, als mich ein gackerndes Lachen zusammenzucken ließ.

„Arglose, blauäugige Zauberin", keuchte Sassa und schien sich gar nicht wieder einzukriegen. „Es wäre traurig, wenn es nicht so lustig wär."

„Geht der Spruch nicht andersrum?" Ich blickte noch einmal über die Schulter, versicherte mich, dass mich niemand beobachtete, dann drehte ich den Schlüssel. Die Tür schwang mit einem leisen Knarzen auf. Das Licht, das vom Flur aus in den Raum fiel, ließ ein paar Meter dunklen Parkettboden erkennen, dahinter lag die Bibliothek in völliger Dunkelheit.

„Du hast nicht zufällig eine Kerze mitgenommen?", fragte Sassa. Seine Stimme zitterte.

„*Du* kannst doch im Dunkeln sehen!", fuhr ich ihn an. Verdammt, wie sollte ich ohne Lichtquelle in dieser Bibliothek irgendwas finden, geschweige denn ein Buch über den Fluch?

„Trotzdem sind dunkle Räume irgendwie gruselig, findest du nicht?"

„Hör auf zu jammern. Sag mir lieber, ob du da drinnen irgendwo Kerzen und Streichhölzer siehst."

Mit hängenden Ohren hoppelte Sassa durch die Tür. Im nächsten Moment erstrahlte die Bibliothek in schwachem, künstlichem Licht.

„Ein Bewegungsmelder! Gut gemacht." Ich bückte mich, um Sassa den Kopf zu tätscheln, doch der warf mir einen so giftigen Blick zu, dass ich es lieber bleiben ließ. Eine abgebissene Hand konnte ich im Moment wirklich nicht gebrauchen.

Das dunkle Holz der Tür und des Fußbodens fand sich auch im Rest der Bibliothek wieder: In den Bücherregalen, die die kompletten Wände von oben bis unten bedeckten und keinen Millimeter Wand freiließen, in den Leitern, die an den Regalen lehnten und auch die höheren Fächer erreichbar machten, in der Treppe, die ins Obergeschoss führte und im Geländer, welches das obere Stockwerk zu einem runden Balkon formte, von dem man auf die untere Ebene hinabblicken konnte. Und alles voller Bücher. Es gab keinen halben Meter Raum, der nicht mit Regalen vollgestopft war.

„Wie soll ich hier was über den Fluch finden?" Panik stieg in mir hoch. Ich zog die Tür zu, doch wusste, das würde mich nicht davor bewahren, entdeckt zu werden, sobald die Versammlung zu Ende war. Jeder Vampir, der hier vorbeikam, könnte mich selbst durch die geschlossene Türe hindurch atmen hören.

„Okay, Bestandsaufnahme!" Während ich noch dabei war, die Unmöglichkeit meines Vorhabens zu verarbeiten, sprang Sassa plötzlich geschäftig umher, riss hier ein Buch aus dem Regal, dann dort und setzte seine Aktion schließlich im Obergeschoss fort. „Ich glaub, ich hab's!", rief er nach wenigen Minuten und kam zu mir zurückgehoppelt, ein zutiefst selbstzufriedenes Grinsen auf dem Gesicht. „War ja klar, dass so ein uralter Kerl seine Bücher nicht einfach willkürlich ins Regal stopft. Ich würde sogar behaupten, der Alte hat einen ernstzunehmenden Sortiertick. Oben stehen Bücher in Griechisch und Latein, hier unten die restlichen Sprachen, nach Regalen getrennt. Innerhalb jeder Sprache sind die Bücher noch mal nach Themen sortiert und dann wiederum nach Autor. Leichter hätte der Gute es uns nur mit einem Bilderkatalog machen können."

Immerhin etwas, doch ... „Oh mann, ich kann weder Griechisch noch Latein!" Auch kein Arabisch oder Chinesisch oder Aramäisch oder all die anderen bedeutsamen Sprachen von früher. Ich warf Sassa einen flehenden Blick zu.

„Was? Glaubst du, nur weil du ein bisschen mit den Wimpern klimperst, kann ich plötzlich Babylonisch lesen? Nur weil ich ein Dämon bin? Nee, Fräulein, so leicht wird's dir diesmal nicht gemacht."

„Schön", knirschte ich und lief die langen Regalreihen ab, die hier unten so dicht an dicht standen, dass ich mich gerade so zwischen ihnen hindurch schieben konnte. Ich begann bei den deutschen Büchern. Konzentriert fuhr ich dicke, dünne, reich verzierte, schlichte, helle, dunkle und bunte Buchrücken entlang. Hier und da zog ich eins hervor, blätterte es durch und stellte es enttäuscht zurück. Es gab hunderte Jahre alte Bände, ebenso wie Taschenbücher aus diesem Jahr. Die Themen erstreckten sich von Vampirgeschichte und Vampirgesellschaft über kommerzielle Vampirromane bis hin zu stinknormalen Kochbüchern.

„Das gibt's doch nicht", stöhnte ich, als ich die deutschsprachigen Regale fast durchhatte. Ein Titel über Flüche oder Vampirlegenden war nicht dabei gewesen. Und mir lief die Zeit davon. Ich blickte mich nach einer Uhr um, doch es gab keine. Wahllos zog ich ein riesiges, schweres Buch mit schwarzem Einband hervor, auf dessen Rücken kein Titel vermerkt war. *„Persönlichkeiten der Vampirgeschichte"* prangte in silbernen Lettern auf dem Deckel. Ich seufzte enttäuscht und hievte es hoch, um es zurückzustellen.

„Oh Gott, das *musst* du dir ansehen!", schrie Sassa in diesem Moment.

Ich ließ das Buch fallen. Mit klopfendem Herzen rannte ich durch die Regalreihen, bis ich Sassa auf dem Boden hockend vorfand, ein altes, gelb eingebundenes

Buch vor ihm, in der Hand ein Foto. Mit kugelrunden Augen blickte der Dämon zu mir hoch. „Das wird dich umhauen."

Ich warf einen Blick auf das Buch. „Dracula by Bram Stoker" stand in leicht verblichenen, roten Buchstaben auf dem ansonsten schlichten gelben Einband. Ich schlug es auf. Englische Erstausgabe von 1897. „Und?"

„Du wirst einen Herzanfall bekommen", sagte Sassa und hielt mir das Foto hin, mit der Rückseite zuerst. „From your eternally thankful friend, Bram", hatte jemand handschriftlich mit schwarzer Tinte darauf geschrieben. Ich drehte das Foto um. Und ließ es beinahe fallen. „Was ...?"

„Das lag zwischen den Seiten", erklärte Sassa. „Nenn' mich vorschnell, aber ich würde annehmen, dass einer von den beiden Bram Stoker ist."

Ich starrte auf die schwarz-weiß Fotografie, von der mir ein ernster Mann mit Vollbart und kleinen Augen entgegenblickte. Und daneben ... ein mindestens hundert Jahre jüngerer Lucian, dessen Gesicht ganz genauso aussah wie heute. Nur die Haare trug er offen, so dass sie sein Gesicht einrahmten. Auch er schien auf den ersten Blick ernst in die Kamera zu schauen, doch bei genauerem Hinsehen erkannte man das kaum wahrnehmbare zufriedene Lächeln auf seinen Lippen.

„Sag mir, wenn ich deine Erinnerungen falsch lese, aber damals, als du treulose Nudel nach dem Angriff auf unsere Kutsche mit dem Vampir in den Sonnenaufgang geschritten bist, statt nach mir zu suchen, hat er nicht behauptet, er kenne *Dracula* nicht?"

Und ob er das hatte. Dabei kannte er in Wahrheit den Autor persönlich, mehr noch, wurde von diesem als *Freund* bezeichnet?

„Bin mal gespannt, wie er sich da rausredet", kicherte Sassa. „Andererseits, wenn du hier erwischt wirst, spielt das wahrscheinlich auch keine Rolle mehr."

„Verdammt!", fluchte ich leise. Ich hatte jetzt keine Zeit für noch mehr von Lucians dunklen Geheimnissen. Ich stopfte das Foto in meine Jeanstasche und stellte das Buch unter Sassas Protest zurück ins Regal. „Ich wäre dir sehr verbunden, wenn du ab jetzt auch ein bisschen mithelfen könntest, statt irgendwelche Vampirromane zu lesen!"

„Aber es war gerade so spannend!"

„Ach komm, der Roman ist hundert Jahre alt, wie kann der spannend sein?", fragte ich und ging zurück zu der Stelle, wo ich das Buch über Vampirpersönlichkeiten hatte fallen lassen.

„Kaufst du mir *Dracula* zum Geburtstag? Biiiiitte!", bettelte Sassa.

„Dämonen haben Geburtstag?" Ich hob das Buch auf, das sich beim Sturz geöffnet hatte. Fluchend strich ich über die geknickten Seiten.

„Was denkst du denn, Doofie!" Er zögerte kurz, dann sagte er: „Tatsächlich haben wir sogar jede Woche Geburtstag."

Ich antwortete nicht.

„Hallo? Hast du gehört, was ich gesagt habe? Ich kriege jede Woche ein Geburtstagsgeschenk, plus das von letzter Woche! Ich weiß auch schon, was ich mir wünsche! Eine riiiiiiesige Käse-Geburtstagstorte und eine nagelneue Ausgabe von Dracula. Amelie?"

Ich war auf die Knie gesunken und starrte auf die Abbildung auf einer durch den Sturz verknickten Seiten. Es war keine Fotografie, sondern ein Gemälde. Es zeigte einen Mann und eine Frau, der Mann mit kurzem Pony und langem Schnurrbart, in einem Mantel, der auf der rechten Seite mit einer Spange geschlossen war, die Frau in einem goldplättchenbesetzten Kleid und mit einem Schleier, der ihr Haar verdeckte. Um den Hals trug sie eine Kette mit einem großen, runden Anhänger, auf dem die Blume des Lebens prangte.

„Oh", sagte Sassa, nachdem er ebenfalls ins Buch gespäht hatte. „Oh oh."

Ich fuhr mit einem zitternden Finger über die Beschreibung, die unter dem Bild stand, und las: *Herzog Arnulf (* 511; ** 534; † 735) mit seiner Menschin und Geliebten Iduberga. (* 714; † 777).*

„Warte mal, heißt das, die Menschenfrau hat länger gelebt als der Vampir?", fragte Sassa.

Ich ging aufmerksam die Zahlen durch. Wenn Herzog Arnulf ein Vampir gewesen war – wovon ich stark ausging, schließlich hieß dieses Buch *Persönlichkeiten der Vampirgeschichte* – gab ein Stern wahrscheinlich die menschliche Geburt und zwei Sterne die Verwandlung zum Vampir an. Und das Kreuz stellte bei beiden das Todesjahr dar. „Komisch." Eine dunkle Ahnung raubte mir fast die Luft zum Atmen. Schnell blätterte ich weiter. Jede Seite handelte von einem anderen Vampir, fast immer gab es eine Abbildung, meist von einer Person allein, doch manchmal auch von einem Paar. Die Mehrzahl dieser Paare bestand aus zwei Vampiren. Ich suchte Bild um Bild nach dem Amulett ab und wollte schon aufatmen, als ich es wieder sah. Am Hals einer jungen Frau, eigentlich noch ein Mädchen, deren mit einem Blumenkranz geschmückte, blonde Locken ihr lose über die Schultern fielen. Der Vampir neben ihr hatte für einen Mann ebenfalls ziemlich langes Haar. Sein bartloses, attraktives Gesicht blickte mich ernst aus der Abbildung heraus an.

Konstantin (999; ** 1027; † 1121) mit seiner Menschin und Geliebten Oda (* 1103; † 1145)*

Fahrig blätterte ich weiter. Da war das Amulett schon wieder. Diesmal am Hals einen jungen Mannes, daneben eine Vampirin, die ebenfalls vor ihrem menschlichen Geliebten gestorben war.

Was hatte das zu bedeuten?

Ich ließ das Buch von meinen Knien zu Boden gleiten, sprang auf und durchsuchte hastig eines der Regale, die ich zuvor schon durchgegangen war. Da war es!

Chronik der Magischen Gegenstände Band 3 – Frühes Mittelalter.

Gleichzeitig zog ich *Band 2 – Antike bis Römisches Reich* hervor und knallte es vor Sassa auf den Boden. „Such nach dem Amulett!", befahl ich und der Dämon folgte meiner Aufforderung ohne Murren.

Stille umfing uns, nur hin und wieder durchbrochen durch hastiges Seitenumblättern, und dann:

„Oh oh." Sassa zeigte mit seinem winzigen Finger auf eine Abbildung in seinem Buch. Ich riss es ihm weg und meine dunkle Ahnung wurde zur Gewissheit. Ich griff mir an den Hals, erwartete halb, das Amulett dort zu spüren. Jetzt wusste ich, wieso ich es nicht hatte behalten können. Wo dieser unerklärliche Drang hergekommen war, es loszuwerden. Irgendetwas in mir, ein Teil meiner Fähigkeiten vielleicht, musste seine dunkle Macht gespürt haben.

Blume des Todes lautete die Überschrift.

Ich überflog den Text, eine ganze, eng beschriebene Seite über Kims Amulett, bis ich zu einer Stelle kam, die mich die Luft anhalten ließ.

... war es angeblich ein Geschenk des allerersten Vampirs an seine menschliche Geliebte. Als er die alternde Menschin schließlich verließ, tötete sie ihn aus enttäuschter Liebe. Das Amulett, welches sie stets trug, wurde zu einem magischen Gegenstand, der seitdem Menschen dazu bringt, ihre Geliebten zu töten, sofern es sich bei jenen um Vampire handelt.

„Es gibt den Fluch tatsächlich", flüsterte ich aufgeregt. „Nur ist es gar kein Fluch, sondern ein magischer Gegenstand – Kims Amulett." Im Buch *Persönlichkeiten der Vampirgeschichte* waren alle Vampire vor ihren menschlichen Geliebten gestorben, sofern diese das Amulett getragen hatten. Bedeutete das …?

In diesem Moment ging das Licht aus.

„A-a-amelie", flüsterte Sassa und drängte sich an meinen Arm.

Es war stockdunkel, als hätte ich die Augen zugemacht. Ich hielt den Atem an und lauschte. Da! War das nicht ein Geräusch? Ich hielt den Atem an, doch hörte nichts. War es vielleicht einfach ein Stromausfall? Oder ein Mechanismus, der verhinderte, dass das Licht unnötig lange brannte? Ich richtete mich lautlos auf und schwenkte die Arme in der Hoffnung, den Bewegungsmelder zu aktivieren. Nichts.

„Ich glaube, da ist jemand." Sassas Stimme zitterte. Dann stieß der Dämon einen markerschütternden Schrei aus.

Etwas Hartes legte sich um meinen Hals. Ich schrie, doch kein Ton kam aus meinem Mund. Ich rang nach Atem, doch es war zwecklos. Der Druck hinter meiner Stirn wurde unerträglich. Dann war es vorbei.

KAPITEL 11

Röchelnd kam ich zu mir. Mein Hals! Das Atmen fiel mir schwer, so als würde noch immer etwas meine Kehle zusammendrücken.

Etwas Weiches berührte meinen Arm. Ich fuhr herum und schlug panisch danach. Sassa sprang erschrocken zurück. In diesem Moment fiel mir auf, dass das Licht wieder an war. Ich befand mich noch immer in der Bibliothek, lag auf dem kühlen, dunklen Holzboden, neben mir die Bücher über magische Gegenstände.

„Amelie, dein Hals ...“

Vorsichtig betastete ich die Stelle. Ohne einen Spiegel zu haben vermutete ich, dass das ein böses Hämatom geben würde, wenn es noch keins war. „Was ist passiert?“, krächzte ich.

„Es war schrecklich!“, keuchte Sassa. „Da war dieser Schatten und dann bekam ich einen Stoß und bin gegen das Regal geflogen! Warum hast du mir auch nicht befohlen, mich unsichtbar zu machen? Und dann hörte ich dich röcheln, aber es ging alles so schnell, und als ich endlich aufstehen und nach dir sehen konnte, war schon niemand mehr da! Und dann ging das Licht wieder an, einfach so.“ Er schüttelte sich. „Mein Gott, wir wären fast *gestorben*!“

Mühsam richtete ich mich auf. Erst jetzt sah ich, dass Sassa eine Holzlatte umklammerte.

„Zur Verteidigung“, erklärte er. „Falls er zurückkommt. Und ... äh ... eine von Valentins Leitern steht jetzt nicht mehr ganz so stabil ...“ Er strich verlegen über das spitze Ende der Latte, wo abgesplittertes Holz verriet, dass sie mit Gewalt abgebrochen worden war.

Ich stöhnte. Auch das noch. Mit dröhnendem Kopf stellte ich die beiden Bücher zurück. Selbst wenn wir hier rauskamen, ohne dass uns jemand sah – die kaputte Leiter würde Valentin sofort verraten, dass jemand hier gewesen war. Blieb nur zu hoffen, dass er sein Bücherzimmer nicht allzu regelmäßig einer Inspektion unterzog. Ob das mit dem Angriff Valentin gewesen war? War das seine Art, mir eine Lektion zu erteilen? Irgendwie wollte das nicht ganz zu dem Bild passen, das ich von dem Vampir hatte. Der Vampir, der die Tür zu seiner Bibliothek extra unverschlossen ließ, um seine Macht zu demonstrieren.

Aber wer sonst hätte einen Grund gehabt? Und wieso von mir ablassen, nachdem ich ohnmächtig geworden war? Wegen Sassa? Aber wozu das alles? Vom Nachdenken bekam ich noch mehr Kopfschmerzen.

„So oder so, wir verschwinden jetzt besser." Noch immer schmerzte jedes Wort. „Und sei so gut und lass das Leiterbein hier. Dass das jemand in meinem Zimmer findet, fehlt mir gerade noch." Ich hatte auch so schon genug Probleme. Jemand hatte mich angegriffen. Und ich konnte mit niemandem darüber sprechen, ohne meinen Einbruch in die Bibliothek zuzugeben. Am allerwenigsten mit Lucian, obwohl ich mich danach sehnte, von ihm in die Arme genommen zu werden. Überrascht stellte ich fest, dass ich zitterte. Ich schlang meine Arme um mich, doch das Zittern wurde nur noch heftiger. Plötzlich war mir schrecklich kalt. Was, wenn der Angreifer tatsächlich wegen Sassa von mir abgelassen hatte? Und es noch einmal versuchen würde?

Sassa starrte besorgt zu mir hoch. Noch immer umklammerte er die Holzlatte. Doch noch während ich dazu ansetzte, meine Aufforderung zu wiederholen, merkte ich, dass etwas nicht stimmte. Der Dämon sah gar nicht mich an, sondern starrte an mir vorbei. Zur Tür.

Ich fuhr herum. Und spürte Erleichterung, Sorge, Scham, alles auf einmal. Und noch etwas. Eine hässliche Empfindung, die ich nicht einmal in Worte fassen konnte.

Lucian starrte mich an, den Ausdruck in seinen Augen konnte man nur als fassungslos bezeichnen. Ihm schienen die Worte zu fehlen, etwas, das ich bei ihm noch nie erlebt hatte. Dann senkte sich sein Bick auf meinen Hals. Er machte einen Schritt auf mich zu. „Was ist geschehen?"

„Ich kann dir das erklären", setzte ich an, doch dieses merkwürdige Gefühl, das eben schon da gewesen war, bohrte sich nun noch tiefer in mein Inneres. „Ach, weißt du was? Eigentlich geht es dich gar nichts an."

Ich hörte Sassa nach Luft schnappen.

In Lucians dunkelblauen Augen vermischte sich Sorge mit Unverständnis und einem Hauch von Wut. „Wer hat das getan?"

Hatte er mir nicht zugehört? Aber das war typisch für Lucian. Es ging ja immer nur um ihn. Mir entwich ein bitteres Lachen. „Du gehst jetzt besser."

Doch Lucian rührte sich nicht. „Nicht, ehe du mir sagst, was mit dir geschehen ist."

„Genau, Hauptsache, *du* bekommst deinen Willen!" Meine Stimme überschlug sich. Er, er, er. Während Lucian sich in seiner Arroganz pausenlos um sich selbst drehte, konnte er doch gar keinen Gedanken an irgendjemand anderen erübrigen. Dieser Mann und eine Beziehung? Lachhaft!

„Amelie, was ist los mit dir?", rief Sassa, doch ich ignorierte ihn. Wie hatte ich nur so blind sein können? Vielleicht konnten Vampire sich ändern, selbst wenn sie schon hunderte Jahre alt waren. Doch dieser Vampir konnte es nicht. Er versuchte es ja nicht einmal!

Liebe? Was er darunter verstand, hatte mit echter Liebe rein gar nichts zu tun. Er hatte mir etwas vorgemacht, von Anfang an. „Geh!“, zischte ich. Dieses merkwürdige Gefühl, für das ich keine bessere Beschreibung fand als kalten, bodenlosen Zorn, wurde immer stärker. Wenn ich noch länger in dieses heuchlerische Gesicht blicken musste, konnte ich für nichts mehr garantieren.

Lucian machte einen Schritt auf mich zu. Er streckte die Hand nach mir aus.

Diese Geste, mit der er einmal mehr seine Selbstsucht zur Schau stellte, brachte das Fass zum Überlaufen. Mein Zorn entlud sich in einem Energiestoß, den ich gezielt gegen Lucian richtete.

Er konnte nicht mehr ausweichen. Im letzten Moment hielt er die Arme schützend vor sich und stemmte sich gegen die Energiewelle, die ihn mehrere Meter zurückstieß. Doch er schaffte es, das Gleichgewicht zu halten.

Ich bemerkte, dass ich grinste. Mein Gott, hatte das gut getan!

„Bist du verrückt geworden?“, kreischte Sassa.

Lucian sagte nichts. Noch nie hatte ich so viele Gefühle in seinem Gesicht gesehen. Eines davon war Furcht, realisierte ich mit Genugtuung. Ob es echte Furcht vor meinen Fähigkeiten war oder nur, viel wahrscheinlicher, Furcht davor, nun endgültig die Kontrolle über seine kleine Menschenfreundin zu verlieren, war mir egal. Ich weidete mich an seiner Bestürzung. „Du hättest eben auf mich hören sollen“, sagte ich genüsslich. „Aber das tust du ja ohnehin nie.“

„Amelie“, sagte Lucian mit dieser samtweichen Stimme, die mir sonst immer wohlige Schauer über den Rücken jagte. Jetzt machte sie mich nur noch wütender. „Was?“, schnappte ich.

„Lass uns darüber reden.“

Als wäre ich ein geistig verwirrtes Kind! Aber ich war nicht verwirrt, im Gegenteil. Ich war endlich aufgewacht. „Und worüber genau möchtest du reden, Lucian? Darüber, was du noch für Geheimnisse vor mir hast? Oder vielleicht darüber, wie peinlich es für dich vor den anderen Vampiren ist, wenn ich dir nicht gehorche? Warum schreibst du mir nicht einfach eine Liste mit Benimmregeln?"

Für einen Sekundenbruchteil sah ich, wie Lucian mit sich rang. Er wusste, er sollte nicht, doch er konnte nicht widerstehen. „Weil du dich ohnehin nicht daran halten würdest."

Lustig. Das fand ich wirklich. Kurz wurde mein kaltes Grinsen zu einem ehrlichen Lächeln, doch schon im nächsten Moment wurde es von einer Welle des Zorns fortgerissen. Wie konnte er es wagen?

Und während ich zu Sassa herumfuhr und mit meinen Fähigkeiten seine spitze Holzlatte fixierte, wusste ich plötzlich, was dieses merkwürdige Gefühl war, das sich seit Lucians Auftauchen in der Bibliothek immer tiefer in meine Seele fraß. Es war Hass.

„Nein!", schrie Sassa.

Dass Lucian überlebte, hatte er nur der Ungenauigkeit meiner telekinetischen Fähigkeiten zu verdanken. Lucian selbst tat nichts zu seiner Verteidigung. War es aus Überraschung, Arroganz oder einfach aufgrund der Tatsache, dass er sehen wollte, wie weit ich gehen würde, ich wusste es nicht.

Das spitze Ende der Latte bohrte sich durch Lucians Pullover und tief in seine Schulter. Lucian gab ein überraschtes Zischen von sich, während sein Blut den Stoff durchtränkte.

Ich fluchte und fixierte das Holzstück abermals. In diesem Moment stürzte sich Sassa auf mich. Kreischend stieß er seine spitzen Zähnchen und Krallen in alles, was er zu fassen bekam, durch meine Strickjacke und in die darunterliegende Haut. Ich wollte ihn packen, doch er war zu flink.

Aus den Augenwinkeln sah ich, wie Lucian die Latte aus seiner Schulter zog. Sein Gesicht war schmerzverzerrt.

Jetzt oder nie! Ich ließ von Sassa ab, konzentrierte mich auf das blutige Holzstück und riss es Lucian mit meinen Fähigkeiten aus der Hand. Einen Moment lang schwebte die Latte zwischen uns, als ich den Punkt auf Lucians Brust fixierte, unter dem sein Herz schlug. Diesmal würde ich es nicht verfehlen.

Ich grinste und stieß zu.

Mit einem schmerzhaften Ruck wurde etwas von meinem Hals gerissen. Ein kleiner Gegenstand fiel klirrend zu Boden. Ebenso wie die Holzlatte, keinen Zentimeter, bevor sie Lucians Brust durchbohrt hätte.

Sassa ließ von mir ab und sprang zu Boden.

Verwirrt stand ich da und hob langsam den Blick, bis er an Lucians Schulter hängen blieb, aus der noch immer sein Blut floss.

Es war, als wäre ein Bann gebrochen worden.

Ich machte einen Schritt zurück, dann noch einen. Schwindel überkam mich, ich stolperte. Benommen fiel ich auf die Knie. Mein Blick verschwamm. Ein Schluchzen entwich mir, noch bevor die Tränen zu laufen begannen. Was hatte ich getan? Was hatte ich *fast* getan? Die Schluchzer wurden immer heftiger, das einzige Geräusch in der ansonsten totenstillen Bibliothek.

Sassa schob sich in mein Blickfeld. Er hielt mir sein ausgestrecktes Händchen vor die Nase. Darin lag ein kleiner Gegenstand. Ich blinzelte und plötzlich erkannte ich durch den Tränenschleier, was es war: Kims Amulett.

„Das hast du um den Hals gehabt", erklärte Sassa mit ungewöhnlich sanfter Stimme. „Ich hab's runter gerissen. Es war nicht deine Schuld."

Ich streckte die Hand aus. Doch kaum berührte meine Fingerspitze das kalte Metall, zog ich sie zurück, als hätte ich mich verbrannt. Niemals wieder würde ich dieses Ding anfassen.

Endlich schaffe ich es, Lucian ins Gesicht zu sehen.

Er stand noch immer an derselben Stelle, beobachtete die Szene zwischen mir und Sassa mit unbeweglicher Miene. Nichts an seiner Haltung oder Mimik deutete mehr darauf hin, dass er Schmerzen hatte und doch wusste ich, dass es so war.

Der Gedanke trieb mir abermals Tränen in die Augen. „Es tut mir so leid“, flüsterte ich. „Was ich gesagt, was ich getan habe. Was ich beinahe getan hätte.“

„Hör nicht auf sie“, mischte sich Sassa ein und richtete, zum ersten Mal seit ich ihn kannte, das Wort an Lucian. „Wie ich schon sagte – aber irgendwie hat hier ja jeder die Angewohnheit, mir nicht zuzuhören: Es ist nicht die Schuld von Amelie, sondern von diesem Ding hier!“ Er baute sich vor Lucian auf und hielt ihm das Amulett entgegen. Lucian ging vor dem Dämon in die Hocke und betrachtete das Schmuckstück aufmerksam.

„Nicht!“, schrie ich.

Doch Lucian hatte bereits nach der Kette gegriffen und hielt sie so, dass das Amulett vor seinem Gesicht baumelte.

„Leg es wieder hin“, flehte ich. „Wir wissen nicht, was es noch für Kräfte hat.“

„Ein magischer Gegenstand?“, fragte er, ohne mich anzusehen.

„Ja. Und euer Vampirfluch. Wir haben es in einem Buch gefunden, da stand ...“ Weiter kam ich nicht. Lucian hatte das Amulett achtlos auf den Boden fallen lassen. Im nächsten Augenblick kniete er neben mir und zog mich in seine Arme. Drückte mich so fest an sich, dass sich meine Schulter in seine Verletzung bohrte.

Ich versuchte, mich von ihm zu lösen. „Deine Wunde ...“, sagte ich, doch Lucian reagierte nicht. Hielt mich nur fest und bettete seine Wange an meine Stirn. Ich gab den Kampf auf und schmiegte mich an ihn. Wieder begannen meine Tränen zu laufen. Lucian wiegte mich, bis meine Schluchzer verebbten. Er strich mir übers Haar. Dann gab er mir einen Kuss auf die Stirn, bevor er schließlich weit genug von mir abrückte, um mir ins Gesicht sehen zu können.

Er schien etwas sagen zu wollen, dann legte sich sein Blick auf meinen Hals. Sanft, beinahe ohne meine Haut zu berühren, strich er über die Stelle, an der mein Angreifer mich gewürgt hatte.

„Was ist geschehen?“

Die Sorge in den blauen Augen, seine Nähe, die Erleichterung, dass es nun vorbei war – all das trieb mir abermals Tränen in die Augen. Ich riss mich zusammen und begann mit zitternder Stimme zu berichten. Erzählte Lucian von meinem Vorhaben, mehr über den Vampirfluch zu erfahren und was wir schließlich in den Büchern herausgefunden hatten. Jetzt wusste ich aus erster Hand, wie das Amulett tatsächlich wirkte. Mir wurde ganz schlecht bei dem Gedanken, dass vor mir schon so viele andere Menschen dieses Amulett getragen hatten. Und aufgrund seiner dunklen Macht plötzlich angefangen hatten, ihren Vampirgeliebten oder ihre Vampirgeliebte zu hassen. So sehr, bis sie sie schließlich töteten.

Als ich von dem Angriff erzählte, verdüsterte sich Lucians Blick. „Wer immer das war, muss mir das Amulett umgelegt haben, als ich ohnmächtig war“, sagte ich nachdenklich.

„Ihr habt nichts gesehen?“, fragte Lucian. Sein Blick richtete sich auf Sassa.

„Der Angreifer war zu schnell“, sagte der Dämon beleidigt. „Er hat nur ein paar Minuten gebraucht, um

Amelie außer Gefecht zu setzen, ihr das Teufelsding umzulegen und wieder zu verschwinden."

Lucian und ich sahen uns an. Ich wusste, dass er dasselbe dachte wie ich. Es musste ein Vampir gewesen sein.

„Außer mir selbst haben nur zwei andere die Besprechung verlassen", sagte Lucian. Seine Stimme klang gepresst, sein Gesicht war eine einzige Miene der Fassungslosigkeit. „Marcelle und ..."

Mit einem leisen schabenden Geräusch öffnete sich die Bibliothekstür. Wir fuhren herum.

Es dauerte bis ich das Bild, das sich mir bot, begreifen konnte. Lucians vor Wut sprühende Augen, die die Person im Türrahmen fixierten. Die Person selbst, die seelenruhig die Tür hinter sich schloss und Kims Amulett vom Boden aufhob.

Merlin.

Er betrachtete das Amulett wehmütig. „Zu schade", sagte er. „Es wäre perfekt gewesen."

Ich wünschte, er würde von der Tür weggehen. Plötzlich fühlte ich mich seltsam eingesperrt in dieser Bibliothek, deren einziger Ausgang von Merlin blockiert wurde. Aber es war doch nur Merlin. Der Merlin, der mir nichts als Freundlichkeit entgegengebracht hatte, seit ich ihn kannte. Der Merlin, der mich unterstützt hatte, wo er konnte, der mir ... der mir den Hinweis gegeben hatte, dass ich in dieser Bibliothek etwas über den Fluch herausfinden könnte. Außer Marcelle hatte nur er gewusst, dass ich hier sein würde.

Mein Atem beschleunigte sich, während ich ungläubig den Vampir musterte, der mir in so kurzer Zeit zu einem so guten Freund geworden war. Unter dem silberblonden Haar waren die grauen Augen auf mich gerichtet. Resigniert. Traurig.

Ich hatte ihm das Amulett selbst gegeben. Bevor wir aus dem Spukhotel abgereist waren.

Ich schüttelte ungläubig den Kopf. Das konnte alles nicht sein.

„Es tut mir so leid, Amelie." Merlin blickte mir unverwandt in die Augen. „Ich kann dich wirklich gut leiden."

„Nein", sagte ich einfach.

Lucian schoss vor und presste Merlin, eine Hand an dessen Kehle, gegen die Wand. „Was hast du getan?", zischte er.

„Hör auf!", rief ich und sprang auf. Verzweifelt versuchte ich, Lucian von Merlin wegzuzerren. Letzterer tat nichts, um sich zu wehren.

„Ich liebe dich wie einen Bruder, Lucian", sagte er. „Was ich getan habe, werde ich mir selbst niemals verzeihen. Und doch ist es das einzig Richtige."

So plötzlich wie Lucians sich auf ihn gestürzt hatte, ließ er wieder von ihm ab. „Du bist von Sinnen", spie er ihm entgegen.

„Vielleicht."

In meinem Kopf drehte sich alles. „Du hast mir das Amulett gegeben, als wir, nachdem der Bund uns angegriffen hatte, nach den Tätern gesucht haben", versuchte ich, Sinn in die ganze Sache zu bringen. „Hast du ... wolltest du ..." Ich riss mich zusammen. „Hast du da bereits gehofft, ich würde es umlegen?" Und Lucian töten.

Merlin nickte.

„Aber woher wusstest du über seine Kräfte Bescheid?", fragte ich. Das ergab doch alles keinen Sinn. „Wenn du es zufällig dort draußen gefunden hast ..." Ich brach ab und kam mir unglaublich naiv vor. An Merlins Blick sah ich, dass ich mit meiner Vermutung richtig lag. „Du hast nur so getan, als hättest du es gefunden. Du hattest es schon vorher. Aber wie ..." Plötzlich fügten sich die Puzzleteilchen zusammen. Kim, die sich wand, als ich sie fragte, wem sie das Amulett gegeben hatte.

Ihre Reaktion, als ich ihr unterstellte, es mit jemandem vom Bund getauscht zu haben. „Du bist der Verräter …“, sagte ich ungläubig. „Du arbeitest mit dem Bund zusammen. Du warst es, der ihnen verraten hat, wann und wo sie uns am besten angreifen können!“

„Ach, Amelie“, seufzte Merlin und kurz blitzten seine Augen so spitzbübisch auf wie eh und je. „Es gibt keinen Bund mehr. Ihr habt ihn zerschlagen, schon vergessen? Und was von ihm übrig ist, hat im Moment sicher andere Sorgen, als sich um euer Bündnis zu kümmern.“

„Aber …“

„Fast kann er einem leidtun“, fuhr Merlin mit wehmütigem Lächeln fort. „Als wir angegriffen wurden, gab es nicht den geringsten Hinweis auf den Bund und trotzdem wurde er schneller zum Sündenbock gemacht, als irgendjemand eine andere Theorie vorbringen konnte.“

„Du warst es, nicht wahr?“, fragte Lucian mit schneidender Stimme. „Du steckst hinter dem Angriff. Du wolltest das Bündnis zerschlagen, noch bevor es Zustandekommen konnte.“

„Ich wollte nichts dergleichen“, gab Merlin gleichmütig zurück. „Meine Güte, ist denn keinem von euch aufgefallen, was dieser *Angriff* wirklich war? Ist keinem von euch aufgefallen, dass niemand verletzt wurde? Das Ganze war eine Farce.“

„Eine …“, wiederholte ich tonlos, ohne den Sinn hinter Merlins Worten wirklich zu verstehen.

„Eine Inszenierung. Nichts weiter. Die Hexen wollten doch so gerne zeigen, was sie können.“

Die Hexen?

„Auch sie können einem leidtun. Nicht, dass ich besonders viel für diese bienenhafte Eifrigkeit übrig hätte, aber sie in eurem Hochmut einfach auszuschließen?“ Merlin sah mich an. „Ich würde sagen, was das angeht, habt ihr bekommen, was ihr verdient.“

„Die Hexen haben den Angriff inszeniert?“ Ich starrte fassungslos in die grauen Augen, die plötzlich nichts Wehmütiges mehr an sich hatten, sondern unnachgiebig zurücksahen.

„Fairerweise muss ich zugeben, dass es meine Idee war. Ich brauchte dieses Amulett, seht ihr? Als diese Hexe eines Tages bei mir im Hotel aufkreuzte und von einem magischen Gegenstand faselte, den sie kurz zuvor in irgendeinem Kaff gekauft hatte, hörte ich nicht mal richtig hin. Sicher, ihre Theorie, dass es Vampire durch die Hand derer menschlichen Geliebten tötet, *war* interessant, aber zu jenem Zeitpunkt war ich anderweitig beschäftigt. Natürlich wusste ich da noch nicht, dass sich das bald ändern sollte.“ Ein tieftrauriger Ausdruck legte sich auf sein Gesicht.

„Diese Hexe war Kim, nicht war?“ Sie war aufgrund meiner Zukunftsvorhersage nach Rumänien gereist, das hatte sie mir im selben Gespräch erzählt, in dem sie mir das Amulett gezeigt hatte.

Merlin nickte. „Die ehrgeizigste von allen. Als ich feststellte, dass ich dieses Amulett *unbedingt* brauchte, war es ein Leichtes, sie davon zu überzeugen, es mir zu geben. Ich musste ihr nur das bieten, was sie sich am allermeisten wünschte: In euer Bündnis aufgenommen zu werden. Also plante ich diesen Angriff, den die eine Hälfte der Hexen inszenierten, während die andere Hälfte den hilflosen Vampiren und Zauberern zu Hilfe eilte mit ihrem Rauchhokuspokus, den Tränkchen und Ritualen. Es war so offensichtlich, dass ich fürchtete, jemand würde dahinter kommen. Denn denkt mal darüber nach: Niemand hat die Angreifer kommen hören. Wieso? Weil sie natürlich schon da waren, unter dem Vorwand auf der Versammlung sprechen zu wollen. Und später konnte niemand die Angreifer entdecken, weil sie zu dem Zeitpunkt schon längst wieder im Hotel waren und sich unter ihre Freunde gemischt hatten.“

Ich streckte die Hand aus, um mich an einem Bücherregal abzustützen. Wie betäubt starrte ich in das vertraute Gesicht, wünschte mir, er würde sein typisches schelmisches Lächeln aufsetzen und erklären, das alles sei nur ein Scherz. „Dann warst du es, der mich heute hier angegriffen hat?" Meine Stimme zitterte. „Du hast mir das Amulett umgelegt?"

„So ist es."

„Aber wieso?", schrie ich fast.

Bevor Merlin etwas sagen konnte, kam Lucian ihm zuvor: „Um mich zu töten." Lucian nahm die Augen keine Sekunde lang von Merlins Gesicht. „Nun fügt sich alles zusammen. Dass du gegen meinen ausdrücklichen Wunsch Amelie nach Rumänien gelockt hast. Und warst du es nicht ebenfalls, der sie aufforderte, uns auf Valentins Anwesen zu begleiten?"

„Er war es auch, der mir den Hinweis mit der Bibliothek gegeben hat", sagte ich.

Lucian nickte. „Du hast Amelie angegriffen und ihr das Amulett umgelegt." Seine bisher auffallend ruhige Stimme bebte kaum merklich. „Das Amulett, von dem du nur allzu genau wusstest, was es bewirkt: Dass es Menschen, die einen Vampir zum Gefährten haben, dazu bringt, diese zu töten."

Die beiden Vampire starrten sich an. Doch keiner von ihnen strahlte Feindseligkeit aus. Merlin hatte wieder diesen wehmütigen Ausdruck auf dem Gesicht und Lucian ... obwohl er sich offensichtlich alle Mühe gab, jegliche Regung aus seiner Mimik zu verbannen, war seine Enttäuschung unübersehbar.

„Wieso?", rief ich verzweifelt. „Du hast selbst gesagt, dass Lucian wie ein Bruder für dich ist!"

Merlins Blick richtete sich auf mich. Seine grauen Augen waren leer. „Weil ich entschieden habe, dass meine Rache an ihr wichtiger ist als meine persönlichen Empfindungen. Ich musste sie rächen."

Rache an ihr ... sie rächen ... Was er sagte, ergab überhaupt keinen Sinn. Ob Lucian recht hatte und Merlin einfach ... verrückt war?

„Narr! Wenn der Innere Kreis von deiner Intrige erfährt ...“

„Hätte es doch einfach funktioniert ...“, murmelte Merlin bekümmert. „Der ganze Aufwand, dich nach Rumänien zu locken ...“ Er lächelte mich an. „Aber du hast die dunkle Macht des Amuletts gespürt, nicht wahr? Deshalb hast du es mir zurückgegeben, ohne es auch nur einmal anzulegen. Und selbst, nachdem ich es dir persönlich umgehängt hatte ... es scheint, als wollte das Schicksal euch beide beschützen, nicht wahr?“

„Genug von deinem verirrten Geschwätz!“ Lucian machte einen Schritt auf Merlin zu. „Dein Spiel ist aus. Jiashan trug einst die Verantwortung für dich und sie wird diejenige sein, die nun entscheidet, wie mit dir zu verfahren ist.“

„Nein“, zischte Merlin. Das ruhige, traurige Gesicht verzerrte sich zu einer Maske des Hasses.

Lucians schüttelte müde den Kopf. „Es ist vorbei.“

„Im Gegenteil“, sagte Merlin. „Es hat gerade erst begonnen.“

Mir lief ein Schauer den Rücken hinunter.

Merlin hob das Kinn und blickte Lucian in die Augen. „Laut den Regeln des Inneren Kreises gibt es eine Möglichkeit, einen anderen Vampir zu töten, ohne, dass es eine Bestrafung nach sich zieht.“

Lucian schien, als wollte er etwas sagen, doch Merlin sprach unbeirrt weiter: „Daher fordere ich, Merlin, dich, Lucian, nach den offiziellen Regeln des ehrwürdigen Inneren Kreises zu einem Duell auf Leben und Tod heraus.“

KAPITEL 12

„Nein!", rief Lucian, doch da stürzte Merlin sich bereits auf ihn. Sie rollten über den Boden, bis Lucian Merlin zu fassen bekam und ihn so heftig von sich stieß, dass dieser mit dem Rücken gegen eines der Bücherregale krachte.

„Nein!", rief Lucian abermals, während Merlin sich aufrappelte. „Ich kämpfe nicht gegen dich."

„Wieso?", fragte Merlin schrill. „Was muss ich noch tun?"

„Du könntest mich niemals so sehr erzürnen, dass ich dich töten wollte."

Merlin schüttelte traurig den Kopf. „Dann werde ich dich töten. Sieh es ein, du kannst meine Angriffe nicht ewig abwehren. Dafür bist du zu geschwächt, Bruder. Ich kann sehen, dass du zu lange nicht getrunken hast. Auch wenn es mich innerlich zerreißt: Ich werde dich töten, wenn du mir nicht zuvorkommst. Das bin ich ihr schuldig. Einer von uns beiden wird den Sonnenaufgang nicht mehr erleben, Lucian." Er griff wieder an. Sie rangen miteinander, fast bewegungslos maßen sie ihre Kräfte, bis es Lucian abermals gelang, Merlin von sich zu stoßen. Doch weit weniger kraftvoll als zuvor. Merlin schaffte es, auf den Beinen zu bleiben. Mit einem riesigen Satz sprang er hoch und sauste auf Lucian herunter. Lucian wich zurück, doch Merlin bekam ihn zu fassen und riss ihn mit sich. Sie rollten kurz über das Parkett, bis Merlin die Oberhand gewann und Lucian unter sich zu Boden presste. Seine Zähne blitzen auf, als er die Lippen zurückzog. Sein Kopf schoss vor, zielte auf Lucians Hals, als plötzlich ein Bücherregal umfiel und die beiden Vampire unter sich begrub. Einen Wimpernschlag später tauchten die beiden an unterschiedlichen Stellen wieder auf.

Sie lebten beide noch! Meine Augen suchten Lucians Körper nach Verletzungen ab, doch außer seinem zerrissenen Pullover, der die Haut an seinen Armen und seinem Oberkörper entblößte, und einem dünnen Rinnsal hellen Blutes, das von seinem Hals hinabrann und sich im Stoff verlor, schien er unverletzt zu sein. Außer natürlich der Wunde in seiner Schulter, die ich selbst ihm zugefügt hatte und die noch nicht ganz verheilt war.

„Beeindruckend, deine telekinetischen Fähigkeiten", bemerkte Merlin.

Telekinetische Fähigkeiten?

„Aber wie lange noch reicht deine Kraft, um sie zu benutzen?"

Ich starrte erst Lucian an, dann das Bücherregal, das ohne irgendjemandes Zutun auf die beiden Vampire gefallen war. Natürlich. Ich hatte es damals in Chris' Vampirbuch gelesen, als ich mich auf meine Mission vorbereitet hatte, Lucian zu töten: Einige sehr mächtige Vampire entwickelten im Laufe ihres Lebens telekinetische Fähigkeiten. Nur hatte ich bis jetzt nicht gewusst, dass Lucian einer von ihnen war. In meinem Beisein hatte er diese Kraft nie angewendet, nicht einmal beim Kampf gegen den Bund. Aber damals hatte er es ja auch nur mit Menschen und nicht mit einem ebenbürtigen Gegner zu tun gehabt.

Und Merlin war ihm tatsächlich ebenbürtig, wurde mir mit Schrecken klar. Obwohl Lucian bislang keine größeren Verletzungen davongetragen hatte – ich wusste, dass das, was Merlin gesagt hatte, stimmte. Lucian war geschwächt. Der Vampir, der außer Atem vor Merlin stand war nicht mit dem zu vergleichen, der es vor einigen Wochen mit zwanzig Bundmitgliedern gleichzeitig aufgenommen hatte.

Was, wenn er verlor? Ich musste ihm helfen!

Doch kaum hatte ich auch nur einen Schritt auf die Kämpfenden zu gemacht, schoss Lucians Kopf herum. „Nein, Amelie", sagte er sanft. „Du mischst dich hier nicht ein. Bitte."

Mir schossen vor Hilflosigkeit Tränen in die Augen.

„Oh Gott, oh Gott", wimmerte Sassa.

Diesmal war es Lucian, der angriff. Allerdings nicht physisch. Die Augen fest auf Merlin gerichtet, stand er reglos da, während hinter Merlin die Regalreihen zu schwanken begannen. Lucian atmete schwer und er zitterte am ganzen Körper. Der Einsatz seiner telekinetischen Fähigkeiten schien ihm den letzten Rest seiner Kraft abzuverlangen.

In dem Moment, in dem Merlin begriff, was Lucian vorhatte, fielen die langen Regalreihen auch schon um wie Dominosteine. Merlin versuchte auszuweichen, doch wurde vom letzten Regal und seinem Inhalt auf Hüfthöhe getroffen und stürzte. Die gesamte Bibliothek bebte unter Lucians Macht. Der Boden, die Regale im Obergeschoss, das Geländer ... vor allem das Geländer.

Merlin brauchte nur einen Augenblick, um sich von dem Regal und den Büchern zu befreien. Dieser Augenblick genügte Lucian. Es gab ein ohrenbetäubendes Krachen, als das Holzgeländer barst. Im nächsten Moment schossen die Stangen, aus denen das Geländer bestanden hatte, auf Merlin zu. Er war zu überrascht, um zu reagieren. Die Geschosse zu schnell. Mir blieb nicht einmal Zeit um zu schreien. Ich konnte nur die Augen aufreißen, als sieben meterlange Stangen auf Merlins Körper zurasten.

Da stand plötzlich Luna vor ihm. Die Stangen bohrten sich alle gleichzeitig in ihren Körper. Einen Augenblick schien die Zeit stehengeblieben zu sein. Im ganzen

Raum war kein Laut zu hören, keine Bewegung wahrnehmbar. Wir alle starrten Luna an, die mit einem überraschten Ausdruck auf dem hübschen Gesicht ins Leere blickte.

Dann sank ihr gepfählter Körper zu Boden. Doch irgendwie schaffte sie es, sich auf den Knien zu halten. Sie lebte noch. Obwohl sieben blutige Pfähle aus ihrem zierlichen Oberkörper ragten und kaum eine Stelle unversehrt gelassen hatten. Das Herz schien nicht getroffen worden zu sein. Aber selbst ich wusste, dass eine solche schwere Verletzung tödlich für einen Vampir war.

„Nein", stöhnte Merlin und sank seinerseits auf die Knie. „Nein, nein, nein", wimmerte er, die Augen fest auf seine Meisterin gerichtet, die ihm das Leben gerettet hatte.

Luna wankte. Ein dünnes Rinnsal Blut lief ihr aus dem Mund und ihr blasses Kinn hinab. Bevor sie fiel war Lucian bei ihr und stützte sie. „Scht", machte er und strich ihr übers Haar. Dann packte er eine der Stangen und zog sie mit einem Ruck aus Lunas Körper. Die Vampirin riss die Augen auf und gab einen gurgelnden Laut von sich.

„Lass mich helfen." Ich wusste nicht, ob das, was Lucian tat, Luna wirklich helfen konnte, oder ob es die Tat eines Verzweifelten war. Lucian nickte mir zu und während ich Luna stützte, zog Lucian die Stangen eine nach der anderen aus ihrem Körper. Bei der fünften schloss sie die Augen. Ihr Kopf fiel zur Seite. Ich legte eine Hand an ihren Hinterkopf, unter ihr volles, schwarzes Haar, hob ihn an, doch es war zwecklos.

„Lass mich", sagte Lucian leise, als alle Stangen neben uns auf dem Boden lagen. Lunas Oberkörper war ein einziges Schlachtfeld aus Blut und offenen Wunden. Von ihrem einst so verführerischen schwarzen Kleid waren nur noch Fetzen übrig.

Lucian nahm seine leblose Meisterin in die Arme. Wie ein kleines Kind hielt er sie so, dass ihr Gesicht in seiner Halsbeuge lag. Mit einem Arm hielt er ihren Körper fest, mit der anderen Hand strich er ihr übers Haar, während er auf sie einflüsterte. Was er sagte, konnte ich nicht verstehen.

Sekunde um Sekunde verstrich, ohne, dass Luna sich rührte. Auch Merlin hatte den Kopf gehoben und verfolgte, wie Lucian darum kämpfte, ihrer beider Schöpferin zurück ins Leben zu holen.

Dann, plötzlich, sah ich eine Bewegung. Ohne die Augen zu öffnen, schmiegte Luna ihr Gesicht enger an Lucians Hals. Bewegte ihre Lippen Millimeter um Millimeter höher, als würde sie etwas suchen. Dann biss sie plötzlich zu.

Lucians Gesicht spannte sich vor Schmerz an, doch mit der Hand presste er Lunas Gesicht gegen seinen Hals.

Luna trank mit geschlossenen Augen. Und jeder Schluck schien sie ein bisschen mehr ins Leben zurückzuholen. Bald hing sie nicht mehr reglos in seinen Armen, sondern setzte sich auf und schlang ihre Arme um ihn, klammerte sich an Lucian, während sie immer weiter trank.

„Nein. Nein!", schrie ich, als plötzlich Lucians Hand kraftlos zu Boden sank. Er schloss müde die Augen und ließ sich nach hinten sinken, bis er auf dem Boden lag.

„Hör auf!" Ich stürzte mich auf Luna und versuchte, sie von Lucian wegzuzerren. Krallte mich an den blutigen Fetzen ihres Kleides fest. Die Haut darunter war verheilt. „Nein!", schrie ich, „Du bringst ihn um!", und zerrte mit aller Kraft an Lunas zierlichem Arm.

Und sie ließ tatsächlich los. Mit blutigen Lippen und verschmiertem Kinn richtete sie sich auf und sah mich an. „Keine Sorge", raunte sie, ihre Stimme satt und tief. Die Augen hatte sie halb geschlossen, als würde sie noch immer den Geschmack von Lucians Blut auf ihrer Zunge auskosten. „Er ist schwach, aber er wird leben." Sie seufzte wohlig und lächelte mich breit an, glücklich mit sich und der Welt.

So beunruhigend Lunas von Lucians Blut hervorgerufener Rausch war, ich hatte nur Augen für Lucian. Ich wollte mich an Luna vorbeischieben, wollte zu ihm, da sah ich etwas aus den Augenwinkeln. Eine Bewegung von dort, wo Merlin eben noch gekniet hatte. In Lucians Richtung. Ich reagierte, noch bevor ich bewusst begriffen hatte, was los war. Mit meinen Fähigkeiten packte ich Merlin und er wurde tatsächlich langsamer. Im selben Moment entglitt er mir bereits wieder, er war zu stark und ich zu schwach. Mit einem Schrei stürzte ich mich mit meinem Körper auf ihn, umklammerte ihn, tat alles, um ihn davon abzuhalten, sich Lucian zu nähern. Merlin wand sich, griff nach mir, doch ich krallte mich eisern an ihn. Dann bekam er irgendwie meinen Hals zu packen und riss mich herunter. Im selben Moment legten sich von hinten zwei kleine Hände um Merlins Hals. Ich konnte Luna nicht sehen, da sie so viel kleiner war als Merlin, doch wusste, dass es ihre Hände waren.

„Lass sie los", verlangte Lunas Stimme ruhig.

Merlin rührte sich nicht. Noch immer hatte er seine Hand an meiner Kehle, doch ich hatte wieder Boden unter den Füßen, konnte atmen. Merlin hielt mich noch immer am Hals fest, ja, doch drückte gerade fest genug zu, dass ich nicht sprechen konnte.

„Lass sie augenblicklich los oder ich töte dich." Lunas Stimme war nun lauter und es klang, als hätte sie Angst.

Angst um mich? Angst davor, ihre Drohung wahr machen zu müssen?

„Tu dir keinen Zwang an …", sagte Merlin ruhig. Dann ließ er mich plötzlich los.

Ich wankte, fiel zu Boden.

Merlin sprang hoch, über Luna hinweg, machte sich bereit, sich auf Lucian zu stürzen. Da prallte Luna gegen ihn, aus vollem Sprung. Merlin wurde so heftig gegen die Wand geschleudert, dass der ganze Raum erbebte. Sein Körper fiel zu Boden und hinterließ einen tiefen Riss in der Wand. Kaum hatte Merlin sich mühsam hochgerappelt, war Luna bereits über ihm und presste ihn zu Boden. Sie strich ihm über die Wange, zärtlich wie eine Mutter, dann nahm sie seine Hand, drehte sie mit der Innenseite nach oben und fuhr mit ihrem spitzen Fingernagel kurz und heftig längs über sein Handgelenk.

Merlin keuchte auf, als sein Blut zu spritzen begann.

Ich robbte zu Lucian und nahm seine Hand. Seine Augenlider flatterten, dann sah er mich mit seinen wunderschönen Augen an.

Ich lächelte. „Es ist vorbei", sagte ich und strich ihm übers Haar. „Alles wird gut."

Lucian versuchte, sich aufzurichten. Ich half ihm, stützte seinen Oberkörper mit meinem. Die Hände ineinander verschlungen schauten wir zu Merlin und Luna hinüber.

Eine Blutlache hatte sich neben den beiden gebildet. Mittlerweile musste Luna Merlin nicht mehr am Boden halten.

„Es ist meine Schuld, nicht wahr?", flüsterte Luna.

Irgendwie brachte Merlin selbst jetzt noch ein zynisches Lachen zustande. „Nicht doch, oder hast du mir etwa je einen Grund dazu geliefert?"

„Viele. Und doch hatte ich nie den Eindruck, dass du mich dafür so hasst, dass du ..." Ihre belegte Stimme brach. „... dass du mir das Liebste nehmen willst."

Merlin wandte das Gesicht ab.

Rache an ihr ... kamen mir seine Worte wieder in den Sinn. Rache an Luna. Indem er ihr das Liebste nahm. Lucian.

„Wieso?", drängte Luna.

„Tu nicht so, als wüsstest du es nicht." Merlins Stimme war nur noch ein Röcheln.

Luna führte sein Handgelenk an ihre Lippen und küsste es. Dann leckte sie über die Stelle, aus der das Blut hervorquoll. Die Wunde schloss sich augenblicklich.

„Wieso?", fragte sie noch einmal.

„Casandra ...", hauchte er.

Casandra ... war das nicht der Name seines Geschöpfes? *Sie rächen ...*

Merlin bäumte sich mit letzter Kraft auf und schrie Luna an: „Du hast sie getötet! Obwohl ich sie für dich weggeschickt habe, hast du sie getötet!" Dieser Ausbruch schien seine letzten Energiereserven aufgebraucht zu haben. Er sank erschöpft zurück.

„Nein ...", stammelte Luna. „Sie ist tot? Davon wusste ich nichts. Ich habe ihr nie ein Haar gekrümmt, glaub mir." Eine Träne lief ihr übers Gesicht.

Merlin schüttelte schwach den Kopf. Auch er weinte. „Selbst wenn das stimmt ... so bist du doch ... schuld ... an ihrem Tod." Merlin schloss die Augen und rührte sich nicht mehr, während Luna über ihm stumme Tränen vergoss.

Ganz zart kündigte sich bereits die Morgendämmerung an, als wir, einer Trauerprozession gleich, den Weg entlang zur Fähre schritten. Luna mit dem bewegungslosen Merlin in den Armen vorweg, dahinter Lucian und als letztes ich und Sassa.

„Ist er ...?", fragte ich.

Lucian schüttelte langsam den Kopf. Selbst diese kleine Geste strengte ihn an. Vermutlich sollte er noch gar nicht auf den Beinen sein, aber er hatte es sich nicht nehmen lassen, Luna auf diesem Gang, was immer es auch war, zu begleiten.

„Er wird sich erholen. Doch vorerst wird er schlafen und es Jiashan leicht machen, ihn von hier wegzubringen.“

Ich nickte. Vermutlich würde Valentin über die Ereignisse nicht gerade erfreut sein. Merlin hatte versucht Lucian zu töten – mehrmals. Anscheinend etwas, das der Innere Kreis nicht tolerierte. Andererseits ... war es nicht seltsam, dass Valentin uns einfach so hatte ziehen lassen? Der Lärm des Kampfes musste doch im gesamten Gebäude zu hören gewesen sein. Dass er nicht einmal gekommen war um nachzusehen, fand ich schon sehr eigenartig. Das sagte ich Lucian.

„Als Vorsitzender des Inneren Kreises wäre er verpflichtet, Merlin für seine Taten zu töten. Andererseits hat er nicht das geringste Interesse daran, irgendetwas zu tun, worunter Jiashan zu leiden hätte. Um deine Frage zu beantworten: Ich bin mir sicher, er weiß Bescheid. Doch manchmal ist es besser, so zu tun, als befände man sich im Ungewissen.“ Damit holte er zu Luna auf und begann, sich flüsternd mit ihr zu unterhalten.

Die Fähre stand schon bereit, als wir das Ufer erreichten. Luna hievte Merlin an Deck und lehnte ihn mit dem Rücken gegen das Geländer.

„Wohin bringst du ihn?“, fragte Lucian. „Nach Osten? China?“

Ein winziges Lächeln stahl sich auf Lunas Gesicht. „Du kennst mich einfach zu gut.“

„Du wirst Hilfe benötigen.“

„Ich komme zurecht.“ Sie ließ Merlins reglosen Körper kaum eine Sekunde aus den Augen.

„Du hast kaum Kontakte in Europa, du weißt nicht, wem du trauen kannst und wer dich an den Inneren

Kreis verraten wird." Lucian berührte sie am Arm und endlich schenkte sie ihm wieder ihre Aufmerksamkeit.

Seltsam. Eine solche Geste hätte mich noch wenige Stunden zuvor vor Eifersucht kochen lassen. Jetzt empfand ich nur noch Mitleid für Luna, deren ganze Sorge ihrem jüngeren, ewig vernachlässigten Geschöpf galt.

„Geh nach Bukarest und wende dich an Mihai. Er ist ein alter Freund von mir und wird dir helfen, Europa zu verlassen."

„Ich danke dir", sagte Luna.

Lucian nickte ihr zu und wandte sich an den Fährmann. Während er leise auf ihn einsprach, richteten sich Lunas dunkle Augen wieder sorgenvoll auf Merlin.

Ich rang mit mir. Sollte ich ...? Eigentlich gehörte es sich ja. Und irgendwie ... jetzt, wo ich diese ganz neue Seite an Luna entdeckt hatte, käme es mir umso falscher vor, nichts zu sagen. Ich atmete tief ein und trat vor. „Hör mal ...", begann ich.

Entweder nahm Luna mich nicht wahr, oder sie ignorierte mich.

Ich räusperte mich.

„Was?", fragte sie, nicht gerade freundlich, ohne mir auch nur einen Blick zu schenken.

Ich riss mich zusammen. „Danke", sagte ich. „Du hast mich gerettet."

Endlich sah sie mich an. Mit spöttisch gehobenen Augenbrauen, als wollte sie sagen: *Echt jetzt!?*

„Denk, was du willst." Ich zuckte mit den Achseln. „Ich dachte nur, es gehört sich."

Luna schüttelte ungläubig den Kopf. „Keine Panik, kleine Zauberin, im Gegensatz zu einigen anderen – Anwesende eingeschlossen – habe ich nicht aus heiterem Himmel meine Zuneigung zu dir entdeckt."

„Warum hast du es dann getan?"

Sie seufzte, dann sah sie mir direkt in die Augen. „Weil ich wusste, dass Lucian mich eigenhändig und qualvoll töten würde, sollte ich dich sterben lassen, obwohl ich die Möglichkeit hätte, dein armselig kurzes Menschenleben zu retten."

Ich erschauderte. Denn ich zweifelte keine Sekunde an der Aufrichtigkeit ihrer Worte. „Schön, dass wir drüber geredet haben. Im Übrigen glaube ich nicht, dass Merlin mich getötet hätte." Ich dachte an seinen Griff um meinen Hals, der viel zu leicht gewesen war, um mir Schaden zuzufügen. Als ich ihn angriff, hatte er mich abschütteln wollen, nichts weiter. Und als Luna ihm drohte, ihn zu töten, sollte er mich nicht loslassen ... da war mir fast gewesen, als hätte er es aus genau diesem Grund nicht getan. Als hatte er es darauf angelegt, getötet zu werden. Merlin mochte mich, das hatte er selbst nach seiner Enttarnung noch gesagt. Und obwohl die ganze Sache zu schrecklich war, um irgendetwas Tröstliches daran zu finden, tat es irgendwie gut, zu wissen, dass ich mich zumindest in diesem Punkt nicht in Merlin getäuscht hatte.

Luna seufzte. „Aus mir ganz und gar unerfindlichen Gründen scheinen alle mir nahestehenden Männer einen Narren an dir gefressen zu haben, kleine Zauberin." Der schneidende Blick, mit dem sie mich von Kopf bis Fuß musterte, jagte mir eine Gänsehaut den Rücken hinunter. Sie machte einen Schritt auf mich zu. „Vielleicht interessiert es dich zu hören, dass ich meine Meinung bezüglich des Bündnisses geändert habe." Ihre braunen Augen blitzten unheilverkündend. „Tatsächlich halte ich ihn mittlerweile für eine ganz und gar fantastische Idee und gedenke, in Zukunft an seinem Aufbau mitzuwirken. Schon bald werden wir also viel, viel Zeit miteinander verbringen. Du, Lucian und ich." Sie lächelte und leckte sich über die Lippen, als hätte sie gerade etwas besonders Köstliches verspeist. Sie beugte sich vor. Ihr Haar strich über meine Wange, als sie mir ins Ohr flüsterte: „Ich bin unsterblich, kleine

Zauberin, ganz im Gegensatz zu dir. Die Zeit steht auf meiner Seite."

Stumm, doch mit bösem Blick, beobachtete ich, wie sie Lucian zum Abschied einen Kuss auf die Wange drückte. Sie bestieg die Fähre und setzte sich neben Merlin. Allerdings nicht, ohne mir noch ein spöttisches Zwinkern zu schenken.

Dann legte die Fähre ab. Und schon wenige Augenblicke später war sie nur noch als kleines Licht in der Dunkelheit zu sehen.

Schweigend legten Lucian und ich den dunklen Weg zu Valentins Anwesen zurück. Ich ging absichtlich langsam, denn es war offensichtlich, dass jegliche Bewegung Lucian noch immer große Anstrengung verursachte. Irgendwann hielt ich es nicht mehr aus und streckte meine Hand aus. Meine Finger berührten Lucians, strichen über seinen Handrücken, bis er meine Hand mit seiner umschloss.

„Es tut mir leid wegen Merlin", sagte ich. „Du musst unglaublich enttäuscht von ihm sein."

„Im Gegenteil", antwortete Lucian, die Stimme ungewohnt leise und bedrückt. „Ich kann sein Verhalten nachvollziehen. Womöglich hätte ich an seiner Stelle dasselbe getan. Wahrscheinlich unter Benutzung weniger hinterhältiger Methoden, aber was hatte Merlin für eine Wahl? In einem fairen Kampf hätte er mich nicht besiegen können."

„Aber wieso das alles?" Noch immer hatten sich die Puzzleteile in meinem Kopf nicht vollständig zusammen gefügt. Ich hatte Anhaltspunkte und Vermutungen, doch der Kreis hatte sich noch nicht richtig geschlossen. „Es hat etwas mit Merlins Geschöpf, Casandra, zu tun, nicht wahr?"

„Ja. Sie ist tot." Lucians sagte das mit solch tonloser Stimme, dass ich wusste, dass es ihm nahe ging.

„Kanntest du sie?"

„Flüchtig."

Und ich verstand. Es war nicht Casandras Tod an sich, der ihn berührte, sondern die Tatsache, dass Merlin sein Geschöpf verloren hatte. Ob er sich vorstellte, wie es wäre, wenn Marcelle sterben würde?

„Und Merlin gibt Luna die Schuld an Casandras Tod?"

„Er war davon überzeugt, dass Jiashan sie eigenhändig getötet hat, als er seinen Plan fasste. Ein durchaus naheliegender Gedanke. Jiashan schätzt keine Nebenbuhlerinnen."

Ich nickte. „Das hast du schon mal gesagt. Aber ich dachte ... na ja ... also, ich hatte nicht den Eindruck, dass Luna und Merlin sich besonders nahestehen."

„Nein", gab Lucian zu. „Bedauerlicherweise hast du recht."

Wir gingen schweigend weiter, bis Lucian schließlich weitersprach. „Jiashan hatte stets die Angewohnheit, sich Merlin nur zuzuwenden, wenn ich entweder nicht verfügbar war oder sie verärgert hatte. Nun ja, das war zuletzt vor einem Jahr der Fall." Er warf mir einen vorsichtigen Blick zu. „Ich habe es dir bisher nicht gesagt, aber es war vor einem Jahr, als ich mich endgültig von Jiashan löste."

Ich nickte wissend, bis mir klar wurde, dass Lucian gar nicht wusste, dass Marcelle mir das bereits verraten hatte. „Was? Vor einem Jahr erst?", tat ich überrascht.

Lucian musterte mich mit seltsamem Blick, doch fuhr fort: „Ihr gefiel es nicht, dass ich mich mehr mit der Vernichtung des Bundes als mit ihr beschäftigte. Wie gesagt, sie schätzt keine Konkurrenz."

„Einfach unglaublich!", stieß ich hervor.

Lucian seufzte. „Wer hat es dir verraten?"

„Was? Niemand!"

Er blieb stehen und schaute mich durchdringend an. „Diese Geschichte ist offensichtlich nicht neu für dich. Also?"

Ich würde schweigen wie ein Grab, da konnte er mich noch so sehr in Grund und Boden starren! „Marcelle", gab ich schließlich kleinlaut zu.

Lucians Augen verengten sich.

„Du wirst sie doch dafür nicht bestrafen, oder?"

Lucian legte den Kopf schief und tat, als müsste er überlegen. „Mal sehen ... sie lässt dich trotz meiner ausdrücklichen Anweisung allein und das, obwohl sie von deinem Plan, dir Zutritt zu Valentins Bibliothek zu verschaffen, weiß. Was dazu führt, dass du angegriffen und Opfer eines verfluchten Amuletts wirst. Obendrein erzählt sie dir Dinge, welche zu erzählen ich ihr nie die Erlaubnis erteilt habe."

„Aber du wirst sie nicht bestrafen, oder?", wiederholte ich ängstlich.

„Interessant. Ich hätte es nie für möglich gehalten, dass ihr beide einmal Freundinnen werden würdet."

„Pff", machte ich. „So weit würde ich nicht gehen! Aber bitte tu ihr nichts, ja?"

Lucian lächelte genüsslich. „Tatsächlich habe ich mir bereits etwas für sie ausgedacht."

Mir lief es eiskalt den Rücken hinunter.

„Wünschst du nun zu hören, wie die Geschichte weitergeht oder möchtest du weiterhin mein Geschöpf in Schutz nehmen, was, nur zu deiner Information, nicht das Geringste an meiner Entscheidung ändert?"

„Ich finde das nicht in Ordnung!", schimpfte ich. „Sie hat nur getan, was sie für richtig hielt!"

„Und du kannst dich darauf verlassen, dass ich dies berücksichtigen werde."

„Schön."

Lucian setzte sich wieder in Bewegung, doch schwieg.

„Dann kannst du jetzt gerne weitererzählen", knirschte ich.

„Wie du wünschst." Ich meinte, ihn in der Dunkelheit leise lachen zu hören. „Nachdem Jiashan also vor einem Jahr plötzlich wieder allein war, suchte sie Merlin in seinem Hotel auf."

„Ich verstehe das trotzdem nicht", unterbrach ich. „Wenn sie doch eigentlich kein Interesse an ihm hat – wieso sucht sie sich nicht jemand anderen, um die Einsamkeit zu vertreiben. Das dürfte ihr doch nicht besonders schwerfallen." Nur allzu deutlich hatte ich immer noch Lunas puppenhaftes Gesicht und ihre sexy Outfits vor Augen.

„Sie mag mich ihm vorziehen, dennoch ist auch Merlin ihr Geschöpf. Sie hatte ihre Gründe, damals ausgerechnet ihn auszuwählen. Sie empfindet etwas für ihn."

„Nur eben nicht annähernd so viel wie für dich."

Der bittere Klang in meiner Stimme ließ Lucian lächeln. „Und ich dachte, wir wären über deine unbegründete Eifersucht hinaus."

„Unbegründet?", rief ich aufgebracht.

„Vollkommen." Lucian sah mich an. Seine blauen Augen glitzerten im Dunkeln.

Unter diesem Blick wurde mir so warm, dass ich am liebsten meinen Mantel ausgezogen hätte. Ich lächelte. „Okay", hauchte ich.

„Hallo? Ich bin auch noch da! Und *ich* würde gerne wissen, wie die Geschichte weitergeht!", krakeelte Sassa dazwischen.

Und der magische Moment war vorüber.

„Irgendwann wirst du diesen Dämon zurückschicken, nehme ich an?", fragte Lucian.

„Na klar, er will schließlich auch wieder nach Hause. Oder?" Doch der Dämon war plötzlich ganz still geworden und schaute demonstrativ in eine andere Richtung.

„Nun denn", seufzte Lucian. „Merlin nahm Jiashan also wieder auf, denn auch er liebt sie in gewisser Weise. Doch sie verlangte von ihm, Casandra wegzuschicken, obgleich sie noch sehr jung war. Wenn solch ein junges Geschöpf von seinem Meister verstoßen wird, ist es ohne Schutz. Jeder mächtigere Vampir, der skrupellos genug ist, könnte sie nach Belieben benutzen, könnte sie zu seiner Sklavin machen, wenn man so will."

„Aber … unternimmt denn der Innere Kreis nichts dagegen?", fragte ich fassungslos. „Dafür gibt es ihn doch!"

„Es ist wahr, der Innere Kreis hat einige Regeln aufgestellt, doch die Beziehung zwischen Meister und Geschöpf bleibt eine Grauzone. Sie sehen es nicht gerne, wenn jemand sein junges Geschöpf verstößt, doch gleichzeitig sind sie außerstande, den Meister zu zwingen, es wieder aufzunehmen. Viele von uns würden dies als allzu starke Einmischung verstehen. Wenn der Innere Kreis jedoch von solch einem verstoßenen Geschöpf erfährt, nimmt er sich häufig seiner an, bis es mächtig genug ist, eigene Wege zu gehen. Vielleicht hoffte Merlin, es würde Casandra ebenso ergehen."

„Aber sie ist tot." Ich schluckte. „Merlin hat recht, wenn er Luna dafür verantwortlich macht", sagte ich heftig. „Wie kann sie ihn zwingen, sein Geschöpf wegzuschicken, wenn das so gefährlich ist?"

„Gezwungen?", fragte Lucian überrascht. „Dazu hat Jiashan nicht die Macht. Merlin löste sich schon vor langer Zeit von ihr, sie kann ihn zu nichts mehr zwingen. Sie verlangte es, das ist richtig, stellte ihn vor die Wahl, entweder sie oder Casandra – und Merlin entschied sich für Jiashan. Ich vermute, es ist das, was für ihn am schwersten zu ertragen ist: Jiashan war zwar der Auslöser, doch Casandra war sein Geschöpf – es wäre seine Aufgabe gewesen, sie zu schützen."

„Aber …" Ich verstand gar nichts mehr. Wieso dann überhaupt das alles, wenn es im Grunde Merlins eigene Schuld war?

Lucian schien mir meine Verwirrung anzusehen. „Jiashan weiß sehr gut um den … *emotionalen* Einfluss, den sie auf Merlin noch immer ausübt und genau diesen machte sie sich zunutze."

„Trotzdem. Ich hätte nie gedacht, dass Merlin ihr dermaßen hörig ist. Auf mich wirkte er immer so unabhängig, vor allem von Luna."

„Die Liebe ist eine seltsame Sache", sagte Lucian nur.

„Was ist dann passiert?", fragte ich. „Wie hat Merlin überhaupt von Casandras Tod erfahren?"

Lucian zögerte kurz. „Nun, als Jiashan zugetragen wurde, dass ich den Bund besiegt hatte – und dabei eine Zauberin an meiner Seite gewesen war, von der man sich erzählte, dass sie mehr als nur mein Mensch sei – verließ sie Merlin, um sich selbst davon zu überzeugen und, wie ich vermute, falls nötig zu intervenieren. Merlin machte sich derweil auf die Suche nach Casandra und musste erfahren, dass sie nicht mehr lebte. Er konnte nicht in Erfahrung bringen, wer es getan hatte, daher fiel sein Verdacht auf Jiashan. Er vermutete, dass sein Wegschicken ihr nicht genügt hatte. Dass sie sichergehen wollte, dass Merlin seine Meinung nicht plötzlich änderte und Casandra ihr vorzog."

„Aber Luna sagt, sie war es nicht."

„Die Wahrheit werden wir wohl nie erfahren."

„Was glaubst du?"

„Ich glaube ihr."

Typisch, lag mir auf der Zunge.

„Es ist nicht ihre Art, zu lügen. Hätte sie es getan, würde sie es zugeben."

Ich schwieg. Ich hatte keine Lust, schon wieder einen Streit wegen Luna vom Zaun zu brechen. Sie war weg, das genügte mir für den Moment. Aber da war noch etwas. Ich konnte nicht den Finger drauf legen, was es war – doch etwas hatte sich verändert. Obwohl mir die heutige Nacht klarer als je zuvor gezeigt hatte, wie viel Luna Lucian bedeutete, machte mir meine Eifersucht nicht mehr annähernd so sehr zu schaffen wie zuvor.

Nicht, dass ich Luna jetzt besser leiden könnte – so weit würde es wohl nie kommen. Doch diese stechende Unsicherheit, die Angst, Luna könne Lucian mehr bedeuten als ich, war verschwunden.

Ich betrachtete Lucian von der Seite, wie er konzentriert einen Fuß vor den anderen setzte. Sein Gesicht zeigte keine Regung und doch zitterte sein Körper vor Anstrengung. Ich drückte seine Hand, die ich noch immer hielt und blieb stehen. „Ich hätte da eine Frage."

Lucian seufzte. „Ich vermute, dass du inzwischen ohnehin alles weißt, was es zu wissen gibt. Aber ich gebe gerne zu, dass du dir ein klärendes Gespräch mehr als verdient hast." Er lächelte.

„Das stimmt allerdings. Aber das ist nicht meine Frage."

„Dann bitte ich dich, mich nicht länger im Dunkeln zu lassen."

Ich nahm auch seine andere Hand und machte einen Schritt auf ihn zu. Sein Geruch umgab mich, die Wärme seines Körpers hüllte mich ein. Ich stellte mich auf die Zehenspitzen und legte meine Lippen auf seine. Ganz kurz, nur der Hauch eines Kusses. „Würdest du ...?" Verführerisch langsam strich ich mir die Haare nach hinten, entblößte meinen nackten Hals. Vielsagend blickte ich ihn an.

Sofort rückte Lucian von mir ab. „Ich danke dir vielmals für deine Sorge", sagte er steif. „Aber es geht mir gut."

„Versteh mich nicht falsch", sagte ich und schmiegte mich wieder an ihn. „Ich biete dir das nicht an, weil ich mir Sorgen um dich mache. Ich bitte dich darum, weil ich es will."

Lucians Augen funkelten. Ich wusste, dass er es wollte. Er senkte den Kopf und küsste mich, ebenso leicht wie ich zuvor, auf den Mundwinkel. Als ich mein

Gesicht drehte, um ihn richtig zu küssen, zog er sich zurück. „Ich glaube dir nicht, kleine Zauberin."

Ich konnte mich nur mit Mühe davon abhalten, frustriert aufzustöhnen. Da schaffte ich es endlich, mir einzugestehen, dass ich … *das* wirklich wollte und jetzt zierte sich ausgerechnet Lucian? Aber wahrscheinlich geschah mir das ganz recht, wo ich mich so lange nur darum gekümmert hatte, was andere von mir denken könnten, statt auf mein Gefühl zu hören. „Ich will es!", versicherte ich atemlos und schämte mich dafür, wie begierig ich klang. „Ich habe heute Nacht eine Menge verstanden. Ich *will* mit dir zusammen sein, mit allem, was dazu gehört. Wir werden nie ein normales Paar sein, es wird immer jemanden geben, der uns verurteilt und ich kann nicht so tun, als ob mir das egal wäre. Aber ich werde damit leben müssen, denn ich will dich. Und ich will diese Intimität, dieses unglaubliche Gefühl, und –"

Weiter kam ich nicht.

Lucian zog mich an sich, die Hand an meinem Hals, den Daumen an meiner Wange, und küsste mich. Stürmisch. Leidenschaftlich. So intensiv, dass die Welt sich zu drehen begann und ich nur eines wollte: Mehr. Als Lucian sich von mir löste, keuchte ich enttäuscht auf, doch lächelte gleich darauf voller Vorfreude, als ich Lucians Lippen an meinem Hals spürte. Er quälte mich, indem er meinen Hals küsste, endlos langsam, bis mir ein frustriertes Stöhnen entwich. Dann biss er zu. Und ich klammerte mich an ihn, tauchte mit Lucian ein in den Sog aus Leidenschaft und Glückseligkeit.

KAPITEL 13

Nie hätte ich gedacht, dass wir alle an unseren winzigen Küchentisch passen würden. Mein Blick schweifte von Lucian, der neben mir saß, über Valentin, Barbara, Serena bis hin zu Chris, der auf meiner anderen Seite Platz genommen hatte. Barbara sah unsicher zu mir, als Minute um Minute verstrich, in der niemand etwas sagte. Serena räusperte sich, doch Valentin schien davon keine Notiz zu nehmen.

Auch meine Nerven lagen blank. Das war es. Hier und heute würde entschieden werden, wie es mit dem Bündnis weiterging – wenn überhaupt. Dafür hatte Lucian die letzten Tage Valentin bearbeitet. Das heißt, nachdem er ihm mein Vergehen mit der Bibliothek gebeichtet hatte. Ich war froh, zu diesem Zeitpunkt bereits zurück in der Schauersiedlung gewesen zu sein, um meinerseits mit den Zauberern einige klärende Gespräche zu führen.

Doch Valentins Reaktion war überraschend milde ausgefallen. Nach allem, was Merlin sich geleistet hatte, und nachdem Luna mit ihm auf und davon war, hatten Lucian und ich damit gerechnet, dass Valentins aufgestauter Ärger sich in der Bibliothekssache entladen würde, doch nichts dergleichen. Anscheinend hatte Valentin geradezu zufrieden ausgesehen, was uns laut Lucian mehr Sorgen bereiten sollte, als wenn er meine Bestrafung gefordert hätte. Mittlerweile wussten wir natürlich, was dahinter steckte.

Nun war ich diejenige, die sich räusperte. Dieses Schweigen hielt ja kein Mensch aus. „Wenn ihr dann alle soweit seid ...", begann ich und warf Valentin einen

Blick zu, den er nicht erwiderte. Er wirkte, als stünde er über diesem Treffen in dieser erschreckend gewöhnlichen Umgebung und wahrscheinlich stimmte das sogar.

„Barbara wurde zur Sprecherin der Zauberer gewählt", erzählte ich. „Ich habe mich bei ihnen dafür entschuldigt, dass ich sie getäuscht habe, und mein Amt niedergelegt." Das wussten bereits alle hier Versammelten außer Valentin und Lucian. Mit Letzterem hatte ich in den vergangenen Tagen beinahe ebenso wenig geredet wie mit Ersterem.

Endlich sah Valentin mich an. Lauernd und mit dem Schatten eines triumphierenden Lächelns auf den Lippen. Doch noch würde ich ihm nicht geben, was er wollte. „Barbara, willst du?"

Sie nickte und ergriff das Wort. Dafür, dass sie nicht an die Anwesenheit von Vampiren gewöhnt war, klang ihre Stimme bemerkenswert fest. „Ich wurde zur neuen Sprecherin der Zauberer gewählt. Obwohl ich zugeben muss, dass ich dem Bündnis mit gemischten Gefühlen gegenüberstehe, habe ich mich entschlossen, die Entscheidung der Mehrheit zu überlassen." Sie sah mich an. „Dein Traum von einer großen, übernatürlichen Allianz scheint auf die anderen Zauberer abgefärbt zu haben. Die Mehrheit war dafür, es zu versuchen."

Das wusste ich natürlich schon, denn Serena hatte es mir gleich nach der Abstimmung verraten. Obwohl ich selbst an der Wahl nicht hatte teilnehmen dürfen, war es mir erlaubt gewesen, eine Art Rücktrittsrede zu halten. Und irgendwie musste ich es dabei geschafft haben, zu den anderen durchzudringen.

Abermals breitete sich Schweigen am Tisch aus. Valentin, dessen grauer Umhang hinter der Stuhllehne bis weit über den Boden fiel, sah noch immer mich an.

„Was ist mit den Vampiren?", platzte ich endlich heraus.

„Was ist mir dir?", stellte Valentin eine Gegenfrage. Ich wusste, worauf er anspielte. Und anscheinend hatte er nicht vor, mir die Entscheidung der Vampire mitzuteilen, bis ich selbst nicht eine gewisse Mitteilung gemacht hatte.

Ich seufzte. „Ihr erinnert euch alle, dass Valentin mich … nun ja, *gebeten* hat, Gesandte der Vampire zu werden? Eine Art Kontaktperson zwischen Zauberern und Vampiren mit dem Ziel, die Kommunikation zu erleichtern?"

Sie alle sahen mich an, doch kein Blick lastete so schwer auf mir wie Lucians. Ich hätte mit ihm darüber sprechen sollen, das wusste ich. Aber es war ja keine Zeit gewesen.

„Ich habe mich entschlossen, es zu tun."

Valentin sah höchst zufrieden drein, Chris schüttelte ungläubig den Kopf. Serena lächelte mich an, Barbara nickte mir zu. Nur Lucian zeigte keine Reaktion. Aber er wusste ja, dass ich keine andere Wahl hatte. Sicher hatte er unter den gegebenen Umständen nicht von mir erwartet, Valentins Angebot abzulehnen? Und ihn damit Valentins Strafe auszuliefern? Denn genau das war der Grund, wieso Valentin meinen Einbruch in die Bibliothek so gelassen aufgenommen hatte. Es war seine Chance, mich dazu zu zwingen, die mir von ihm zugedachte Rolle zu übernehmen. Wenn ich mich weigerte, so würde Lucian für mein Vergehen büßen müssen. Nicht, dass diese Gesandtenrolle eine unzumutbare Last für mich darstellte. Ich war nicht länger Sprecherin der Zauberer, ich brauchte eine neue Aufgabe, wieso sollte ich da nicht als Vermittlerin zwischen Zauberern und Vampiren agieren? Ich glaubte zwar zu wissen, was Valentin damit bezweckte – wahrscheinlich wollte er mich als eine Art Spionin missbrauchen, die ihm Informationen von Seiten der Zauberer zuspielte, um beim Bündnis immer schön die Oberhand zu behalten – doch er würde früh genug merken, dass er sich dafür die falsche Zauberin ausgesucht hatte.

„Dann möchte auch ich euch nicht weiter auf die Folter spannen“, sagte Valentin. „Auch wir haben uns dafür entschieden, es mit dem Bündnis zu versuchen.“

Ich war so erleichtert, dass ich mir ein großes Grinsen nicht verkneifen konnte. Lucian und ich tauschten einen Blick. Es war alles so gekommen, wie wir es uns gewünscht hatten. Vampire und Zauberer würden von nun an zusammen arbeiten.

Kurz schweiften meine Gedanken zu Kim und den Hexen. Sie hatte mich angefleht, heute hier vorsprechen zu dürfen, um sich bei uns allen offiziell zu entschuldigen. Ich hatte sie für ihren Mut bewundert, aber abgelehnt, und zwar zu ihrem eigenen Besten. Wer wusste schon, wie Valentins Reaktion ausfiel, wenn er plötzlich der Frau gegenüber stand, auf deren Konto es ging, dass auf ihn und seine Gefolgsleute brennende Pfeile niedergeregnet waren?

„Nun, wo das alles geklärt ist“, sagte Chris, „sollten wir anstoßen.“

Hatte ich das Meeting an unserem Küchentisch schon seltsam gefunden, war es doch nichts im Vergleich zum *Singenden Zombie*. Wie wir uns zu sechst in der abgedunkelten Bar um einen Stehtisch quetschten und versuchten, über die Gothic-Musik hinweg über die Führung des Bündnisses zu beratschlagen, war schlichtweg absurd. Während ich an meinem blutroten Drink nippte und immer wieder misstrauisch zu Chris hinüber schaute, wurde Valentin bereits zum dritten Mal von einer aufgeregten Touristin um ein Foto gebeten. Selbst schuld, er hatte seinen Umhang ja nicht zu Hause lassen wollen.

Ich hoffte nur, Sassa würde mir später keinen Vortrag halten, weil ich ihn einfach daheim gelassen hatte. Doch kaum dass wir uns alle an den Küchentisch gesetzt hatten, war er bereits mit einem lauten „Ist das langweilig!“ auf dem Sofa eingeschlafen.

Kaum zehn Minuten, nachdem wir den *Singenden Zombie* betreten hatten, suchte Chris unter kaum verständlichem Gemurmel die Toiletten auf. Den Blick auf die Tür des Männerklos geheftet, wartete ich ab. Dann wurde ich von Serena abgelenkt, die wissen wollte, wann wir das nächste Vorbereitungstreffen für das Bündnis ansetzen wollten. Als wir uns für einen Termin entschieden hatten, war Chris noch immer nicht wieder da.

„Du scheinst abgelenkt“, hauchte Lucian mir ins Ohr. Ein Kribbeln lief mir von der Stelle, an der sein Atem mich gestreift hatte, über den Nacken und den ganzen Rücken hinunter. Was tat ich hier überhaupt? Ich hatte Lucian seit Tagen nicht gesehen, wir hatten noch so viel zu besprechen, so viele Missverständnisse zu klären, so viel nachzuholen. Stattdessen führten wir hier diese absurde Bündnisdiskussion, auf die ich mich nicht einmal konzentrieren konnte, weil mir irgendetwas sagte, dass Chris etwas im Schilde führte. Und er war noch immer nicht von der Toilette zurückgekommen.

„Tut mir leid, ich muss was erledigen“, sagte ich und stand auf. Ich drückte Lucians Hand und wusste, dass er verstand. Der Rest, nun ja. Ich spürte Valentins indignierten Blick sogar noch auf mir, als ich den *Singenden Zombie* schon verlassen hatte. Ich schüttelte mich, um das Gefühl abzuschütteln, von Valentin beobachtet zu werden. Ob das von jetzt an immer so sein würde?

Als ich unsere Haustür aufriss, stieß ich fast mit Chris zusammen. Ich brauchte eine Sekunde, um die Situation zu erfassen.

„Das ist nicht dein Ernst, Christopher!“

„Was machst du hier?“, knurrte er mich an und versuchte, sich an mir vorbeizuschieben. Doch ich stand mitten im Türrahmen und Chris, mit seiner großen Reisetasche beladen, kam unmöglich an mir vorbei.

„Deshalb hast du vorgeschlagen, in den *Singenden Zombie* zu gehen!" Ich hatte doch gewusst, dass da was faul war. In letzter Zeit schien Chris sich ja kaum mehr für das Bündnis zu interessieren und ausgerechnet er schlug vor, darauf anzustoßen? „Damit du dich heimlich davonmachen kannst!" Ich war so außer mir, dass mir schwindelig wurde und ich mich am Türrahmen festhalten musste.

„Ich hätte dich morgen angerufen", murmelte Chris und stellte seine Reisetasche auf den Boden.

Schweigen breitete sich zwischen uns aus. Ich konnte ihn nicht ansehen und spürte, dass auch er zu Boden blickte.

„Wieso?", fragte ich schließlich.

„Ich dachte, ich trommel ein paar Zauberer aus anderen Ländern zusammen", antwortete Chris betont gut gelaunt. „Mache vielleicht eine Liste, wer alles interessiert ist, damit uns später die Organisation leichter fällt."

Ich schüttelte den Kopf. „Du willst das Bündnis doch gar nicht mehr."

„Das stimmt nicht."

„Ach ja?" Endlich sah ich ihn an. Doch sein Gesicht verriet mir nichts. „Erst sagst du, das mit den Vampiren sei eine schlechte Idee und jetzt willst du dich einfach so davonmachen, nur zum Besten des Bündnisses? Ohne mir oder Serena etwas davon zu sagen? Vielleicht wären wir ja mitgekommen!"

„Aber das will ich ja gerade nicht!", gab Chris zurück.

„Du gehst also", stellte ich fest. „Einfach so. Du bist gerade erst wieder zurückgekommen und jetzt gehst du einfach wieder." Ich schluckte, denn plötzlich hatte ich einen Kloß im Hals.

„Das ist meine Entscheidung."

„Und was ist mit Serena?", fragte ich mühsam beherrscht. Kaum war ich wieder zurück in der Schauersiedlung gewesen, hatte ich die Zauberin danach gefragt, wie ihr klärendes Gespräch mit Chris ausgefallen war, doch sie hatte nicht darüber sprechen wollen.

„Das haben wir geklärt."

Ich nickte langsam. „Gut, dann geh."

Chris versuchte, seine Überraschung zu verbergen, als er seine Reisetasche wieder schulterte. Ich trat zur Seite und gab die Tür frei.

Chris schritt zögernd hindurch. „Ich komme wieder", sagte er leise. „Vielleicht ist es dann anders." Er ließ die Tür hinter sich zufallen, doch ich schob einen Fuß dazwischen, stieß sie auf, und blickte Chris hinterher, wie er den Weg von unserem Haus in Richtung der Hauptstraße entlangging.

Ich rannte los. „Nein, geh nicht", keuchte ich und packte seinen Arm. „Es wird nicht anders sein. Nichts wird sich ändern, wenn du jetzt einfach verschwindest!"

Chris schüttelte mich ab. „Das weißt du nicht! Hier kann ich jedenfalls nicht bleiben, okay?"

„Und wieso nicht?", schrie ich. „Wieso kannst du nicht hier bleiben, bei mir und bei Serena? Wo könnte es einen besseren Ort für dich geben, sag mir das! Wir beide lieben dich nämlich, sogar wenn du dich aufführst wie ein Idiot!"

„Meinst du, das weiß ich nicht? Genau deshalb will ich doch hier weg!"

Ich setzte zum Sprechen an, doch Chris unterbrach mich. „Ich hab das nicht verdient, verstehst du? Du hast ja keine Ahnung, was ich alles getan hab, als ich beim Bund war! Und wofür? Für meinen ach-so-tollen Plan, bei dem du beinahe gestorben wärst!" Er lachte bitter auf. „Kannst du dir vorstellen, wie das ist? Zwei Jahre lang hab ich so getan, als gehörte ich zum Bund und jetzt, wo ich mein Ziel erreicht habe, weiß ich manchmal einfach nicht mehr, wer ich bin."

„Du bist einer von uns", sagte ich sofort. „Einer von den Guten. Ich meine, es war deine Idee, das Bündnis zu gründen!"

Chris schnaubte. „Ja, und weißt du auch warum? Weil ich mir etwas beweisen wollte. Dass ich nicht so bin, wie die vom Bund. Aber ist dir in letzter Zeit etwas an mir aufgefallen?"

Ich ahnte, worauf er anspielte, und schwieg.

„Anscheinend ist von meinen zwei Jahren beim Bund doch was hängengeblieben. Ich hasse Vampire, Amelie." Die braunen Augen verzweifelt aufgerissen, starrte er mich an.

„Das ist nicht wahr."

„Doch, das ist es."

„Du hast mit Vampiren zusammengearbeitet, um den Bund zu besiegen!", hielt ich dagegen.

„Weil ich keine andere Wahl hatte. Aber jetzt, wo das alles vorbei ist, wird es mir immer klarer. Du und Lucian, das Bündnis zwischen Vampiren und Zauberern – es widert mich einfach an." Er schüttelte den Kopf. In seinen Augen schimmerte es verdächtig.

Und ich wusste nicht, was ich sagen sollte.

„Siehst du?" Chris lachte bitter auf. „Dazu fällt dir auch nichts mehr ein."

„Hast du ... ich meine, wie war es denn, bevor du zum Bund kamst?"

Chris zuckte mit den Achseln. „Ich hatte keine Meinung über Vampire."

„Und jetzt hasst du sie?"

Er nickte.

Ich zuckte mit den Achseln. „Na und?"

„Na und?", fragte Chris ungläubig.

Ich nickte. „Dann hasst du Vampire eben. Es gibt viele andere, die das auch tun."

„Ja", sagte Chris zynisch, „und die versuchen gerade,
sich wieder zu sammeln um ihren Rachefeldzug zu planen. Der Rest vom Bund."

Ich schüttelte den Kopf. „Es gibt auch viele andere, die
Vampire nicht leiden können. Die ganze Sache mit dem
Blut und der Unsterblichkeit ist vielen suspekt, und
trotzdem machen sie deswegen keine Jagd auf Vampire. Es ist okay, Chris."

Er starrte mich ungläubig an.

„Deine Abneigung gegen Vampire macht dich nicht
zum schlechten Menschen. Auch wenn du das anscheinend glaubst."

Er schwieg. Doch ich konnte sehen, wie es hinter seiner Stirn arbeitete. Dann entspannten sich seine Züge
plötzlich. Und ich wusste, ich hatte etwas Richtiges gesagt. Etwas, das die Last, die Chris seit seiner Zeit beim
Bund schulterte, etwas verringert hatte.

„Trotzdem ist jemand wie ich wohl kaum die richtige
Person, um an einem Bündnis zwischen Zauberern und
Vampiren mitzuarbeiten", sagte er.

„Damit wirst du irgendwie klarkommen müssen."

Wir sahen uns an.

„Ich weiß nicht, ob ich irgendwann wieder so werde
wie früher", flüsterte Chris.

Ich lächelte. „Wir haben uns beide verändert. Aber
Hauptsache ist doch, dass wir wieder zusammen sind.
Den Rest schaffen wir schon irgendwie." Ich schluckte,
plötzlich hatte ich einen Kloß im Hals. Wie lange hatte
ich nach Chris gesucht und Angst gehabt, ihn nie wieder zu sehen. Ich trat einen Schritt vor und umarmte
ihn. Erst reagierte Chris gar nicht, dann strich er mir
unbeholfen über den Rücken. Mit einem peinlich berührten Lachen löste ich mich schließlich von ihm und
räusperte mich. „Außerdem scheint Serena den neuen
Chris aus irgendeinem Grund ziemlich anziehend zu

finden", sagte ich, um von dieser seltsamen Umarmung abzulenken.

Chris sprang nur allzu gerne darauf an. Er seufzte. „Um ehrlich zu sein, komme ich genau damit nicht klar."

Ich musste mir ein Lächeln verkneifen. Hier standen wir, draußen in der Nacht, Chris mit seiner Reisetasche, nachdem er einfach so hatte gehen wollen – und endlich schafften wir es, offen miteinander zu sein.

„Ich kann mich im Moment ja meist selbst nicht leiden. Was zum Teufel kann sie da an mir finden?"

„Vielleicht sieht sie etwas, das wir beiden nicht sehen?", schlug ich vor.

Chris blickte mich zweifelnd an. Dann lächelte er. „Ich glaube, ich werde es herausfinden."

Nachdenklich blickte ich Chris hinterher, als er in der Nacht verschwand. Nicht um zum Bahnhof zu fahren, sondern, um mit Serena zu sprechen. Vielleicht würde am Ende doch noch alles gut werden.

Seufzend schulterte ich die Reisetasche, die ich Chris in einem Anflug von Selbstlosigkeit angeboten hatte, zurück ins Haus zu tragen, und wäre fast über ein kleines Fellknäuel gefallen, das zu meinen Füßen saß. „Hast du etwa gelauscht?", fuhr ich den Dämon an. Ächzend schleppte ich das Monstrum von einer Tasche Schritt für Schritt zum Haus.

Sassa hoppelte schweigend hinter mir her.

Als wir die Tür erreicht und der Dämon immer noch nichts gesagt hatte, sah ich ihn prüfend an.

„Ich mag Chris irgendwie", sagte er. „Gut, dass du ihn nicht hast gehen lassen." Damit hüpfte Sassa an mir vorbei durch die Tür.

Ich starrte ihm überrascht hinterher. Und mir wurde das Herz schwer. Mit Sassa hatte ich ja auch noch ein gewisses Gespräch zu führen. Ich räusperte mich. „Hast du einen Moment?", fragte ich höflich.

„Äh ... eigentlich ..."

„Nur ganz kurz", drängte ich, doch da war Sassa schon aufgesprungen. „Sorry, hab noch was irre Wichtiges zu erledigen!" Er flüchtete zur Treppe, doch diesmal war ich schneller. Ich rannte ihm hinterher und bekam ihn mit einem Hechtsprung zu fassen.

„Bist du blöd?", keifte der Dämon und biss mir in die Hand.

Ich schrie, doch ließ ihn nicht los. „Wir. Müssen. Reden", presste ich hervor. Da sah ich, dass Blut aus dem Biss in meiner Hand quoll. Für eine Zehntelsekunde abgelenkt, nutzte Sassa die Chance und befreite sich aus meinem Griff.

Mit einem wütenden Schnauben rappelte ich mich auf und setzte dem Dämon nach, zwei Stufen auf einmal nehmend. Im Laufen zog ich mir meinen Mantel aus und warf ihn nach Sassa, kurz bevor er die Tür zum Flurschrank erreicht hatte. Während der Dämon noch überrascht um sich schlug, warf ich mich abermals auf ihn und fasste meinen Mantel zu einem Beutel zusammen. Sassa saß in der Falle.

„Bist du bescheuert? Ich bekomme keine Luft!"

Doch so leicht fiel ich nicht auf seine Tricks herein. Mussten Dämonen überhaupt atmen? Zugegebenermaßen hatte ich keine Ahnung.

Sassa jaulte und quiteschte.

„Ich glaube nicht, dass es sich so anhört, wenn jemand erstickt", ließ ich ihn wissen. Ich hob den Mantelbeutel hoch und schleppte ihn in mein Zimmer, verschloss die Tür von innen und baute mich davor auf, bevor ich den Mantel samt Sassa aufs Bett schleuderte. „Und jetzt *reden* wir."

Der Dämon rührte sich nicht. Ein ungutes Gefühl breitete sich in meinem Inneren aus. Er war doch nicht tatsächlich ...?

Ich hastete zum Bett und befreite Sassa aus meinem Mantel. Da schoss der Dämon an mir vorbei und zur Tür, sprang hoch und packte den Schlüssel.

„Du kleiner …!“ Ich schnappte ihn mir, als er gerade die Türklinke herunter drückte. „Was soll das?“, schrie ich ihn an und schleuderte ihn von mir, als er mich erneut beißen wollte. „Was kann denn *so* wichtig sein?“

Sassa funkelte mich schweigend an.

Ich atmete tief durch. „Du sagst mir jetzt sofort, was du die ganze Zeit treibst, wenn du dich davon machst, weil du angeblich etwas Wichtiges zu erledigen hast!“

Der Dämon schnaufte. Ich sah ihm an, dass er mir etwas entgegenschreien wollte, doch er hielt sich zurück. Und erstickte fast daran.

„Was sollte ein kleiner Dämon wie du schon für Verpflichtungen haben?“, stichelte ich.

„Verpflichtungen!“, spie Sassa aus.

„Was treibst du, wenn du verschwindest? Sag schon, ich befehle es dir!“

„Was ich treibe? Was ich *treibe*?“ Vor Empörung plusterte sich sein Fell auf. „Ich sag dir, was ich *treibe*! Ich versuch zu verhindern, dass mich eine gewisse Zauberin, der ich x-mal das Leben gerettet habe, in die Dämonenwelt zurückschickt. Undankbare Hexe!“

„Du …“

„Hast du eine Ahnung, wie viele Stunden ich im Flurschrank gehockt hab, weil du mich mal wieder auf meine Rücksendung ansprechen wolltest?“

„Oh“, machte ich.

„Was Intelligenteres fällt dir wohl nicht dazu ein!“

„Du … heißt das, du willst gar nicht zurück?“

„Was haben wir heute wieder eine schnelle Auffassungsgabe!“

„Aber … wieso?“

„Wieso, wieso! Es ist kompliziert“, ließ Sassa mich wissen und wandte mir den Rücken zu.

„Okay, wenn du es mir nicht sagen willst ..."
„Ich könnte zum Morddämon werden!"
Ich legte den Kopf schief, betrachtete das flauschige, braune Fellknäuel und schüttelte den Kopf. „Das ist nun wirklich absurd."
„Was weißt du schon!", spie er mir entgegen. „Auch die allerstärksten Morddämonen sahen irgendwann mal so aus wie ich. Sie haben alle so angefangen! Doch mit jeder Beschwörung wurden sie stärker, entwickelten sich weiter und irgendwann wurde sie zu Morddämonen. So läuft das bei uns in der Dämonenwelt."
„Oh", sagte ich bestürzt.
Sassa seufzte. „Echt jetzt?"
„Ich meine ... gibt es denn nichts, was du dagegen tun kannst?"
Sassa raufte sich das Fell.
„Verstehe."
Wir schwiegen einen Moment, bis ich mich räusperte und sagte: „Nur, damit ich das richtig verstanden hab ... du willst hierbleiben, damit du nicht Gefahr läufst, irgendwann zum Morddämon zu werden?"
„Nun ja ... ja." Doch er sah mir nicht in die Augen.
„Sassa?"
„Mein Gott, muss ich es denn aussprechen? Außerdem ... na ja ... bin ich ... ganz gern hier." Die letzten Worte flüsterte er.
„Oh", machte ich zum dritten Mal. Ich merkte, wie mir Tränen in die Augen traten. „Ich hab dich auch lieb."
„Das habe ich nicht –"
Ich schnappte mir den Dämon und drückte ihn.
„Lass mich ... sofort ... los!", kam es erstickt von Sassa. Doch als ich ihn schließlich freigab, schimmerten auch in seinen runden Äuglein Tränchen. Und ich hatte wieder etwas über Dämonen gelernt: Sie konnten weinen.

Sassa räusperte sich. „Ich .. ähm … hab übrigens mit Serena gesprochen. Sie meint, es gibt auch andere Zauberer, die Dämonen dauerhaft in dieser Welt behalten."

„Warte, Serena weiß davon? Dass du hierbleiben willst?"

„Sie hat mich eines Tages in der Abstellkammer gefunden", gab Sassa zu.

Sie wusste also die ganze Zeit, was los war. Deshalb ihr Drängen, dass ich mit Sassa reden sollte!

„Hat bemerkenswert dicht gehalten", meinte Sassa. „Hätt ich ihr gar nicht zugetraut."

„Und sie sagt, es spricht von magischer Seite nichts dagegen, dass du hier bleibst?", vergewisserte ich mich.

„Frau sie doch selbst, wenn du mir nicht glaubst!"

Ich sank auf die Knie.

„Hey, alles in Ordnung mit dir?"

„Ich denke schon."

Sassa würde wirklich hierbleiben. „Ich freue mich", hauchte ich.

Der Dämon grinste, nur um daraufhin ein lehrerhaftes Gesicht zu machen. „Das heißt aber nicht, dass ich von nun an in Dankbarkeit zerfließe und dich mit Samthandschuhen anfasse. Im Gegenteil! Dir tut es nur gut, wenn du jemanden hast, der dir immer mal den Kopf zurechtrückt. Und dich von deinen allerdümmsten Fehlern abhält."

„Oder mir zumindest hinterher sagt: *Ich hab's dir ja gleich gesagt.*"

„Genau."

Unter Sassas Protestgeheul nahm ich ihn erneut in die Arme.

So, zwei schwierige Gespräche hinter mir, jetzt würde ich auch noch das Letzte angehen. Lucian. Es war so viel zwischen uns vorgefallen … Luna, seine Lügen, unsere Streits, der Fluch, Merlin, meine Ernennung zur Vampirgesandten. Anstatt irgendetwas zu klären, hatte ich es ja das letzte Mal, als wir die Möglichkeit zum Reden gehabt hätten, vorgezogen, mich von ihm beißen zu lassen. Ich grinste. Ja, eindeutig die richtige Entscheidung.

Während Sassa in meinem Zimmer die Aufregung im Schlaf verarbeitete, ging ich hinunter ins Wohnzimmer. Ob die anderen noch immer im *Singenden Zombie* waren? Ich zog mir meinen Mantel über und trat aus dem Haus. Und schrie auf.

Die zwei dunklen Gestalten, die sich im Schatten der Hauswand herumdrückten, drehten sich zu mir um. „Was ...?", fragte ich mit überkippender Stimme, als ich Lucian und Marcelle erkannte. „Was macht ihr da?"

„Dasselbe könnte ich dich fragen", gab Lucian zurück. Sein Gesicht schimmerte elfenbeinfarben im Mondlicht, die Augen wirkten fast so dunkel wie sein Haar.

Misstrauisch beäugte ich Marcelle, die hinter Lucians Körper fast nicht zu sehen war. Nur der pompöse Rock ihres Kleides schaute rechts und links hervor.

„Mir war, als hattest du vor, mit deinem *Freund* zu sprechen und doch tauchte dieser schon vor einer Weile in diesem ... Etablissement auf. Allein, auf der Suche nach Serena." Er betrachtete mich abwartend.

„Ich wollte gerade los, dich suchen", schnappte ich und verschränkte die Arme. „Ich hatte noch etwas mit Sassa zu besprechen."

„Ah", sagte Lucian nur.

„Und was macht ihr beide hier vor meinem Haus? Im *Dunkeln*?" Meine Stimme war schon wieder verdächtig schrill.

„Nachdem du gegangen warst, lösten wir unsere kleine Versammlung auf. Ich blieb trotzdem an diesem unsäglichen Ort, um auf dich zu warten, bis dein *Freund* auftauchte und ich mich zu einer Unterredung mit meinem Geschöpf entschloss, denn dazu, wie zu vielem anderen, fehlte mir bisher die Zeit."

Dass er besonders geschwollen daherredete, wenn er unzufrieden mit mir war, wusste ich ja schon. Aber nur, weil ich ihn hatte warten lassen? Ich gab mir einen Ruck. „Tut mir leid."

„Entschuldigung angenommen." Er schenkte mir eines jener Lächeln, die mir den Atem nahmen und meinen ganzen Körper aufgeregt kribbeln ließen. „Und nun zu dir." Er wandte sich zu Marcelle um.

Das Gesicht der Vampirin zeigte wie immer keinerlei Regung. Doch ihre Finger strichen immer wieder in kleinen Bewegungen über ihr Kleid.

Und plötzlich fiel es mir siedend heiß wieder ein: Marcelles Bestrafung.

„Also, wenn ich was dazu sagen dürfte ..."

„Nein", sagte Lucian knapp.

„Aber sie hat wirklich nur helfen wollen!"

Marcelle starrte zu Boden, demütig, bereit, jede Strafe anzunehmen.

Ich würde das nicht zulassen! Marcelle würde nicht wegen mir bestraft werden! „Eigentlich hat sie es sogar für dich getan!", ereiferte ich mich. „Sie wusste, dass ich dem Fluch auf den Grund gehen wollte, und hat mich in die Bibliothek einbrechen lassen, damit wir beide unsere Beziehung wieder in den Griff bekommen!"

„Halt einfach den Mund", zischte Marcelle.

Betroffen starrte ich die Vampirin an, doch sie schaute immer noch zu Boden.

In diesem Moment streckte Lucian die Hand nach ihr aus. Er strich Marcelle sanft mit den Fingerknöcheln über die Wange, dann drehte er die Hand und öffnete sie. Ein einzelner, großer, alter Schlüssel kam zum Vorschein.

Marcelle starrte Lucian an, die Augen weit aufgerissen, ihr dunkelrot geschminkter Mund ein lautloses o.

„Ich weiß, du fragst dich schon seit geraumer Zeit, wieso ich dich nicht freilasse", sagte Lucian zärtlich.

„Obwohl du bereits seit einer Weile mächtig genug bist. Und es ist meine Schuld, denn ich habe es dir nie gesagt. Doch der Grund ist nun hinfällig. Also geh."

Langsam senkten sich Marcelles geweitete Augen auf den Schlüssel. „Das ist der Schlüssel ..." Ihre Stimme brach. „... des Anwesens in Frankreich. Aber ... wieso?"

Dieselbe Frage stellte ich mir auch, bis mir ohne Vorwarnung einfiel, was Lucian vor wenigen Tagen zu mir gesagt hatte. „Luna?", riet ich.

Lucian nickte. Er nahm Marcelles Hand und legte den Schlüssel hinein. „Ich konnte nicht riskieren, dass sie Rache nimmt für all die Jahre, in denen sie wollte, dass ich mich deiner entledige und ich es nicht getan habe. Für Jiashan waren das Jahrhunderte der Demütigung."

Marcelle schloss ihre Finger um den Schlüssel, so fest, dass ihre Knöchel weiß hervortraten. Als wollte sie sich versichern, dass er echt war. Sie schaute zu Lucian auf wie eine Ertrinkende. „Wieso jetzt?"

Lucian lächelte. „Ich vermute, Jiashan hat aus der Sache mit Merlin etwas gelernt. Und selbst wenn nicht ..." Er warf mir einen Blick zu. „... hat sie nun ein neues Objekt des Missfallens. Dir droht keine Gefahr."

Marcelle lächelte. Und als sie den Blick hob, sah ich Tränen in ihren dunklen Augen glitzern.

„Das Anwesen ist nun dein", sagte Lucian. „Ich weiß, es ist dein liebstes und du sehnst dich danach, in das Land deiner Geburt zurückzukehren. Auch ein nicht unerheblicher Geldbetrag wartet dort auf dich."

„Ich ..."

„Geh nun", befahl Lucian.

Ich wartete darauf, dass die beiden sich in die Arme fielen oder irgendwas Sentimentales über die zweihundert Jahre sagen würden, die sie zusammen verbracht hatten. Doch Marcelle nickte nur. Dann kehrte sie uns beiden den Rücken zu. Ohne ein Abschiedswort, den Schlüssel fest in ihrer Hand, ging sie.

„Das war … seltsam", sagte ich, als Marcelle außer Sichtweite war.

„So?", fragte Lucian, doch er wirkte abwesend.

„Willst du sie wirklich einfach so gehen lassen? Ohne ein *Danke*, ein *Mach's gut* oder *Meld' dich, wenn du angekommen bist?*"

„Erstens habe ich sie erschaffen, aus diesem Grund ist sie mir Dankbarkeit schuldig, nicht umgekehrt. Zweitens bin ich mir sicher, dass es ihr gut gehen wird, denn dafür habe ich gesorgt. Und drittens wird jetzt, wo sie frei ist, Kontakt zu mir das Letzte sein, was sie sich wünscht."

Ich blickte den Weg entlang, den Marcelle verschwunden war. Was Letzteres anging war ich mir nicht so sicher. Ob Lucian überhaupt wusste, wie sehr Marcelle an ihm hing?

„Du bist traurig", stellte ich fest.

„Absurd." Doch die dunkelblauen Augen wirkten stumpf.

Ich stellte mich auf die Zehenspitzen, umfasste sein Gesicht mit beiden Händen und küsste ihn. Mein Herz flatterte, als sich unsere Lippen berührten. Diesmal beanspruchte ich die Initiative für mich und Lucian ließ es geschehen.

Als ich mich von ihm löste, war der Glanz in seine Augen zurückgekehrt. Ich musste grinsen. Na also.

Lucian seufzte.

„Was ist?"

„Vermutlich wartest du auf eine Entschuldigung. Wegen Jiashan."

„Du meinst wegen deiner Heimlichtuereien?"

„Ich meine wegen Dingen, die ich dir nicht erzählt habe, weil ich es für besser hielt. Dinge, die niemanden außer mir etwas angehen und über welche zu reden ich niemandem schuldig bin. Also ja, wegen meiner *Heimlichtuereien*."

„Tut es dir denn leid?“

Er zögerte. „Ich habe Verständnis dafür, dass es dich enerviert.“

Nun … das war ja schon mal ein Anfang. „Hättest du mir von Anfang an gesagt, wer sie ist, hättest du mir eure Beziehung erklärt, hätte sie mich nicht so verletzen können und ich wäre nicht so eifersüchtig gewesen.“ Ich seufzte. „Und du dachtest wirklich, es sei besser, mir nichts zu sagen, um mich nicht unnötig aufzuregen?“ Jedem, der auch nur einen halben Meter weiter denken konnte, musste doch klar sein, dass so etwas niemals gut ausgehen konnte.

„Nun …“ Wieder zögerte er. „Das und …“

„Was?“

„Wie du schon sagtest: Ich hätte dir die Beziehung zwischen Jiashan und mir erklären müssen. Das ist nicht so einfach, wie es klingen mag.“

Ich schluckte. Plötzlich wurde mir ganz flau. „Was meinst du damit?“

Lucian blickte mir fest in die Augen. „Aus ebendiesem Grund zog ich es vor, dieses Thema nicht mit dir zu besprechen. Ich habe noch nicht einmal begonnen und schon verstehst du alles falsch.“ Sein Mundwinkel zuckte.

„Dann lass mich nicht so zappeln und sag endlich, was du zu sagen hast.“

Lucian neigte zustimmend den Kopf. „Ich verbrachte einen großen Teil meines Lebens mit Jiashan. Ich habe sie begehrt. Ich habe sie geliebt.“

Ich stieß den Atem aus, den ich angehalten hatte. Schonungslos und ehrlich, so hatte ich es gewollt. Und trotzdem tat es weh. Ich schloss für einen Moment die Augen bis der Schmerz verebbte, dann sah ich wieder Lucian an. „Weiter“, sagte ich leise.

„Sie ist meine Schöpferin. Unsere Leben sind untrennbar miteinander verknüpft. Sie wird immer ein

Teil von mir sein. Wenn sie mich braucht, werde ich kommen. Ich werde immer Gefühle für sie haben.“

Ich nickte. Etwas Dumpfes hatte sich auf meine Brust gelegt und machte mir das Atmen schwer.

„Und doch stellt das, was ich für dich empfinde, meine Gefühle für sie völlig in den Schatten.“

Ich blickte ihn überrascht an.

„Das weiß auch Jiashan. Sie weiß, solange es dich gibt, habe ich keine Augen für sie. Deshalb versucht sie so verbissen, dich zu verletzen. Du wirst immer an erster Stelle für mich kommen.“

Ich schluchzte auf und hielt mir sofort verschämt eine Hand vor den Mund. „Danke“, flüsterte ich und blinzelte, um die Tränen zu vertreiben. Was war ich doch für eine Idiotin gewesen, dass ich ihm nicht vertraut hatte. Seine Arme umschlossen mich und hielten mich fest. Ich klammerte mich an ihn, sog seinen Geruch ein und schloss zufrieden die Augen. Ich wollte nie wieder von ihm losgelassen werden. Aber jetzt, wo er so ehrlich gewesen war …

Widerstrebend löste ich mich von ihm. „Ich muss dir auch etwas sagen.“ Ich holte tief Luft. „Es stimmt nicht, dass Vampire für mich Monster sind, aber … manche Dinge … machen mir Angst. Wie du Philippe Nemours beinahe hättest sterben lassen und was Luna gesagt hat … dass du früher Menschen nach dem Trinken einfach ihrem Tod überlassen hast. Das …“ Ich schüttelte verzweifelt den Kopf. „Das kann ich nicht vergessen.“

Lucian versteifte sich.

„Ich weiß, dass du das nicht mehr tust“, fuhr ich fort. „Aber trotzdem sind dir Menschenleben einfach nicht so viel wert wie … wie anderen Menschen. Wie mir.“

Lucian neigte bestätigend den Kopf. Noch immer machte er keine Anstalten, irgendetwas zu dem Thema zu sagen.

Ich seufzte. „Andererseits gilt das nicht für alle Menschen. Ich rede nicht nur von mir, sondern auch von Serena, zum Beispiel. Ihr Leben bedeutet dir etwas, oder?“

„Ich hoffe, du erwartest hierauf nicht ernsthaft eine Entgegnung.“

Ich grinste, denn trotz Lucians pikierter Antwort wusste ich, dass ich recht hatte. Und dann kam mir ein anderer Gedanke, der sogar noch tröstlicher war: „Es sind gar nicht nur Menschen, oder?“ Wenn ihn ein anderer Vampir angriff, würde Lucian mit Sicherheit auch nicht zweimal darüber nachdenken und den anderen töten. Und hinterher mit Sicherheit keine Reue verspüren. „Es ist das Töten allgemein“, stellte ich fest.

Als Lucian immer noch nichts sagte, hakte ich nach: „Vielleicht liegt es daran, dass du selbst schon einmal gestorben bist.“ Oder daran, dass er sich seit Jahrhunderten von Blut ernährte. Da musste man ja praktisch eine gestörte Beziehung zum Tod entwickeln.

„Ich verstehe nicht, worauf du hinauswillst.“

Ich grinste. War ihm das Thema doch tatsächlich unangenehm. „Schon gut. Ich glaube, ich komme damit jetzt etwas besser zurecht.“

„Wie erfreulich. Ich stelle fest, dass Probleme sich offenbar ganz von allein lösen, wenn ich dich einfach reden lasse.“

Ich knuffte ihn gegen die Brust, die keinen Millimeter nachgab. „Es gibt da aber noch was.“

„Ich ahnte es beinahe.“

„Luna … hat etwas zu mir gesagt, bevor sie ging. Dass die Zeit auf ihrer Seite stünde.“ Ich blinzelte zu Lucian hoch, doch senkte sofort wieder den Blick. „Sie hat recht, oder? Mein Leben ist für dich nur ein Wimpernschlag“, flüsterte ich. „Was kommt danach?“ Ich hielt den Atem an und linste unter meinen Lidern hindurch. Über dieses Thema hatten wir bisher nie gesprochen.

„Wer weiß?", sagte Lucian nur.

Doch ich meinte, ein hoffnungsvolles Leuchten in seinen Augen zu sehen. „Ich will nicht zum Vampir werden."

„Ich weiß." Das Leuchten erlosch. „Aus diesem Grund solltest du umso mehr anfangen, auf deine Gesundheit zu achten." Er lächelte, doch es reichte nicht bis zu seinen Augen.

Eine Erkenntnis durchzuckte mich, so offensichtlich, dass ich nicht glauben konnte, nicht schon früher darauf gekommen zu sein: Lucian wünschte sich, dass ich eines Tages zum Vampir wurde. Oder hatte ich das alles komplett falsch gedeutet?

Ich forschte in den blauen Augen nach einer Antwort, doch fand keine. „Ich kann mich aber nicht nur von Grünzeug ernähren", gab ich abwesend zurück. Sollte ich nachhaken? Andererseits: Wenn er sich wirklich wünschte, dass ich zum Vampir wurde, war das nur ein weiterer Punkt, in dem wir unterschiedlicher Meinung waren. Und einer, für den sich nicht so schnell ein Kompromiss finden ließ. „Aber ich verspreche, in Zukunft mehr darauf zu achten. Im Hinblick darauf, dass mein Freund sich nur Gedanken um meine Gesundheit macht, werde ich das wohl schaffen." Und was das andere Thema betraf ... nun, das würde die Zeit zeigen müssen.

Lucian nickte zufrieden. „Wo das nun auch geklärt ist ..."

„Ich hätte da noch eine Frage", unterbrach ich.

„Wenn es wieder darum geht, ob der Dämon in unserem Zimmer schlafen darf, lass dir gesagt sein ..."

Ich holte ein Foto aus der Hosentasche und hielt es Lucian unter die Nase. „Das habe ich in einer Dracula-Ausgabe in Valentins Bibliothek gefunden."

Er griff danach. „Ich hatte mich schon gefragt, wo es hingekommen ist." Er seufzte. „Aber wenn es um

Bücher geht, ist Valentin wahrlich wie eine diebische Elster. Sollte er mir in Zukunft jemals wieder einen Besuch abstatten, werde ich meinen Bestand wegschließen müssen."

„Ich meine mich zu erinnern, dass ein bestimmter Vampir mir einst sagte, er kenne *Dracula* nicht." Ich konnte nicht verhindern, dass meine Stimme beleidigt klang.

„Ich bin nicht stolz darauf, wie tief ich sinken musste, um an etwas Geld zu kommen."

Oh Gott. „Was hast du getan?"

Ein abgrundtiefer Seufzer. „Mir eine Geschichte ausgedacht. Eine, die mir dem Zeitgeist von damals angemessen erschien. Und sie an einen Schriftsteller verkauft." Beim Wort *Schriftsteller* verzog Lucian das Gesicht, als hätte er auf etwas Bitteres gebissen. „Er war besessen von Vampiren. Er legte es geradezu darauf an, dass einer von uns kam und ihm irgendein Märchen für eine echte Geschichte verkaufte."

„*Du* hast Dracula geschrieben?"

„Mitnichten", korrigierte Lucian. „Ich habe Stoker eine kleine Vampirgeschichte erzählt, die er so ausschmückte, dass sie an Dramatik und Albernheit kaum zu überbieten ist. Ich übernehme keinerlei Verantwortung für den Inhalt dieses *Buches*."

„Aber du bist dadurch zu Geld gekommen?"

Lucian seufzte. „Anfangs nicht. Ich hielt die ganze Sache schon für eine schreckliche Zeitverschwendung, doch einige Jahrzehnte später verkaufte sich das Buch tatsächlich – nicht, dass ich nachvollziehen könnte, warum. Dann folgten Übersetzungen, Neuauflagen, Filme ... nun, ich muss zugeben, diese peinliche Episode meines Lebens, von der ich aus ebendiesem Grund niemandem erzählt habe, hat sich schlussendlich gelohnt."

„Du hättest es mir erzählen sollen“, schmollte ich. Schon wieder ein Geheimnis. Würde das denn nie aufhören?

Lucian legte einen Finger unter mein Kinn. Ich blickte zu ihm auf. „Ich gebe zu, dass ich gelegentlich dazu neige, Dinge für mich zu behalten“, sagte Lucian sanft und lächelte. „Und du neigst dazu, impulsive Entscheidungen zu treffen, ohne mich vorher um Rat zu fragen.“ Das Lächeln verschwand, ebenso der Finger unter meinem Kinn. „Damit wären wir wohl quitt.“

„Bist du jetzt etwa sauer auf mich?“ Meine Stimme kletterte ein paar Oktaven nach oben. „Ich habe dich gerade zum x-ten Mal bei einem deiner Geheimnisse ertappt und *du* bist sauer auf *mich?*“ Es fehlte nicht viel und ich hätte wütend mit dem Fuß aufgestampft.

„Ich habe lediglich angedeutet, dass auch du nicht frei von Fehlern bist. Sofern mir das erlaubt sein sollte.“ Er hob die Augenbrauen.

„Was hab ich denn nun schon wieder verbrochen?“

„Oh ... lass mich nachdenken.“ Er tippte sich mit dem Zeigefinger gegen das Kinn. „Richtig. Ich erinnere mich nicht, von dir nach meiner Meinung gefragt worden zu sein, als du dich entschlossen hast, die Gesandte für Valentin zu spielen.“

„Wie bitte?“ Ich verstand die Welt nicht mehr. „Du hast mir doch selbst erzählt, dass Valentin dir ein Ultimatum gestellt hat: Entweder nehme ich sein Angebot an oder er bestraft dich wegen meines Einbruchs in die Bibliothek!“ Meine Stimme überschlug sich fast.

Lucian schwieg. Blickte mich nur mit diesem unlesbaren Blick aus den nachtblauen Augen an.

Ich wartete ungeduldig, verhakte meine Finger ineinander und öffnete sie wieder, als Lucian endlich sagte: „Deine Sicherheit ist von weit größerer Wichtigkeit für mich als meine eigene, das solltest du eigentlich wissen.“

„Oh“, machte ich. Wärme breitete sich in meinem Inneren aus. Ich lächelte. „Das ist so süß.“

Lucians Blick verfinsterte sich.

„Ich meine ...“, stammelte ich. „Das ist ... total männlich, also ...“ Ich brach ab, bevor ich noch mehr peinliches Zeugs von mir gab.

Lucian entschied sich offenbar, meine Worte vollends zu ignorieren. Mit ernster Miene fuhr er fort: „Ich hätte es vorgezogen, Valentins Bestrafung über mich ergehen zu lassen, als dich die von ihm erdachte Rolle annehmen zu sehen.“

Ich lächelte noch immer. „Aber ich kann nicht einfach zusehen, wie du bestraft wirst, wenn ich etwas dagegen tun kann. Außerdem: Übertreibst du mit deiner Sorge nicht ein bisschen? Ich bin doch nur eine Gesandte, nichts weiter.“

„Ich erklärte es dir bereits in Rumänien“, sagte Lucian ungeduldig. „Ich mag den Blick nicht, mit dem Valentin dich ansieht. Er hat Interesse an dir gefunden.“

„Das bildest du dir ein.“

„Nein.“

Jetzt war es an mir zu seufzen. „Was sollte jemand wie Valentin schon an mir finden?“

„Dasselbe, das auch ich an dir finde, würde ich meinen“, antwortete Lucian trocken. „Deine Unschuld und Naivität. Deine Entschlossenheit, deinen Mut. Und nicht zuletzt hast du einen Hang zur unfreiwilligen Komik.“

„Danke.“ Ich bemühte mich um einen ärgerlichen Tonfall, doch das breite Grinsen auf meinem Gesicht schmälerte den Effekt mit Sicherheit. Ich hatte gar nicht gewusst, dass Lucian mich für entschlossen und mutig hielt. Die Sache mit der Unschuld, Naivität und Komik, nun ja ...

„Oder aber“, fuhr Lucian fort. „Es ist lediglich die Tatsache, dass ich dich Luna, Valentins Geschöpf, vorziehe, die dich für ihn interessant macht." Er tat so, als würde er nachdenken. „Ja, ich vermute, es ist letzteres."

Ich knuffte ihn in die Seite. „Na, vielen Dank auch!"

Wir lächelten uns an.

„Es tut mir leid, dass es dir lieber wäre, ich hätte Valentins Angebot nicht angenommen", sagte ich aufrichtig. „Aber es gibt noch einen Grund, außer dass ich dich vor deiner Strafe schützen wollte." Ich seufzte. „Seit die Zauberer mich als Sprecherin abgewählt haben, hab ich beim Bündnis nichts mehr zu sagen. Ich dachte, als Valentins Gesandte könnte ich vielleicht ... na ja, irgendwie Einfluss nehmen", gab ich zu. „Es bleibt noch so viel tun, so viele Unsicherheiten, so viele Entscheidungen zu treffen – ich möchte einfach auch etwas beitragen, verstehst du?"

Lucians Blick wurde sanft. Er nahm meine Hand. „Das Bündnis wird ein Erfolg werden."

Ich blickte in diese wunderschönen Augen, in denen ich mich so leicht verlieren konnte. Und ich glaubte ihm. „Vielleicht wird uns irgendwann niemand mehr dafür verurteilen, dass wir zusammen sind", schwärmte ich. „Eine Welt, in der es keine Vorurteile mehr zwischen Vampiren und Zauberern gibt. In der wir uns gegenseitig beschützen und beistehen." Ich konnte kaum glauben, dass die Erfüllung dieses Traums in greifbare Nähe gerückt war.

„Und wir beide?", fragte ich und blickte zu Lucian hoch. „Was tun wir wegen unserer vielen Streitpunkte?"

„Du solltest zu mir ziehen", kam es postwendend.

Ich musste lachen. „Und wie genau soll das dabei helfen, unsere Probleme zu lösen?" Obwohl ich zugeben musste, dass ich nur darauf gewartet hatte, dass Lucian dieses Angebot erneuerte. Vor nicht allzu langer Zeit hatte Lucian es schon einmal vorgeschlagen und ich war nicht bereit gewesen. Jetzt war ich es.

„Deine Lösung besteht darin, Kompromisse zu finden, kleine Zauberin. Und ich bin der Ansicht, dass uns dies besser gelänge, wenn wir weniger Zeit getrennt verbrächten."

Ein Argument, das sich nicht so leicht entkräften ließ.

„Oder du könntest zu mir ziehen", schlug ich vor. „Das Haus ist schließlich groß genug. Und jetzt, wo Marcelle eigene Wege geht ..."

Lucian schüttelte milde lächelnd den Kopf. „Wo liegt hier dein geliebtes Kompromiss?"

„Einen Monat hier, einen Monat bei dir?"

„Akzeptiert."

Ich starrte ihn an.

Lucian lächelte. „Auch ich kann noch dazu lernen."

Ich fiel ihm um den Hals. Seufzend schmiegte ich mich an ihn und Lucian umfing mich mit seinen Armen.

„Wir werden womöglich niemals in der Lage sein, einander vollends zu verstehen", hauchte er an meinem Ohr.

Ich löste mich gerade weit genug von ihm, um ihm in die Augen sehen zu können. „Wir sind eben Mensch und Vampir." Ich schloss die Augen und küsste ihn. Langsam, sinnlich. „Aber solange wir uns so akzeptieren, wie wir sind ...", hauchte ich an seinen Lippen.

„... und wir uns gegenseitig vertrauen ...", flüsterte Lucian zurück.

„... müsste es doch eigentlich klappen."

„Müsste es", murmelte Lucian.

Ich hielt die Augen geschlossen, wartete auf den Kuss.

Lucians Atem strich über meine Lippen, seine Hand streichelte mir durchs Haar, über die Wange und kam schließlich an meinem Hals zum Liegen. Endlich küsste er mich wieder. Leidenschaftlich. Verheißungsvoll.

Ich ließ mich fallen, vergaß alles andere um mich herum. Wie gut es war, dass wir uns so bald nicht mehr voneinander trennen mussten.